FRANZOBEL

GROSCHENS GRAB

Kriminalroman

Paul Zsolnay Verlag

1 2 3 4 5 19 18 17 16 15

ISBN 978-3-552-05743-2

Satz: Eva Kaltenbrunner-Dorfinger, Wien
Druck und Bindung: GGP Media GmbH, Pößneck
Printed in Germany

FSC
www.fsc.org
MIX
Papier aus verantwortungsvollen Quellen
FSC® C014496

Für Maxi und Mucki

Krimis sind Bücher
über Menschen, die gestorben sind.

Inspektor Columbo

DER MARKT
DER BÖSEN DINGE

– Eines sage ich Ihnen gleich, schrie die Frau ins Telefon, mit der Polizei will ich nichts zu tun haben. Nichts! Nur damit das klar ist. Sie müssen dieses Gespräch auch nicht zurückverfolgen, weil ich stehe in einer öffentlichen Telefonzelle ... Ja, so etwas gibt es noch!

– Woher haben Sie meine Nummer? Warum rufen Sie nicht im Kommissariat an? Groschen sah auf die Uhr, es war sieben Uhr morgens. Die weibliche Stimme am anderen Ende der Leitung klang heiser und überdreht, so, als ob die Frau nachts nichts geschlafen und sich Mut für diesen Anruf angetrunken hätte.

– Um als Aktennotiz zu landen? Glauben Sie, ich weiß nicht, wie es bei Ihnen zugeht? Die kleinen Beamten würden das als lächerlich abtun. Aber Sie als Kommissar, Sie werden sich darum kümmern. Sie nehmen das ernst.

– Worum geht es denn?

– Entführung! Menschenraub! Am helllichten Tag, gestern um halb fünf in der Klagbaumgasse, sagte die verrauchte, leicht hysterisch klingende Stimme. Ich bin im Rubenspark gesessen ... Kennen Sie? Vierter Bezirk, Wirtschaftskammer, Mittersteig, Caritas ...

– Ist mir bekannt.

– Da sehe ich eine alte Dame, ich denke mir noch, die ist aber elegant, eine richtige Lady. Plötzlich kommt ein Auto, bremst, bleibt stehen, einer springt heraus und zerrt sie in den Wagen. Sie will schreien, aber der hält ihr den Mund zu. Sie will sich wehren, aber der ist stärker. Während ich noch überlege, um Hilfe schreien will, rauscht das Auto schon davon. Und das in Wien, wo es immer heißt, hier passiert nichts, Wien ist sicher. Pha! Da sieht man ja, wie sicher Wien ist. Sie werden mich jetzt für verrückt halten, aber ich habe die Gewalt gespürt, die Verzweiflung. Das war Kidnapping! Die Stimme machte eine Pause, so als ob ihr zu Bewusstsein gekommen wäre, dass dieses Wort hier nicht recht passte. Sie wartete auf eine Reaktion, aber als nichts kam, ergänzte sie: Das wollte ich Ihnen sagen. Man ist ja Staatsbürger. Man hat ja Pflichten. Verantwortung.

– Um die Autonummer muss ich Sie nicht fragen, antwortete Groschen. Aber was für ein Wagen war es?

– Was? Woher soll ich das wissen, krächzte die Stimme am anderen Ende der Leitung. Es war dämmrig … Da wird ein Mensch entführt und Sie fragen nach dem Auto … ein sportliches Modell, aber kein Sportwagen, auch kein Cabrio, mehr so ein Angeberschlitten, aber älter … wie aus einem Walter-Matthau-Film.

– Tja, brummte Groschen, da gibt es viele. Solange wir keine Vermisstenanzeige haben …

– Sie nehmen mich nicht ernst?

– Keineswegs. Ich danke Ihnen sehr und verspreche, mich darum zu kümmern. Der Kommissar drückte den Verbindungsknopf. Er bekam ständig Hinweise von Menschen, die irgendwo irgendwie irgendwas gesehen hatten.

– Mit wem telefonierst du denn in aller Herrgottsfrüh, fragte seine Frau, nahm das Kaffeehäferl, das Groschen aus Gewohnheit an die Tischkante gestellt hatte, rückte es in die Mitte.

– Eine Wichtigtuerin, murmelte der Kommissar.

Groschen war missmutig. Er hatte eine Allergie auf sich selbst. Diesmal war es kein Nesselausschlag, der rote Quaddeln bildete und ihm mit starkem Jucken das Leben unerträglich machte, diesmal war es der Geruch. Seit Tagen bekam der Kommissar den seltsamen Geschmack nicht aus der Nase. Ein Geruch, der nach nichts Bestimmtem schmeckte und doch lästig war. Wenn er ihn seiner Frau beschrieb, sprach er von einem metallischen Kitzeln, als ob man mit der Zunge über polierten Stahl schleckte. Eine Mischung aus Autowerkstatt, Verwesung und abgestandener Luft.

– Das hast du jetzt davon, sagte seine Frau mit leichter Genugtuung. Du trinkst zu viel, schläfst zu wenig und ernährst dich falsch. Jetzt erlebst du einen Altersschub. Dir wachsen Haare auf der Nase, und die Sinne schwinden.

– Möglich, runzelte Groschen die Stirn. Möglich. Dabei wusste er genau, dieser Geruch war er selbst. Er konnte sich nicht riechen. Oder war es eine Ahnung seines nahen Endes? Kommissar Falt Groschen, ein großer und robuster Mensch, hatte Ängste, und er fürchtete den Tod, der ihn unvermittelt aus dem Leben reißen könnte. Er fürchtete ihn so sehr, dass diese Angst ihn lähmte. Nichts freute ihn mehr. Erst unlängst hatte der Fünfundvierzigjährige einige graue Haare auf dem Kopf entdeckt. Die kleinen Fältchen um die Augen traten deutlich hervor, sein Bauch nahm Formen an, und jedes Mal, wenn er in den Spiegel blickte, sah er die Züge seines Vaters. Groschen wusste, ein paar Jahre noch, und er war ein alter Mann. Unzufrieden, mürrisch und gequält wälzte er die schwärzesten Gedanken.

Selbst den Bettler, der sich neuerdings beharrlich auf seinem Weg zum Kommissariat postiert hatte, ignorierte er an diesem Morgen. Es war seine Frau gewesen, die diesem Mann vor Monaten ein paar Münzen gegeben hatte. Seither grüßte er den Kommissar jedes Mal frenetisch und strahlte ihn an wie ein Kind vor einem Spielwarengeschäft die Dinge in der Auslage. Manchmal warf ihm Groschen etwas Kleingeld in den Becher. Wenn er seinen Klingeltag hatte, auch mehr. Sogar wenn er ihn wie heute völlig ignorierte, lächelte der Bettler, entblößte seine goldenen und schwarzen Zähne und murmelte Segenswünsche:

– Alles Gute, auch für Frau, Gesundheit.

Eine Unruhe hatte den Kommissar erfasst, die er nicht zu deuten wusste. Alles schien zu seiner Beklemmung beizutragen, das nasse Herbstwetter, die Baustellen, der Donaukanal mit seinen Graffiti, die die Stadt zu einem Schulheft machten, sogar die Anrufe der Wichtigtuer – nur die Drohbriefe, die er seit Wochen bekam, spielten keine Rolle. Er hielt sie für harmlos, obwohl ihm darin ein langsamer, quälender Tod versprochen wurde. Darin war von Enthauptung die Rede, von einem Herausziehen der Zähne und Gedärme, von Kastration, Häutung und allerlei anderen unappetitlichen Behandlungen, die ihm der Briefschreiber ankündigte. Groschen tat diese Elaborate als Streiche ab, ja, er hielt es nicht einmal für notwendig, sie zum Erkennungsdienst zu bringen.

– Bitte! Jemand klopfte ihm auf die Schulter. Der Kommissar zuckte zusammen. Er sah das schwarzgoldene Gebiss des Bettlers, ein zerfurchtes Gesicht mit gutmütigen braunen Augen. Und er fuchtelte mit irgendetwas, hielt es dem Kommissar entgegen. Ein abgegriffenes Briefkuvert.

– Das ich gefunden. Sie Polizei. Muss haben. Schauen.

Der Kommissar öffnete den Umschlag, nahm einen Reisepass und einen Führerschein heraus, ausgestellt auf eine alte Dame, deren Name ihm nichts sagte.

– Ist vielleicht passiert etwas, muss prüfen, sagte der Bettler.

– Ist gut. Groschen steckte den Umschlag ein. Ich trage ihn zum Fundbüro.

Im Kommissariat in der Vorlaufstraße war nichts los, das den übellaunigen Kommissar auf andere Gedanken hätte bringen können. Nur die tägliche Polizei-Routine. Eifersuchtsmorde, erschossene Einbrecher, Drogentote. Kupferdiebe waren unterwegs, die Kabelrollen von Baustellen entwendeten. In Simmering war ein deutsches Ehepaar samt seinem achtjährigen Sohn erschossen worden – ein Fall, bei dem die Polizei nicht weiterkam. Was wollten Touristen aus Detmold ausgerechnet in der Ignaz-Weigl-Gasse, einer Gegend, die so völlig abseits vom Schuss lag, dass sich dort nicht einmal ein Wiener hin verirrte?

Auf Groschens Schreibtisch türmten sich forensische Gutachten, Anfragen von Gefängnisdirektoren, Aufrufe der Polizeigewerkschaft. Einladungen zu Benefizveranstaltungen. Nichts Interessantes. Nichts, das ihn von seinem Geruch in der Nase ablenken konnte. Er war gereizt wie damals, als ihn der Nesselausschlag überfiel und seine Haut in die eines Krokodils verwandelte, was sich anfühlte, als ob er in Brennnesseln gebadet hätte.

Draußen verloren die verkrüppelten Bäume ihre letzten braunen Blätter, warme Föhnwinde wechselten sich mit Regenwolken ab, und der Himmel war verwaschen schmutzig, grau wie ein alter Blechnapf. Vorzeichen? Wofür? Groschen wusste, wenn er nicht aufpasste, bekam er eine veritable Herbstdepression. Die Aussicht auf fünf nasse, kalte und dunkle Monate bedrückte ihn fast noch mehr als die Angst vor einer jähen, unheilbaren Krankheit. Er hätte Lust gehabt, auf die Malediven oder in die Karibik zu fliegen, dafür aber fehlte ihm das Geld. Wegfahren wollte er, dieses durch und durch graue Wien mit seinen grauen Häusern, seinem grauen Himmel und seinen grauen Menschen hinter sich lassen, aber dafür fehlte ihm die Zeit, die Kraft, der Mut. Was, wenn sich die Schmerzen, die ihn einmal im Bauch und einmal im Kopf stachen, die einmal seine Nieren, einmal seine Hoden und dann wieder die Bauchspeicheldrüse betrafen, ihm Tumore und Metastasen versprachen, mehr waren als Einbildung? Dann wäre ihm weder in der Karibik noch auf den Malediven zu helfen. Lieber schleppte er sich durch den langen Tunnel einer dunklen, nassen Jahreszeit, der erst im nächsten Frühjahr enden würde. Lieber riskierte er, dass sich hinter den Drohbriefen doch echte Gefahr verbarg.

In den Gängen des Kommissariats unterhielten sich Inspektoren lautstark über die Fußballspiele des Wochenendes, stritten über Abseitstore, rote Karten und Elfmeter. Bürodiener karrten Akten durch die Gänge, und auf den Bänken wetzten unruhige Zeugen, die auf ihre Einvernahme warteten, Hosenböden wund.

– Wie geht's, Chef? Gordon Zwilling lächelte. Der kleine impulsive Inspektor mit den aschgrauen Haaren war guter Laune, strotzte vor Gesundheit und verschlang gerade eine Wurstsemmel. Was wusste der von Groschens Sorgen? Wahrscheinlich hatte er das Wochenende im Fitnessstudio verbracht und fühlte sich nun stark genug, um Wände einzureißen.

– Schlecht, sagte der Kommissar. Mir ist es noch nie so schlecht gegangen.

– Noch immer der Geruch?

– Mhm, nickte Groschen. Dabei wusste er genau, der Geruch war nur zum Teil an seiner Laune schuld. Genauso waren es die Ängste und das Wetter, die Sonne, die seit Tagen nicht zu sehen war, sein Chinese, der wegen Renovierungsarbeiten geschlossen hatte, ihm für eine ganze Woche sein Menü Nummer zehn vorenthielt. Am meisten aber ärgerte ihn die bevorstehende Ordensverleihung. Nicht ihm, Groschen, wurde, wie man in Wien sagt, eine Pletschn umgehängt, sondern dem Staatsanwalt Döblinger. Für Verdienste um die Sicherheit und den Kampf gegen das Verbrechen sollte der morgen das Silberne Ehrenzeichen der Stadt Wien verliehen bekommen. Wofür? Was tat so ein Schreibtischhengst von Staatsanwalt? Fälle studieren und entscheiden, wo recherchiert wurde und wo nicht. Hausdurchsuchungsbefehle, Personenfahndungen und Zeugenschutzprogramme absegnen.

Answer Döblinger, Justizbeamter, dieser feiste Mensch mit den weichen Gesichtszügen, hatte die besten Gymnasien besucht, beeindruckte mit klassischer Bildung, würzte seine Sätze mit altgriechischen Zitaten und sagte Stehsätze wie »die normative Kraft des Faktischen«. Ein Mensch, der keinen Augenblick an sich zweifelte. Er verachtete alles Plebejische, auch in Groschen erkannte er einen ungehobelten Proletarier. Für den Kommissar dagegen war dieser Staatsanwalt eine angefettete Speerspitze des Biedersinns, einer aus der besseren Gesellschaft – schon Döblingers Vater und Großvater waren Richter gewesen –, einer, der ständig in der Zeitung nach seinem Namen suchte, einer, der sich bei gesellschaftlichen Ereignissen in den Mittelpunkt drängte, einer der oberen Zehntausend, das genaue Gegenteil von Groschen. Der Kommissar verabscheute diesen untrainierten Menschen mit seinen ruckartigen Bewegungen, er hasste seine Art zu sprechen, die, obwohl er dabei den Mund weit aufriss, immer ein wenig nach unterdrücktem Aufstoßen klang. Zudem verlieh ihm die wulstige, wie aufgeblasen wirkende Unterlippe das Aussehen eines schmollenden Kindes. Außerdem hatte dieser frühreife, viel zu bald gealterte Großbürger X-Beine, die sein Gehen zum Watscheln einer Ente machten. Gut, Döblinger war intelligent, kultiviert, sprachbegabt, er besaß eine ausgezeichnete Kombinationsgabe und hatte Verbindungen in die höchsten politischen Kreise, und doch fehlte ihm etwas, das für einen Menschen seiner Position unerlässlich war, nämlich Verständnis. Verständnis für die Täter wie auch für die Opfer – ganz zu schweigen von einem Verständnis für seine Zuarbeiter. Für ihn waren der Kommissar und seine Inspektoren bloß Reste eines veralteten Systems – ein notwendiges Übel. Groschen verlangte kein Mitgefühl, das besaß er nämlich selbst nicht, zumindest behauptete das seine Frau, die den Kommissar gerne mit einer 300 Kilo schweren, russischen Balletttrainerin verglich, die alleine nicht aus dem Sessel kommt, aber trotzdem den Nachwuchs-Ballerinas alles abverlangt.

– Du predigst Mitgefühl, das dir selber fremd ist, pflegte seine Frau zu sagen. Aber auch wenn sie damit nicht unrecht hatte, besaß Groschen Verständnis und Einfühlungsvermögen. Er konnte sich in Täter hineinversetzen, konnte nachvollziehen, warum es zu einem Mord kam. Für Döblinger waren das alles Menschen zweiter Klasse. Untermenschen, die seine eigene Gesellschaftsschicht nicht tangierten – und wenn, dann höchstens als subalterne Handlanger.

Nein, Groschen konnte den Staatsanwalt nicht leiden. Jede seiner Fasern sträubte sich gegen diesen Menschen, der ihm seine Grenzen aufzeigte, weil er erfolgreicher, klüger und gewandter war. Und wenn er an die morgige Ordensverleihung dachte, wurde ihm übel. Das spürte auch Inspektor Zwilling, der sich samt seiner Wurstsemmel gleich wieder verzog.

– Kaffee? Es war die spitze Stimme der deutschen Aushilfskraft Julia Schäfer, die Groschen auf andere Gedanken brachte. Kaffee war gut für die Lebensgeister, oder wie seine Frau zu sagen pflegte, »Kaffee, dir lebe ich, Kaffee, dir sterbe ich«. Aber Kaffee war schlecht fürs Herz, reizte die Magenschleimhaut und die Speiseröhre. Trotzdem war es Kaffee und wurde in Wien auch wie ein solcher ausgesprochen, mit langem e am Schluss wie Schnee oder Juchee, und meist sogar mit einem Schuss Milch als Kaffeetscherl, aber sicher nicht wie von dieser piefkinesischen Aushilfskraft, die aus dem wienerischen Kaffeeee einen Affen mit K machte: Kaffe.

Groschen blickte auf und sah die dralle, blonde Sekretärin mit der schlagobers-, nein sahneweißen Haut und dem roten Lippenstift, ein veritables Marilyn-Monroe-Gesicht. Ihr Anblick konnte einen Mann in den Zustand schmerzhafter Dauererektion versetzen. Sie trug ein schwarzweiß kariertes Kostüm. Ihre Brüste waren stramm und spitz wie umgedrehte Trichter. Lächelnd stellte sie dem Kommissar einen ungezuckerten Milchkaffe auf den Schreibtisch, der so schmeckte, wie sie ihn artikuliert hatte: Abwaschwasser. Und während sich Groschen noch über das Häferl ärgerte, auf dem »Feminist« stand, schritt sie resolut zum Fenster und öffnete es.

– Etwas Luft wird hier nicht schaden.

Nein, wollte Groschen schreien. Von diesem Frischluftwahn hielt er nichts. Doch er blieb still. Diese Karenzvertretung aus Aschaffenburg nötigte ihm einen gewissen Respekt ab. Außerdem war er so schlecht gelaunt, dass er Angst hatte zu explodieren.

– Übrigens – Fräulein Schäfer hatte nun auch das zweite Fenster aufgerissen –, was ist mit dem Plakat?

– Was für ein Plakat?

– Tun Sie nicht so unschuldig. Sie wissen genau, wovon ich spreche. Julia Schäfer zeigte auf ein Bild hinter Groschen, das fünf liegende, nur mit Strumpfhosen bekleidete Models zeigte.

– Das hängt seit fünfzehn Jahren da. Der Kommissar warf der Büroaushilfskraft einen grimmigen Blick zu. Die Werbekampagne eines Strumpfhosenherstellers. Ist doch … ästhetisch.

– Ästhetisch? Wenn das nicht verschwindet, muss ich es beim Gleichbehandlungsbeauftragten melden. Die Reserve-Monroe stand mit verschränkten Armen da und hob ihr Kinn.

– Das? Aber das ist lächerlich. Nur weil man ein paar Frauenbeine sieht, ist daran nichts Diskriminierendes. Groschen spürte, wie ihm die Galle hochstieg. Er war kurz vorm Platzen, aber bevor er die passenden Worte fand, war die resolute Bürohilfskraft schon an der Tür, wo sie mit Martin zusammenstieß.

– Schnell. Wir haben was, brüllte Martin Zakravsky und stürmte bei der Tür herein.

– Na, na, na, immer mit der Ruhe, Junge, rümpfte Fräulein Schäfer ihre Nase.

Der Inspektor aber war erregt, mehrere Worte gleichzeitig wollten über seine Lippen, verhedderten sich. Als er den Mund öffnete, kamen »im«, »Tote«, »Bezirk«, »eine« und »Siebzehnter« heraus.

Eine Tote? Also doch! Groschens Ahnung hatte ihn nicht getäuscht, der Geruch in seiner Nase war eine Warnung gewesen, aber nicht ihn, sondern eine Unbekannte hatte es erwischt. Seine Gesichtszüge hellten sich auf. Eine Tote! Eine Unbekannte! Endlich war etwas los. Er schälte sich aus der Kruste seiner üblen Laune und strahlte. Eine Tote!, sprang er hoch, nahm einen Schluck von dieser Brühe, die plötzlich doch nach Kaffee schmeckte, riss das Plakat mit den Models von der Wand, zerknüllte es und warf es elegant in den Papierkorb. Dann zog er seine braune Raulederjacke mit dem Pelzkragen an, schloss beide Fenster, umarmte den verdutzten Martin, küsste ihn und verließ mit ihm das Büro.

– Eine Tote! Wunderbar! In den Gängen saßen Zeugen wie im Wartezimmer eines Arztes. Manche standen vor den Korkwänden und betrachteten die Aushänge, aber alle wunderten sich über diesen Kommissar, der wie berauscht jubelte:

– Eine Tote. Bravo. Ich wusste es. Eine Tote. Endlich. Herrlich! Aber wo?

– Wurlitzergasse. 17. Bezirk. Gleich hinter der Wattgasse.

– Kenne ich, sagte Groschen, habe selbst einmal in Hernals gelebt.

– Wenn wir ein Taxi nehmen, müssen wir den Ring umrunden, überlegte Martin. Besser, wir gehen zum Schottenring, fahren mit der U-Bahn zur Universität und von dort mit dem 43er … Aber da hatte Groschen schon einem Taxi gewunken. Diese Sparmaßnahmen waren ihm zuwider. Energiesparlampen? Sparmodus? Einsparungen? Wozu? Damit man dem Staatsanwalt noch mehr Orden umhängt?

DIE RÜBENKÖNIGIN

Groschen und sein Inspektor hatten schon unzählige Leichen zu Gesicht bekommen; Erschossene, Erhängte, Erstochene, Vergiftete, Aufgeschlitzte, welche, die noch lebendig aussahen ebenso wie fürchterlich Entstellte. Die Polizeibeamten waren abgehärtet, abgesehen von den Kinderleichen waren diese Toten selten eine Belastung, nichts, was ihnen dunkle Träume bescherte, und trotzdem ließ sie die Erwartung verstummen. Wie war die Tote ums Leben gekommen? Wie war sie zugerichtet? Inspektor Zwilling würde jetzt derbe Witze machen, etwas sagen wie »Die Restfetten kann das Fest retten« oder »Masturbieren macht taub …« Um kurz darauf »Was?« zu brüllen. Groschen und Zakravsky aber saßen nur da und blickten aus dem Fenster. Der Inspektor machte ein ernstes Gesicht, und Groschen dachte an den letzten Drohbrief, den er vor drei Tagen erhalten hatte. »Kennst du die radikalen Islamisten«, war darin gestanden, »hast du gesehen, was die mit ihren Geiseln machen? Genau so werden wir auch dir die Rübe absäbeln, du primitives Arschloch. Wir werden dir die Kehle aufschlitzen und deinen blöden Schädel abschneiden, um damit Fußball zu spielen … Oder wir öffnen deine Schädeldecke und löffeln dein Gehirn aus … Zuvor werden wir dir den Bauch aufschlitzen und dich mit deinen eigenen Gedärmen knebeln … Mit freudigen Grüßen dein Todesengel.« Angeber, dachte der Kommissar, der nicht einmal darüber nachdachte, wer dahinterstecken konnte. Wahrscheinlich ein von ihm überführter Verbrecher, der sich rächen wollte.

Sie fuhren an den großen Ringstraßenpalais vorbei, auf deren Fassaden Schriftzüge von Banken und Versicherungen prangten, vorbei an der Votivkirche, die Groschen bei seinem allerersten Wien-Aufenthalt glatt mit dem Stephansdom verwechselt hatte. Damals, er war gerade achtzehn Jahre alt, hatte er eine Verabredung beim Wahrzeichen der Stadt gehabt und in der Straßenbahn gefragt, wie er am schnellsten vom Schottentor zum Stephansdom käme. Per pedes, wurde ihm mitgeteilt, da geht man keine Viertelstunde. Als er dann ausstieg und die Votivkirche gegenüber der Station erblickte, dachte er »von wegen Viertelstunde« und eilte zu dem neugotischen Gebäude. Freilich kam ihm diese Kirche seltsam vor, kleiner als angenommen, und auch mit dem Dach und den Türmen stimmte etwas nicht, aber erst nachdem er die Kirche dreimal umrundet und auf einem Schild die Geschichte dieses Gebäudes gelesen hatte, erbaut, um des gescheiterten Attentates an Kaiser Franz Joseph zu gedenken – ein ungarischer Schneidergeselle hatte den Monarchen erdolchen wollen, doch sein Adjutant und ein zufällig anwesender Fleischhauer hatten das verhindern können –, dämmerte ihm, dass er bei der falschen Kirche war. Das fiel ihm jetzt im Taxi wieder ein. War es bei Kriminalfällen nicht genauso? Man erhoffte sich eine Abkürzung, war schnell zufrieden und landete bei falschen Verdächtigen, bei der Votivkirche statt beim Stephansdom?

Sie fuhren die Alser Straße hinauf, er sah hippe Suppenküchen und Geschäfte für vegetarische Sandwiches, ein Bonbongeschäft, eine Bar namens Camp David, die Humanic-Haltestelle, das St. Anna Kinderspital und schließlich die grünen Eisenbrücken der U6. Am Gürtel den Queen Club und gegenüber den Holland Blumen Mark, der am Ende kein t führen durfte, was aber kaum jemandem auffiel. Alle lasen Holland Blumen Markt. Auch das war wie bei schlechten Kriminalisten, sie lasen, was sie lesen wollten, nahmen nur wahr, was zu ihrer Theorie passte – und landeten am Schluss bei der Votivkirche, um steif und fest zu behaupten, das wäre der Stephansdom.

Jenseits des Gürtels waren die Menschen schlechter angezogen, auch verschleierte Frauen gab es mehr. Das im Wienerlied oft besungene Hernals war alles andere denn lieblich. Eine jener tristen Vorstädte, in die die Städteplaner mit ihren Betonaquarien und protzigen Dachausbauten noch nicht vorgedrungen waren. Hier dominierten die vierstöckigen Gründerzeithäuser mit den Kassetten-Fassaden, manchmal war auch ein schlichtes einstöckiges Haus aus dem 17. oder 18. Jahrhundert darunter. Der Bezirk verband den Wienerwald mit der Inneren Stadt. Noch immer gab es einen Weinberg und Heurige, die erahnen ließen, wie es hier einmal ausgesehen hatte: Felder und Weinstöcke, Lehmwege und Buschenschanken. Erst mit dem erhöhten Bauaufkommen gegen Ende des 19. Jahrhunderts waren Mietskasernen errichtet worden, Zinshäuser für die Arbeiter.

Als Groschen vor fünfundzwanzig Jahren hier gelebt hatte, war es eine florierende Gegend mit Bäckern, Fleischhauern, Restaurants und gut besuchten Weinhäusern gewesen. Es hatte bürgerliche Restaurants, große Supermärkte und Sportgeschäfte gegeben. Nun waren die meisten Lokale geschlossen, die Auslagen mit Plakaten überklebt. Eine tote Gegend. Gut, es gab türkische Greißler, vor denen sich Orangen und

Krautköpfe stapelten, Nagelstudios mit glitzernden Fingernägeln in den Auslagen, afrikanische Friseure, Wettbüros und Sonnenstudios, aber das waren nur Hilfeschreie eines sterbenden Ortes. Die Menschen wirkten in ihren Trainingsanzügen, Leggins, Kunstlederjacken und Badeschlapfen allesamt wie Gastarbeiter im Krankenstand, Tote auf Urlaub. Eine fremdartige, graue Stadt, gefüllt mit schlecht gekleideten Menschen, die sich von Sonderangeboten aus Supermärkten ernährten. Bleiche Kinder mit blauen Lippen, kaum fähig, die Augen offen zu halten, weil ihre kleinen Körper nie etwas anderes bekommen hatten als Fastfoodprodukte.

Die Wurlitzergasse war eine unbelebte Vorstadtgasse, in der die Zeit stehengeblieben war. Die Häuser grau oder verwaschen gelb, schmucklos und mit fleckigem Putz, der an eine Hautkrankheit erinnerte, an Groschens Nesselausschlag.

– Bestimmt nach dem Erfinder der Jukebox benannt, meinte Groschen.

– Keineswegs, sagte der Chauffeur, der die ganze Fahrt geschwiegen hatte. Paul Wurlitzer war der erste Kaffeehausbesitzer in der Vorstadt.

– Ein Studierter, schnalzte Martin mit der Zunge.

– Steirermatura, erwiderte der Fahrer. Führerschein und Tanzkurs.

Sie bezahlten das Taxi, stiegen aus und wurden von einer eigentümlichen Geruchsmischung aus zerlassener Schokolade und Biermaische überrascht. Es waren die Ausdünstungen einer nahen Brauerei und einer großen Süßwarenfabrik. Groschen ahnte, seine Freude könnte verfrüht gewesen sein. Instinktiv hatte er mit einer spannenden Geschichte gerechnet, mit einem verzwickten Fall. Was aber, wenn die Tote eine Türkin war? Nur kein Eifersuchtsdrama und bitte auch kein Mord wegen eines nicht gehaltenen Eheversprechens. Das würde die Mitarbeit eines Dolmetschers erfordern. Es gälte, eine Mauer des Schweigens zu durchbrechen. Wenn der Kommissar etwas nicht leiden konnte, dann waren es Morde unter Türken, Chinesen oder anderen Ausländern. Da fehlte ihm der Durchblick. Aber vielleicht war es ein banaler Eifersuchtsmord? Oder eine Fehde unter Betrunkenen? Die meisten Morde waren völlig reizlos, bedurften keinerlei kriminalistischer Aufklärung und hatten mit dem, was man ständig im Fernsehen oder in Kriminalgeschichten serviert bekam, nicht das Geringste zu tun. Groschens Hoffnung auf einen interessanten Mordfall war ohne Grund optimistisch gewesen. Jetzt, als er diese triste Gegend sah, begann sie zu schwinden. Sogar der unangenehme Geruch in der Nase war wieder da, auch wenn er sich gegen die Schokolade und die Biermaische kaum durchzusetzen vermochte.

Auf dem Gehsteig standen Müllsäcke, eine alte Waschmaschine und Fernseherschachteln. Darüber prangte das Plakat einer bürgerlichen Partei mit dem Slogan: »Ich will eine Stadt, in der Erfolg Anerkennung bringt – und keinen Neid.« Na, das hing hier gerade richtig. Inspektor Martin Zakravsky ging voraus, und Groschen hatte Mühe, nicht zu weit zurückzufallen. Als er auf einem Straßenschild »16. Bezirk« las, war er verwundert.

– Ottakring? Ich dachte, wir wären in Hernals.

– Muss die Bezirksgrenze sein, sagte Martin. Sie sahen den nahen Wilhelminenberg und, am Ende der Wurlitzergasse, eine Straßenbahnremise.

Als der Inspektor in einen Wohnblock mit der Ausstrahlung eines niedersächsischen Amtes für Verkehrsplanung ging, war für den Kommissar endgültig klar, er hatte sich zu früh gefreut. Es roch nach gedünstetem Kraut und nassen Hunden. Groschen wusste, in Gemeindebauten passierten nur Alkohol-Geschichten. Sie gingen durch ein modernes Stiegenhaus mit weiß geäderten Bodenfliesen und einem schmucklosen Geländer. An den Wohnungstüren waren aus Salzteig gebrannte Türschilder und Marienkäfer-Aufkleber angebracht. Vor manchen Türen standen Winterschuhe und Kinderwägen. Daneben Fußabtreter aus Sisalhanf, auf denen »Herzlich Willkommen« stand.

Im zweiten Stock lehnte ein uniformierter Polizist am Geländer und spielte mit seinem Handy. Als er die beiden Kriminalbeamten sah, beeilte er sich, das Telefon verschwinden zu lassen. Er richtete sich auf und salutierte. Groschen blickte in ein rotwangiges, einfältiges Gesicht, wie es Sprösslinge von Weinbauern besaßen – ein Mistelbacher, so hießen früher alle Wiener Polizisten, weil sie aus Mistelbach, Gänserndorf, Tulln oder anderen tristen Gegenden Niederösterreichs stammten. Groschen hätte nicht sagen können, weshalb, aber dieses gut durchblutete Polizistengesicht erinnerte ihn an Wein und Bratlfett. Bratlfett, Nebenprodukt des Schweinsbratens, eine Mischung aus gestocktem weißem Fett und brauner, gallertartiger Zwiebelmasse, dieses Yin und Yang der Österreicher, das man keinem Ausländer erklären konnte, war in manchen Gegenden eine Art Grundnahrungsmittel. Groschen bekam plötzlich große Lust auf so ein Bratlfettbrot mit Salz und frischem Zwiebel darauf, dazu ein Glas trockenen Weißwein, bei dem es einem den Mund zusammenzog.

– Hier?, fragte der Inspektor.

Der Polizist mit der Heurigenausstrahlung öffnete die weißlackierte Tür, an deren unterer Hälfte ein paar Kratzspuren waren. Das verzinkte Schloss schien unversehrt. Auch die Ketten der Sicherheitsschlösser wiesen keinerlei Beschädigungen auf.

Das Erste, was dem Kommissar in der Wohnung auffiel, war ein starker Geruch. Nach Bratlfett? Nein, es war eine Mischung aus Inkontinenz, Mottenpulver, Medikamenten, Magensäure und Gebissreiniger. Er sah eine kleine, dunkle

Garderobe mit grauen Staubmänteln. Darunter standen absatzlose, graue und braune Damenschuhe mit Silberschnallen, wie sie alte Frauen oder Nonnen trugen. Man merkte gleich, hier hatte alles seine Ordnung, hier wohnte eine Oma. Na, zum Glück, durchfuhr es Groschen, ist die Tote keine Türkin oder Chinesin. Wahrscheinlich eine Pensionistin, die ein Erbschleicher ums Eck gebracht hat. Die slowakische Pflegerin? Der drogensüchtige Enkel? Eine polnische Haushaltshilfe? Ermordete Rentnerinnen kamen in der Beliebtheitsskala gleich nach den Eifersuchtsmorden.

Im Wohnraum lag ein abgetretener Perserteppich. Ein großer Tisch mit Häkeldecke, darauf ein mit Papier umwickelter Blumenstrauß. Rote Rosen. Ob die vom Mörder stammten? Am Heizkörper hing ein Luftbefeuchter. In der Ecke eine ziegelrote Couch, davor ein kleines Tischlein mit einer grauen Schreibmaschine. Ein Blatt Papier war eingespannt, »M. S.« stand darauf. M. S.? Was sollte das bedeuten? Multiple Sklerose? Daneben lag ein getipptes Manuskript. Groschen nahm es und las: »Sein Schwanz glitt wie ein Eislutscher in meinen Mund. Er hatte meine Brüste gepackt und knetete sie wie Kuchenteig, während er versuchte, mit seinem Mund an meine feuchte, süße Gletscherspalte zu gelangen. Ich spreizte die Beine, und sein Gesicht beugte sich zu meiner Ritze hinunter. Zuerst küsste er sie, dann leckte er die Schamlippen entlang, bevor er sie in Richtung Popoloch …«

Himmel und Holunderstrauch! Groschen fuhr es durch den Bauch, und er spürte, wie in seine Därme Bewegung kam. Was war das? Ein österreichisches Kamasutra? Sofort verging ihm der Appetit auf Bratlfett. Überrascht von so viel Direktheit las er noch ein paar Sätze, in denen von Körpersäften und Kopulationsstellungen die Rede war, es nur so spritzte und schmatzte. War die Tote Autorin von Pornogeschichten, der Fall interessanter als vermutet? *Hängebrücke? Ziege auf der*

Klippe? Von diesen Stellungen habe ich noch nie etwas gehört. Er reichte Martin das Typoskript. Dem Inspektor trieb es beim Lesen gleich die Schamesröte ins Gesicht. Solche Texte hätte man hier, in dieser biederen Omawohnung, nicht vermutet. Auf einer Anrichte standen ein paar vergilbte Familienfotos. Ein streng dreinblickender Mann mit dichten Augenbrauen und eine verhärmte Frau auf einem Motorrad, wahrscheinlich die Eltern des Opfers. Daneben ein blonder Knabe mit schelmischem Grinsen. Auf einem weiteren Bild war der Bursch noch einmal zu sehen, diesmal umarmte ihn seine Mutter, eine Frau mit onduliertem Haar und dicken Hornbrillen. Überall gehäkelte Deckchen, Pölster, Puppen und andere Biedermeierinsignien. Ausgerechnet hier wurde Pornographie produziert? Der Kommissar war überwältigt. Aber wo war die Verfasserin dieser literarischen Ergüsse? Wo war die Leiche? Und vor allem, wo war das Klo? Groschen spürte einen Stuhldrang.

Da bewegte sich etwas hinter der weißen Gardine. Martin schob sie zur Seite, und aschblondes Haar wurde sichtbar. Inspektor Gordon stand mit dem Kollegen von der Spurensicherung am Balkon, lachte und rauchte. Wie hatte der es geschafft, vor ihnen hier zu sein? Als Gordon Zwilling seinen Chef erblickte, steckte er die Zigarette in einen Blumentopf und trat ins Zimmer. Der von animalischer Gesundheit strotzende Inspektor war aufgedreht wie eine Rollladenfeder, fuchtelte herum.

– Ernestine Papouschek, las Gordon seine Notizen von einem kleinen Zettel. Die Tote heißt Ernestine Papouschek. Eine pensionierte 82-jährige Buchhändlerin, die mit ihren Büchern über Sex im Alter bekannt geworden war. Mit dem hier, hielt der Inspektor eine Gießkanne in die Höhe, hat sie Masturbieren gelernt.

– Im Ernst? Groschen betrachtete das grüne Gefäß.

– Mit dem Schnabel. Ich habe das Buch gelesen, fügte Zwilling hinzu. Nach einer gescheiterten Ehe war sie jahrelang ohne Sex, bevor sie mit 75 im Internet eine Kontaktanzeige aufgegeben hat: Rüstige Pensionisten sucht Partner für Matratzensport, keine finanziellen Interessen …, woraufhin sich hunderte potentielle Freier meldeten. Ihre Erlebnisse hat sie in dem Buch »Die Rübenkönigin« beschrieben.

Gordon reichte dem Kommissar die Gießkanne, der aber sträubte sich, sie zu berühren. Er war weder prüde noch verklemmt, aber diese explizite Pornographie widerte ihn an. Seit er die Vierzig überschritten hatte, wollte er nicht mehr wissen, wer es mit wem und wie trieb. Diese ganzen Schwulenparaden und Regenbogenumzüge, diese ständigen öffentlichen Entblößungen und Demonstrationen freier Sexualität, die in plakatierten Zwitterwesen und bärtigen Sängerinnen fröhliche Urständ feierten, nervten ihn. Musste er sich jetzt auch noch mit einer nymphomanischen Großmutter beschäftigen?

– Und wo ist …? Groschen wollte nach dem Klo fragen, sah die leere Couch, eine saubere Kochnische, Gartenbücher und Regale voller Nippes. Eine Vitrine voll mit Bleikristallgläsern und Kaffeegeschirr mit Goldrand. Für eine Schriftstellerin, selbst für eine von drittklassiger Schundliteratur, gab es erstaunlich wenige Bücher. Ein paar Reader's-Digest-Hefte, Kochbücher, Katzenkrimis, aber sonst nichts.

– Die Rübenkönigin ist im Schlafzimmer, sagte Gordon und deutete in Richtung Garderobe. Im Fernsehen hatten die Menschen von der Spurensicherung immer weiße Ganzkörperanzüge an, aber der hier anwesende, ein unrasierter Mensch mit großer Nase, stand in Jeans und Vliesjacke da, als ob er Lehrer an einer Forstwirtschaftsschule wäre.

– Rechts beim Eingang.

Tatsächlich war da hinter den Staubmänteln, dem Rollator und der Einkaufstasche auf Rädern, hinter den grauen Schuhen und den karierten Schals der Eingang ins Schlafzimmer.

Die Tür war angelehnt, und Groschen spürte, wie sein Adrenalinspiegel anstieg, sein Puls sich beschleunigte, sein Atem rascher ging, sein Herz etwas lauter pochte und der Druck in den Gedärmen fester wurde. Um keine Fingerabdrücke zu zerstören, stieß er die Tür mit dem Knie auf. Dahinter stand ein großes Doppelbett, Stilrichtung spätes Resopal. Eben jetzt brach die Sonne durch das Fenster, zeigte sich seit Wochen erstmals wieder und flutete das Schlafzimmer. Es war, als wollte auch die gute alte Frau Luna sehen, was hier geschehen war. Die Laken des ungemachten Bettes waren strahlend weiß mit rötlich braunen Flecken. Der Kommissar war von dem grellen Licht geblendet, brauchte ein paar Augenblicke, bis er die ganze Szenerie erkennen konnte. Dann sah er das, was er seit Tagen fürchtete, was sich mit dem Geruch in der Nase angekündigt hatte, den Tod. Hier hatte er gewütet und sich eingenistet, hier war er zu Gast.

Groschen, der nicht hinsehen wollte, aber musste, sah einen halb entblößten, am Bauch liegenden Frauenkörper. Der Kopf blickte zur Seite. Mächtige Brüste, die bestimmt einmal manch neugierige Blicke angezogen hatten, quollen hervor. Groschen sah einen riesigen Warzenhof, groß wie ein Bierdeckel, darüber weiches Fleisch, feste Backen, ein Doppelkinn und dünne Beinchen. Irgendwie erinnerte ihn diese Gestalt an eine Kaulquappe.

– Erdrosselt, sagte Gordon und deutete auf das Verlängerungskabel, das der Toten um den dicken Hals geschlungen war.

Die Bluse war hinten aufgerissen, und in das schwammige, mit Blutergüssen und Totenflecken übersäte Rückenfleisch hatte jemand ein Kreuz geschnitten, das dunkelrot, fast schwarz, gleich dem deutschen Wappen auf einem Doppeldecker prangte. Auf dem geblümten Leintuch waren Blutspritzer. Auch die milchkaffeebraune Hose der Toten hatte ein paar

Flecken abbekommen. Aber viel weniger, als man angesichts der kreuzförmigen Wunde hätte erwarten dürfen. Wahrscheinlich hatte der Täter das Kreuz erst geschnitten, als das Herz der Toten schon aufgehört hatte zu schlagen. Die zierlichen nackten Füße der Leiche, bläulich weiß und wächsern, hingen über die Bettkante, darunter lagen zwei Gesundheitsschlapfen mit Korksohle. Die ganze Szenerie sah unwirklich und arrangiert aus – wie in Madame Tussauds Wachsfigurenkabinett. Für die Polizisten war das Routinearbeit, die keinerlei Gefühlsregung aufkommen ließ. Sie empfanden etwa so viel Mitleid wie beim Anblick eines plattgefahrenen Frosches.

– Bestimmt, meinte Gordon, hat die Tote ihren Mörder hereingebeten, die Blumen auf den Tisch im Esszimmer gelegt und sich dann mit ihm ins Schlafzimmer begeben, wo sie von hinten erdrosselt worden ist. Wir sollten ihre Freier überprüfen, das Kabel nach Fingerabdrücken untersuchen.

– Du sollst nicht spekulieren, sagte ein mürrischer Groschen. Wir sind nicht an der Börse.

Die meisten Leichen, besonders wenn er sie nicht gerade auf nüchternen Magen zu Gesicht bekam, gingen dem Kommissar nicht wirklich nahe. Wenn er sie aber in ihren privaten Räumen sah, in der biederen Häuslichkeit, in der sie eben noch gelebt hatten, setzte ihm das immer zu. Mit dieser aber hatte es noch eine andere Bewandtnis. Zum einen wirkte die ganze Wohnung unwirklich und inszeniert, zum anderen war da noch etwas. Etwas, das er nicht recht fassen konnte. Es dauerte, bis er merkte, was es war, zu sehr war er auf das wie herausgeschnitzt wirkende Kreuz im Rücken konzentriert, auf die Blutspritzer. Ein Ritualmord? Das Kreuz glich einer Intarsie. Jemand hatte mit einem scharfen Messer die Kontur ins Fleisch geritzt und dann die Fett- und Hautschicht herausgelöst, ja regelrecht abgeschabt. Ob diese herausgeschnittene Haut noch in der Wohnung war?

Auf dem Nachtkästchen standen eine halbvolle Whiskyflasche der Marke Jameson und ein halbleeres Glas – der Kommissar hatte Lust, daran zu nippen. Aber das war es nicht. Auch nicht die leicht verrutschte schwarze Perücke, die rotlackierten Zehennägel, der kleine Kotfleck an ihrem Hinterteil, der mit dunklem Rand versehene Urinfleck zwischen ihren Beinen. Es war der Gesichtsausdruck, die seltsame Leere, die sich in den Gesichtszügen dieser Toten spiegelte. Ihr Kopf lag seitlich, das Verlängerungskabel um den Hals. Ein nichtssagender, unendlich leerer Ausdruck, der Groschen an den Geschmack in seiner Nase erinnerte. Und jetzt sah er auch, warum. Es waren die Augen oder vielmehr die Nicht-Augen. Zuerst dachte man, die Lider wären geschlossen oder die Haut wäre an der Stelle so geschwollen, dass die Augen nicht zu sehen waren. Wenn man aber genauer hinsah, erkannte man: Die Augenhöhlen waren leer. Kleine, mit Blutkrusten gefüllte, golfballgroße Löcher waren das, die von schlaffen Augenlidern nur zum Teil bedeckt wurden. Eine weißgraue, klebrige Masse war daraus getropft und festgetrocknet. Irgendjemand hatte der Leiche *oder der Lebenden?* die Augäpfel herausgenommen, so dass an ihrer Stelle nur verwaiste, dunkle Höhlen waren. Kleine Bombentrichter mitten im Gesicht.

– Nach Raubüberfall sieht das nicht aus, murmelte der Kommissar. Wo ist übrigens …? Der Drang seiner Gedärme war stärker geworden.

– Die DNA-Tests werden bald ausgewertet sein. Ich bin überzeugt, der Mörder hat Spuren auf dem Whiskyglas hinterlassen, aber schauen Sie mal hier, Chef, zog Gordon den Kommissar aus dem Schlafzimmer zum anderen Ende des Ganges in ein kleines gekacheltes Badezimmer mit WC. *Na endlich.* Groschen sah eine Einstiegshilfe für die kleine Badewanne, einen Plastikvorhang. Auf der Klomuschel war ein hellgrauer Aufsatz, wie man ihn in Spitälern und Seniorenheimen verwendete. Im Wandschrank lagen jede Menge Medikamente. Ein Pulver zur Gebissreinigung, Bürsten voller Haare, Rasierer. Aber egal, hier würde er Erleichterung finden.

– Da, das meine ich. Gordon warf seinem Chef einen auffordernden Blick zu und deutete in die Toilette.

Der Kommissar, schon ganz auf Erleichterung eingestellt, erbleichte. Er wusste, was ihn erwartete, der Anblick von Fäkalien. Aus irgendeinem Grund schissen Einbruchmörder nach getaner Tat oft noch dem Opfer in die Wohnung. Das bedeutete, die Toilette war gesperrt, durfte nicht benutzt werden. Doch in der Klomuschel war was zu sehen? Ein großer brauner Haufen? Nein, Fehlanzeige, da schwamm nur Wasser. Gott sei Dank, schöpfte Groschen Hoffnung. Allerdings? Was lag da im Abfluss?

– Ist es das, was ich denke?

– Schaut so aus.

Tatsächlich lag da am Grund des Klos eine kleine Kugel, ungefähr in der Größe eines Tischtennisballs. Erst bei genauer Betrachtung erkannte man rotes Geäder, einen Knopf. Es war … ja, wirklich, das, wonach es aussah, ein Augapfel. Der Kommissar sah seine Inspektoren an und sagte mit bitterem Geschmack im Mund:

– Das ist ja hübsch. Nun war eine Klobenützung natürlich völlig ausgeschlossen.

– Es gab schon einmal eine Tote mit herausgestochenen Augäpfeln und einem Zeichen im Rücken, sagte Martin, der sich bei diesem Anblick ziemlich beherrschen musste.

Während Gordon einen Schöpflöffel aus der Küche holte und ihn mit einer Todesverachtung, die seinesgleichen suchte, in das Klowasser tauchte, um den Augapfel herauszufischen, hatte Inspektor Martin Zakravsky ein heftiges Würgen in der Kehle. Der Augapfel glänzte wie ein frisch ausgeweidetes Organ.

– Hatten wir das nicht schon einmal, schluckte Martin.

– Und ob, brummte Groschen. Das ist Jahre her. Damals war ich noch ein blutiger Anfänger, und ihr beide seid noch in die Baumschule gegangen.

– Natürlich, schlug sich Gordon ins Gesicht und ließ dabei fast den vollen Schöpflöffel fallen. Warum ich da nicht früher draufgekommen bin? Der Tode!

Tode Todic, ein aus Jugoslawien stammender Musiker, war vor 18 Jahren für den Mord an seiner Frau verurteilt worden. Der Fall hatte für Aufsehen gesorgt, auch damals gab es ausgestochene Augen und ein Zeichen im Rücken. Bei der Gerichtsverhandlung wurde eine lebenslängliche Einweisung für geistig abnorme Rechtsbrecher gefordert, er kam aber ins Gefängnis, wo er sich bekehrt und gebessert haben soll. Theologiestudium. Vor wenigen Wochen wurde er wegen guter Führung entlassen. Die Bevölkerung war, aufgehetzt von den Boulevardzeitungen, dagegen, organisierte Proteste, verfasste Schreiben an Politiker, affichierte sogar Flugblätter mit seinem Konterfei an Laternenpfähle und Bäume. Im Fernsehen sprach der Führer einer neu formierten Bürgerinitiative, machte sich für eine Haftverlängerung stark, sagte, dass lebenslänglich auch lebenslänglich bedeuten müsse, die Sicherheit der Bevölkerung gefährdet sei. Wenn so ein Verrückter frei herumlaufe … Man ließ Todic dennoch frei. Das Gesetz sah es so vor. Er wollte in ein Kloster eintreten.

– Da haben wir wieder ein Beispiel unserer Justiz. Gordon trat gegen den Türstock. Darum laufen so viele perverse Arschlöcher herum! Vorzeitige Entlassung? Und was kommt heraus? Das da! Er ließ den Augapfel im Schöpfer kreisen. Diese Schreibtischhengste haben noch nie dem Tod ins Angesicht gesehen. Die können schnell jemanden entlassen. Und wer hat dann die Drecksarbeit? Wer?

– Wir können nicht alle Menschen für immer und ewig

wegsperren. Jeder hat eine zweite Chance verdient, sagte Groschen, bückte sich und hob etwas Haariges hoch. Es war ein behaarter Streifen, sah aus wie ein sehr ausgedünnter, breiter Pinsel: falsche Wimpern. Er gab sie Martin, der nicht wusste, was er damit anfangen sollte.

– Wer hat die Tote gefunden?

– Der Nachbar, deutete Gordon in eine Richtung. Ich hab ihm gesagt, er soll sich zur Verfügung halten.

– Wissen wir, wo diese … Wie heißt sie?

– Ernestine Papouschek.

– Wo diese Papouschek ihre Ersparnisse aufbewahrt hat?

– Nein, zuckte Gordon mit den Achseln, aber ich habe nicht den Eindruck, dass hier viel gestohlen worden ist.

– Weil nichts durchwühlt worden ist? Macht schon mal die Formalitäten und findet heraus, mit wem die Dame befreundet war. Lebensgefährten, Familie, Verleger … Groschen nahm eine »Rübenkönigin« von einem Bücherstapel und ging damit zur Tür.

– Und was ist mit Tode?, rief ihm Zwilling hinterher.

– Den meinetwegen auch, erwiderte Groschen. Wir sehen uns dann in der Vorlaufstraße.

– Aber brauchen wir für den nicht sofort einen Haftbefehl? Sollen wir ihn denn nicht einnähen?

– Immer mit der Ruhe, Kinder. Immer mit der Ruhe. Der Kommissar drehte sich um und ging hinaus.

MORAL AUF VERLORENEM POSTEN

Am Gang stieß Groschen auf den Amtsarzt, der ein angewidertes Gesicht machte und etwas von schlechtem Wochenbeginn murmelte. Der Kommissar nickte, hob die Hand zum Gruß und klingelte beim Nachbarn. »Zsack« stand da an der Tür. Mit dem hellen Glockenton erklang ein seltsam gequältes Krächzen. Gleich darauf scharrte etwas an der Tür. Man konnte Kratz- und Knurrgeräusche hören, dazu eine Stimme, die Platz! und Sitz! befahl. Dann wurde die Tür einen Spaltbreit geöffnet. Groschen sah einen großen schwarzgekleideten Glatzkopf mit langem Kinnbart und Silberringen in den Lippen und Augenbrauen. Über einem Nietengürtel wölbte sich ein kugelförmiger Bauch. »Monster« stand in Runenschrift auf seinem T-Shirt. Die Arme über und über tätowiert, sah dieser Herr Zsack aus wie eine Mischung aus Türsteher, Motorradrocker und Neonazi. Auf seinem Hals stand etwas, das Groschen erst für einen Namen hielt, Harald Biber, nein, es hieß Hardcore Biker.

Der Schwarzgekleidete mühte sich nach Kräften, den jungen Rottweiler, der noch immer äußerst seltsame Töne von sich gab, zurückzuhalten. Groschen war unheimlich zumute; wie diesen fetten Glatzkopf mit seinem Untier stellte er sich den Wächter des Hades vor. So einer konnte eine alte Pensionistin leicht erwürgen – auch ohne Verlängerungskabel.

– Aha, sagte der Hüne abschätzig, der Kommissar. Die Stimme des Rockers war weicher und angenehmer, als man erwartet hätte.

– Immer nur hereinspaziert. Wenn es Ihnen nichts ausmacht, ziehen Sie die Schuhe aus. Groschen, etwas irritiert, stieg aus seinen Segelschuhen, die für diese Jahreszeit viel zu sommerlich waren. Er stellte sie neben die Doc Martins, die es hier in allen Ausführungen und Farben gab. Der Rocker reichte ihm Filzpantoffeln.

Im Inneren der Wohnung hingen zwar überall Poster von Heavy-Metal-Bands, ein paar E-Gitarren und Verstärker standen herum, aber insgesamt war es recht gepflegt.

– Darf ich Ihre Toilette benutzen?

– Aufs Häusel wollen Sie? Bitteschön, deutete der Rocker auf eine Tür, an der ein Bild von Banksy hing: Mona Lisa, die das Kleid gehoben und ihr Hinterteil entblößt hatte. Das Badezimmer war mit schwarzen Fliesen gekachelt, auf denen kleine japanische Drachen abgebildet waren. Auf der ebenfalls schwarzen Klomuschel befand sich eine durchsichtige Klobrille mit eingelassenem Stacheldraht. Während Groschen sich erleichterte, sah er eine schwarze Zahnbürste mit Totenkopfemblem und einen kleinen Plüschteppich, auf dem »Death Metal« stand. Und während draußen der Hund Geräusche von sich gab, die an ein gackerndes Huhn erinnerten, hielt der Kommissar eine Lagebesprechung mit sich selbst: Es gab eine ermordete Porno-Schriftstellerin. Die Auffindsituation der Leiche wies eindeutig auf den eben aus der Haft entlassenen Tode Todic. Der Fall schien klar. Oder war dieser Todic eine Votivkirche, ein falscher Verdächtiger? Groschen wollte sich bereits erheben, da fiel sein Blick auf den weißen Umschlag, der aus seiner Hose schaute. Das Geschenk des Bettlers. Darauf hatte er ganz vergessen. Gedankenverloren zerknüllte er das Kuvert und warf es in den schwarzen Mistkübel. Dann nahm er Pass und Führerschein, blätterte darin herum und betrachtete die Automatenbilder einer Frau mit Hochzeitstortenfrisur und dunklen Hornbrillen. Geboren neunzehnhundertdreiund… Irgendwie kam ihm die bekannt vor. Als er den Namen las, erschauerte er, eine Gänsehaut rann über seinen Rücken.

Da klopfte es, und die Stimme des Rockers war zu vernehmen:

– Alles roger in Kambodscha? Oder sind Sie eingeschlafen?

– Nein, bin gleich fertig, gab der Kommissar zurück.

In Pass und Führerschein stand der Name Ernestine Papouschek. Die Papiere der Toten! Aber wie war der Bettler an die gekommen? Hatte er sie tatsächlich gefunden, wie er gesagt hatte? Dann waren Fingerabdrücke des Mörders darauf. Oder sollte der Bettler mit dem Mord etwas zu tun haben?

Groschen steckte die Dokumente ein, erhob sich, spülte und bemerkte, dass hier sogar die Seife schwarz war. Mit feuchten Händen verließ er das WC und musste den seltsamen Hund abwehren, der ihn sofort ansprang und piepsende Geräusche von sich gab.

– Adolf! Platz!, brüllte Zsack. Platz! Ein Bier? Der Rocker hatte zwei Flaschen in der Hand.

– Danke, lehnte Groschen ab. Nicht im Dienst. Er hatte große Lust darauf, und wäre es ihm in einer Nobelvilla oder in einer Gartenhaussiedlung angeboten worden, hätte er ohne Zögern zugegriffen, so aber hielt ihn etwas davon ab. Wahrscheinlich, weil er sich nicht korrumpieren lassen wollte. Dem Rocker war's egal, er öffnete eine Flasche mit den Zähnen, zündete sich eine Zigarette an und trank. Nachdem ein Ahhhh aus seinem Mund entwichen war, ging er ins Wohnzimmer, warf sich auf die Couch und bat Groschen, es ihm gleichzutun. Es war ein seltsamer Anblick, zwei gestandene Männer in Filzpantoffeln, der eine mit Bart und Tätowierungen, der andere massig und ziemlich mürrisch. Und dazwischen dieser große schwarze Hund, aus dessen Maul nur piepsende und gackernde Geräusche kamen.

– Was ist denn los mit diesem Tier? Hat man ihn hypnotisiert und glaubt er jetzt, ein Huhn zu sein? Hat er eine Quietschente verschluckt?

– Der Tierarzt meint, das ist ein Stresssymptom.

– Dann müsste ich auch solche Geräusche von mir geben, sagte Groschen.

– Sie kommen wegen der Papouschek?

– Na, wegen einem Zeitschriften-Abo bin ich nicht hier. Der Kommissar lächelte.

– Also gut. Der Nachbar ist ein Auszufragender. Ich war heute Morgen mit dem Adolf draußen. Der Adolf ist ein Auszuführender.

– Was? Groschen hob die Brauen.

– Der Hund. Soll ich ihn Caruso nennen …? Als wir zurückgekommen sind, hat er an der Wohnung der Alten gekratzt. War offen. So schnell habe ich gar nicht schauen können, war er auch schon drinnen, der Adolf. Die Papouschek war nicht besonders gut auf mich zu sprechen, wegen der Musik, wissen Sie. Außerdem ist der Adolf immer ihren Kachelmann angegangen …

– Kachelmann?

– Das ist ihr fetter Kater. Ich bin also sofort hinterher, weil ich gefürchtet habe, die Alte zeigt mich an, wenn sie den Hund in ihrer Wohnung sieht. Ich habe dann natürlich gleich gesehen, anzeigen ist nicht mehr, Hund sehen ist nicht mehr, sich aufpudeln ist nicht mehr.

– Sie waren bei der Leiche?

– Der Hund. Ich hab nur gesehen, wie sie daliegt. Also habe ich mir gesagt, die Polizei ist eine zu Verständigende.

– Wovon leben Sie, Herr Zsack.

– Wovon ich lebe? Heißt das, ich werde verdächtigt? Der Rocker kraulte sich am Bart. Sein Blick war feindselig.

– Das heißt gar nichts, sagte der Kommissar mit unbewegter Miene. Ich stelle nur Fragen und versuche mir ein Bild zu machen.

– Geben Sie es zu, Sie glauben, weil ich tätowiert bin und

etwas unkonventioneller aussehe, bringe ich alte Damen um zum Frühstück. Aber ich werde Ihnen etwas sagen, abgesehen von hin und wieder einem Joint bin ich ein zu Lobender …

– Hören Sie, sagte Groschen mit fester Stimme, ich habe schon mit Menschen zu tun gehabt, gegen die Sie wie ein Schulanfänger aussehen. Außerdem geht es hier nicht darum, was ich glaube. Mir persönlich ist es egal, ob Sie sich bis in die Darmwand hinein tätowieren, sich in der Stirn das Getriebe einer Schwarzwälder Kuckucksuhr implantieren lassen, mit zwei Ketten und Tannenzapfen aus den Nasenlöchern, oder sich Hakenkreuze auf die Peniseichel brennen, mich stört das nicht, genauso wenig wie es mich stört, wenn Sie Cannabis rauchen oder mit einem Wehrmachtshelm rumlaufen, von mir aus können Sie auch Ihren Hund Himmler oder Eichmann nennen – das Tier heulte kurz auf –, solange Sie keine anderen Menschen gefährden. Das ist alles, was ich dazu sage. Und jetzt erzählen Sie, womit Sie Ihren Lebensunterhalt bestreiten.

– Ich bin Musiker, sagte der Rocker mit leiser Stimme, so, als ob er sich dafür schämte. Mavpo heißt die Band.

– Mavpo?

– Moral auf verlorenem Posten. Nichts für den Song Contest oder den Musikantenstadl … Aber es läuft nicht so, wie ich mir das vorstelle. Meine Großmutter hat mir einiges vererbt, unter anderem diese Wohnung hier.

– Wussten Sie, dass Ihre Nachbarin ein kleines Vermögen verdient hat?

– Mit dem Scheiß? Zsack lachte. Es war ein erstaunlich hohles und flaches Lachen. Der Hund fiepte, was sich anhörte wie ein Huhn, dem die Gurgel abgedreht wurde. Ich habe sie einmal im Fernsehen gesehen und geglaubt, ich traue meinen Ohren nicht. Eine richtige Porno-Oma. Die Alte ist eine zu Bestaunende. Wenn Sie mich fragen, die hat es ziemlich wild getrieben. Mein lieber Jolly. Muss vor meiner Zeit gewesen sein. Hier jedenfalls hatte sie nur den General zu Gast. Und ob mit dem noch etwas lief? Ich weiß nicht. Die Wände sind ziemlich dünn und …

– Den General?

– So nennt er sich. Keine Ahnung, ob er wirklich einer ist. Ein betagter Herr, immer höflich, aber krampfhaft lustig, sagt Whitney Husten statt Houston, Kernöl statt gerne, bittö, dankö … ziemlich anstrengend.

– Sonst hat sie keinen Besuch empfangen?

– Manchmal kam ihr Sohn. Ein Spinner, einer, der ständig irgendwelche Ideen ausbrütet, mit denen er das große Geld machen will. Ein Anzug für Torhüter mit Stoff zwischen Hand und Füßen. Oder eine Schneckenguillotine, so eine Art Spazierstock mit einer Klinge vorne dran, damit man sich beim Töten der Nacktschnecken nicht die Finger schmutzig macht.

– Woran ist eigentlich Ihre Großmutter gestorben? Groschen sah den Rocker an, der gerade an seinem Bier nuckelte und sich beinahe verschluckte.

– Altersschwäche, sagte er verlegen.

– Ich danke Ihnen, Sie haben mir sehr geholfen. Groschen erhob sich und zeigte mit einer Handbewegung, dass er den Weg zur Tür alleine fand. Zsack nahm noch einen Schluck Bier und murmelte etwas von Undank, beschissenem Staat und Klogehern. Der Hund, der während des Gesprächs zu seinen Füßen gelegen war, stand auf, streckte sich, gähnte und gackerte.

– Hat Sie die Papouschek eigentlich oft angezeigt, rief der Kommissar ins Wohnzimmer, während er sich die Schuhe anzog.

– Immer wieder, kam zurück. Adolf tat einen Piepser, so, als wollte er das beglaubigen.

Im Stiegenhaus stieß der Kommissar wieder auf den Amtsarzt, der ihn keines Blickes würdigte.

– Immer diese Leichen, murmelte er. Dafür hat man doch nicht Medizin studiert. Dafür nicht.

– Wann ist die Tote …?

– Steht im Formular.

– Verraten Sie es mir trotzdem?

– Phh. Gestern zwischen 18 und 20 Uhr. Aber den genauen Zeitpunkt wird die Autopsie erbringen. Der Amtsarzt schenkte dem Kommissar keinen Blick mehr, rannte das Treppenhaus hinunter, so als wäre er auf der Flucht.

TOTE DIVEN

Draußen blies ein warmer Föhnwind die letzten roten und gelben Blätter von den arthritischen Bäumen. Gemeindebedienstete kehrten die Straßen, türkische Mamas zogen ihren Nachwuchs, der schwere Schultaschen schleppte. Die Menschen hier waren ärmer und dicker als in den besseren Bezirken. Man sah ihnen an, sie ernährten sich von Fertigkost, von Pizzaburger, Eisspaghetti, Dönerschnitzel. Ihre Gesichter waren anämisch und die abgestumpften dünnen Haare blond oder rot gefärbt. Man konnte Akkusativ und Dativ nicht unterscheiden, verwendete die Personalpronomen falsch, gebrauchte die Verben nur im Infinitiv, und Groschen war froh, nicht mehr hier zu leben, wo man auffiel, wenn man etwas besser angezogen war.

Er schlenderte in Richtung Innenstadt. Beim Gürtel ging er in ein Wirtshaus namens *Die Schwemme*, eine üble Kneipe, die in der Bevölkerung auch *Café Bauchstich* hieß. Groschen bestellte das, worauf er schon die längste Zeit einen Gusto hatte, ein frisch gezapftes Bier. Er war unruhig und nicht ganz bei sich, aber diese schäumende gelbe Flüssigkeit gab ihm Stabilität, Sicherheit und den Glauben an das Leben. Selbst der unangenehme Geruch in seiner Nase, sein olfaktorischer Tinnitus, verlor damit an Schärfe.

An den anderen Tischen saßen Trinker, die schon vormittags ihr Quantum brauchten, und rauchten. Groschen war viel zu sehr in seinen Gedanken, um sie zu beachten. Es gab also eine ermordete Porno-Schriftstellerin, die aufgrund ihres hohen Alters bekannt geworden war. Aber wer brachte so jemanden um? Hatte sie Affären? Ein Freier? Raubmord? Dann wäre wahrscheinlich alles durchwühlt worden. Wollte sich jemand an ihr rächen? Ging es um die Erbschaft? Sollte tatsächlich dieser Tode Todic, kaum entlassen, gleich den nächsten Mord begangen haben? Warum? Um der Welt zu zeigen, er war zurück? Wie kam der Bettler zu den Dokumenten? Und wo war die Katze namens Kachelmann? So oder so, war der Kommissar überzeugt, würde die Aufklärung nicht lange auf sich warten lassen. Der Fall würde sich quasi von selbst aufklären und Groschen in dieselbe mürrische, von Ängsten durchsetzte Lethargie entlassen, die ihn seit Wochen quälte.

Morgen bekam nicht nur der feiste Staatsanwalt Döblinger seinen Orden angesteckt, es begann auch der Strafgerichtsprozess gegen Achmed Hursi. Der Ägypter hatte angeblich den Prominentenschneider Elmar Ellmander, eine Art Wiener Moshammer, umgebracht und ihm anschließend das Herz herausgeschnitten. Eine typische Beziehungstat? Achmed Hursi, ein illegaler Einwanderer ohne gültige Papiere, ein hübscher Jüngling mit vollen Lippen, honigfarbenen Augen und schwarzen Locken, der von allen nur Alibaba gerufen wurde, war der Geliebte des kleinen glatzköpfigen Schneiders gewesen, über dessen Perücke und Tuntengehabe man sich in ganz Wien lustig machte. In der Mordnacht hatten die beiden eine kleine Orgie mit Koks und Sex und Cremeschnitten gefeiert. Am nächsten Morgen versuchte der Ägypter einem Hehler diamantenbesetzte Armbänder und goldene Uhren aus dem Besitz des Schneiders anzudrehen. Auch wenn er behauptete, diese Wertgegenstände vom späteren Mordopfer geschenkt bekommen zu haben, auch wenn er beteuerte, die Wohnung des Schneiders im Morgengrauen verlassen zu haben, zu einem Zeitpunkt, als der Schneider noch am Leben war, zweifelte niemand daran, dass er den exzentrischen Ellmander mit einem Meterband erdrosselt und ihm nachher das Herz herausgeschnitten hatte. Niemand glaubte seiner Geschichte vom Unbekannten, dem er im Stiegenhaus begegnet sein wollte, der anscheinend nur darauf gewartet hatte, dass er, Hursi, die Wohnung verließ. Nicht einmal Groschen. Zu fadenscheinig war diese Story, zu abgedroschen, tischten doch Männer, die unter Mordverdacht standen, meist eine Geschichte mit einem Unbekannten auf. Und warum verließ der Ägypter Österreich? Hursi wurde in Marseille aufgegriffen, während man das Herz des Schneiders am Stephansplatz fand – eingewickelt in der Perücke und einem seidenen Schlafanzug. Groschen wusste noch, welchen Eindruck damals Ellmanders komplett verwüstete Wohnung auf ihn gemacht hatte, die Wände waren blutverschmiert, und es sah aus wie bei einem Ritualmord. Der Fernseher lief, und durchtrainierte Kalifornier machten Werbung für ein neues Fitnessgerät, das einen Waschbrettbauch versprach. Rufen Sie jetzt an, verkündete eine Stimme, treffen Sie heute die Entscheidung, sich und Ihr Aussehen zu verändern. Aber Ellmander konnte nicht mehr anrufen, er lag mit weit aufgerissenen Augen, erdrosselter Kehle und einem blutigen Loch in der Brust auf dem Boden. Sein Aussehen konnte nur noch der Pathologe retten. Vergeuden Sie keine Sekunde, verkündete die Stimme, dieses Angebot ist streng limitiert … Zusätzlich zu Ihrem Wonder Core erhalten Sie einen Ernährungsplan, ein gratis Upgrade und die völlig neuartige Kopfstütze. Aber Ellmander hatte kein Interesse an diesem Bauchmuskeltrainer samt Ernährungsplan und Kopfstütze. Da konnten die sonnengegerbten kalifornischen Gesichter noch so sehr ihre zinkweißen Strahlgebisse in der Sonne funkeln lassen und ihre gestählten Waschbrettbäuche präsentieren. Für Ellmanders behaarten Kugelbauch kam das alles zu spät. Sogar dem kleinen weißen Pudel, der den Schneider stets begleitet hatte, ein Tier, das auf den Namen Dame Edna hörte, hatte man den Bauch aufgeschlitzt. Auch für Dame Edna kam der Wonder Core zu spät.

Die Beweislast war erdrückend, trotzdem bestritt Achmed Hursi, Ellmander umgebracht zu haben. Er räumte einen Streit ein, wollte sich an nichts mehr erinnern können. Der Staatsanwalt, die Inspektoren, die Öffentlichkeit, alle waren überzeugt, er sei der Mörder. Einem schwulen, sich prostituierenden illegalen Einwanderer war alles zuzutrauen.

Nur Groschen hatte Zweifel. Warum hätte der Ägypter die goldene Gans umbringen sollen, wenn sie sich noch schröpfen ließ? Warum hätte er den einzigen Menschen, der sich für ihn einsetzte, um die Ecke bringen sollen? Für Groschen passte das nicht zusammen, für ihn war Hursi eine Votivkirche. Der Staatsanwalt, immer auf den raschen Erfolg aus, hatte den Fall viel zu schnell abgeschlossen. Morgen begann der Prozess, und wahrscheinlich würde der Ägypter für zwanzig Jahre hinter Gitter wandern, während sich Answer Döblinger seines Ordens freute. Groschen missfiel die Sache. Schadc, dass er kein Fernsehkommissar war, dann würde sich schnell der wahre Mörder finden. Aber so?

Der Kommissar wollte eben ein zweites Bier bestellen, als sein Telefon vibrierte. Döblinger! *Die Wulstlippe will sich bestimmt vergewissern, ob ich morgen zur Ordensverleihung komme.* Groschen drückte den Verbindungsknopf und hörte die sämige, sich wie immer in geschmeidigen Sätzen ausdrückende Stimme des Justizbeamten. Zu Groschens Überraschung ging es ihm gar nicht um die Feier, sondern um die tote Papouschek. Er wusste von Tode Todic und hatte eine beschleunigte DNA-Analyse erwirkt, deren Ergebnis morgen zu erwarten war. Er war sich sicher, den Mörder schon zu kennen.

– Ich will diesen Tode! Der Haftbefehl ist bereits ausgestellt.

Groschen hörte, wie sich die Stimme des Staatsanwalts vor Freude förmlich überschlug. Die Verhaftung eines von den Medien gehetzten und von der Bevölkerung gefürchteten Exsträflings war das Beste, was ihm passieren konnte. Die Presse würde jubeln. Das wäre das i-Tüpfelchen für seine Ehrung. Damit würde er sich einen Sonderapplaus sichern. Groschen verzog missmutig das Gesicht und trank ein zweites Bier, das ihm der Kellner auf einen bloßen Fingerzeig gebracht hatte.

– Tode Todic ist bei den Söhnen der christlichen Liebe. Das ist eine kleine Glaubensgemeinschaft in der Maria-Treu-Gasse, Josefstadt. Also, mein Lieber, fahren Sie hin und nehmen Sie ihn fest.

– Wenn es sein muss, sagte Groschen. Wenn er etwas nicht leiden konnte, dann die Anrede »mein Lieber«. Döblinger hätte alles sagen können, der Kommissar hätte es gewendet und gedreht, bis ihm etwas daran missfiel. Er mochte weder den Staatsanwalt noch die Vorstellung, einen medial Vorverurteilten zu verhaften. Vielleicht hatte sich der wahre Täter nur einen aus den Zeitungen bekannten Umstand zunutze gemacht?

Ließ er sich deshalb Zeit? Groschen war gereizter, als er sich eingestehen wollte. Wahrscheinlich ahnte er, Todic und Hursi waren die Falschen. Laut einer Statistik waren in Österreich fünf Prozent aller inhaftierten Häftlinge unschuldig. Dummerweise mussten sie sich schuldig bekennen, Schuldeinsicht nannte man das, um für Hafterleichterungen und Strafmilderung in Frage zu kommen. Der Kommissar dachte gar nicht daran, sofort zu den Söhnen der christlichen Liebe zu fahren. Er trank ruhig sein Bier und blätterte die »Rübenkönigin« durch. Das kleine rote Büchlein handelte von der sexuellen Befreiung einer 75-jährigen und war so ziemlich das Grauenhafteste, was Groschen jemals in Händen gehalten hatte. Da war die Rede von immer neuen männlichen Geschlechtsteilen, die sich die 75-jährige einverleibte. Glaubte man dem Text, meldeten sich auf ihre Kontaktanzeige »Rüstige Pensionistin, keine finanzielle Interessen …« Hunderte Männer, die alle mit ihr Sex haben wollten. Sie traf sie in einem Kaffeehaus und ging dann mit denen, die ihr sympathisch waren, in die Wohnung. Groschen dachte an die sauberen Zimmer und den Rollator, an den erhöhten WC-Sitz, die Medikamente im Badezimmer und die Kaulquappenfigur der Papouschek. Irgendwie passte das nicht zusammen. Auch nicht mit der vulgären Sprache. Da war die Rede von Schwänzen und Löchern, vom Bumsen, Blasen und Lecken. Groschen dachte an den toten Körper, die gelbe Haut, die leeren Augenhöhlen und konnte nur mit Mühe einen Brechreiz unterdrücken. Aus lauter Ekel bestellte er einen Schnaps.

– Kirsch? Korn? Obstler? Quitte? Vogelbeere? Mispel?, fragte der Kellner. Wir haben auch einen guten Nussschnaps, gebrannt, nicht angesetzt, schmeckt, als würde man einen Löffel Nutella lutschen.

– Haselnusscreme ist das Letzte, was ich jetzt brauche, murrte Groschen und dachte an Stellen in der »Rübenkönigin«, wo die Tote ihre Erfahrungen mit zwei Männern beschrieben hatte – Sandwich hieß die Stellung, und John Montagu, 4th Earl of Sandwich, wird deshalb im Grab rotieren. Aber Mispel? Was ist das?

– Probieren Sie. Der Kellner schenkte ihm ein Glas ein. Geht aufs Haus. Und während der Kommissar trank und an keltische Druiden dachte, kam der Wirt mit einem großen Rexglas an. In einer rötlichen Flüssigkeit schwammen *eingelegte Frösche?, Föten?, nein,* grünliche Scheiben.

– Zirben, selbst angesetzt, sagte der kleine dunkelhaarige Mann. Unter seiner schwarzweiß karierten Schürze wölbte sich ein Bauch. Aus seinem offenen Hemdkragen quoll schwarzes Brusthaar.

– Selbst gepflückt, in der Steiermark. Der Wirt machte ein Gesicht, als würde er ein großes Geheimnis offenbaren. Wir haben ein Gerät, mit dem man Golfbälle holt, eine Teleskopstange mit Drahtschlinge. Damit sammeln wir Ende Juli die Zirbenzapfen. Die Nüsse muss man zur Sonnwende pflücken, die Zirbenzapfen einen Monat später. Man darf sich dabei nicht erwischen lassen ... Ich frier sie ein, und bei Bedarf wird Schnaps angesetzt. Bevor Groschen etwas sagen konnte, hatte er ein Glas Zirbenschnaps vor sich stehen. Der Wirt, ein untersetzter Mensch mit scharf geschnittenen Gesichtszügen, zeigte ihm einen eingefrorenen rundlichen Zapfen, rieb daran und reichte ihn Groschen. Es war hier zu verraucht, als dass der Kommissar etwas riechen hätte können, dennoch verzog er anerkennend das Gesicht, was mit einem Birnenschnaps belohnt wurde. Zum Schluss kam Quitte, weil die angeblich gut für die Leber war. Aber er durfte nicht gehen, bevor er nicht den Marillenschnaps gekostet hatte. Aus der Wachau! Und als er dann auch noch einen Nussschnaps serviert bekam, merkte er, wie sich alles leicht zu drehen anfing. Die Grautöne verschwammen ineinander, und dem Kommissar war zumute wie in einer Mehlsuppe. Die Schnäpse hatten ihn aufs Kreuz gelegt. Plötzlich war er kaum noch fähig zu sprechen, verabschiedete sich von dem Wirt, als ob er sein bester Freund wäre, sagte:

– Sie haben ein Gesicht wie aus einem Asterix-Heft. Gefällt mir.

Dann torkelte er auf die Straße, wo ihn die frische Luft fast umwarf und ihm richtig schlecht wurde. Alles drehte sich. Er ging ein paar Meter und hatte das Gefühl, sein Geist pulsiere in der Hülle seines Körpers und erreiche immer nur einzelne Regionen. Mal war es, als würden die Beine ganz von alleine marschieren, dann wieder bekam der Kopf eine Schwere, die ihn fast zu Boden drückte. Er kam sich vor, wie von einem Zauberer zersägt und nicht mehr richtig zusammengesetzt. Seine Hände waren taub, und die Bilder, die ihm die Augen in den Kopf schickten, glichen einem Film, den er nur verschwommen wahrnahm. Was ihm durch den Kopf und auch durch den größten Teil seines Körpers ging, vom Gehirn bis in die untere Magenregion, war der immer stärker werdende Drang, sich zu übergeben. Nein, sagte er sich, Männer kotzen nicht. Nur Frauen und Jugendliche übergeben sich. Wann hatte er das letzte Mal …? War ewig her. Er wollte es bis nach Hause schaffen, beschleunigte den Schritt, stieß fast mit einem Chinesen zusammen. Was konnte der auch nicht Acht geben? Spielte an seinem Handy rum. Schlitzauge! *Was hat der hier verloren? Soll in China bleiben und Kleidung produzieren.* Eine junge, unglaublich fette Mutter brauchte den ganzen Gehsteig mit ihrem Gefährt. *Mach Platz, du Nilpferd!* Im Vorbeigehen blickte er in den Kinderwagen, da lag in Decken eingehüllt ein großer, glänzender … Augapfel – wie bei der Papouschek. Ein Rentner mit Stock, dessen Knauf ebenfalls … ein Augapfel war. Gackernde Schülerinnen. Verschleierte Türkinnen.

– Platz da, schrie der Kommissar mit bamstigen Lippen. Mohamedanerinnen und alle anderen Destinationen aus dem Weg! Groschen spürte, wie ihm die Schnäpse in die Kehle stiegen, es war, als würde sein Kopf wegfliegen. Seine Augen bemühten sich, etwas zu fixieren, doch die waren wie in eine

Klomuschel gefallen. Alles erschien ihm verschwommen. Überall Augäpfel, Kreuze, Toilettenaufsätze, Rübenköniginnen. Alles drehte sich. Erst nachdem er sich in einen Sammelcontainer für Altpapier *Scheiße!* übergeben hatte und etwa eine halbe Stunde lang auf einer Parkbank gekauert war, ging es ihm wieder besser. Das Karussell in seinem Kopf verlangsamte sich, die Schwerkraft kam zurück. Was war zu tun? Ja, richtig, diesen, wie hieß er? … Todic verhaften.

DIE KATHOLISCHE BACKE

Wien lag da wie eine Auster, schleimig und grau. Um wieder einen klaren Kopf zu bekommen, ging Groschen stadteinwärts, Richtung altes Krankenhaus und Josefstadt. Der achte Bezirk war einer der bürgerlichsten Teile Wiens. Was für ein Unterschied zum proletarischen Hernals. Hier trugen die Menschen Lodenmäntel und Filzhüte. Alle sahen aus, als ob sie gerade von den Salzburger Festspielen oder aus dem Salzkammergut gekommen wären. Menschen, in deren blasierten Gesichtern geschrieben stand, dass sie das Spießbürgertum für die höchste Stufe der Evolution hielten. Es waren Figuren aus der Welt von Arthur Schnitzler; Rittmeister und Hofratswitwen, die ihn ohne Ausnahme an den Staatsanwalt Döblinger erinnerten. Sogar die Jugend wirkte hier vergreist.

Groschen, man sah ihm von weitem an, dass er getrunken hatte und unsicher auf den Beinen war, ging durch die Lange Gasse und landete in der Maria-Treu-Gasse. An einem alten grauen Barockhaus mit massiver Eingangstür blieb er stehen. Er zog am schwarzen Eisengriff, der eine Glocke betätigte. Wenig später ging die verschnörkelte Tür auf, und ein kleiner, dicker Mönch erschien. Sah aus wie der Kellermeister einer Bierbrauerei. Zuerst glaubte Groschen, der Wirt der *Schwemme* stünde vor ihm. Aber bevor er »Nein, keinen Schnaps mehr! Bitte keinen Schnaps mehr!« sagen konnte, bemerkte er, diese eiförmige Figur war ein anderer.

– Grüß Gott, sagte der Mönch. Kannst du das nicht lesen? Er deutete auf ein Schild »Betteln und Hausieren verboten!«. Wir geben nichts. Wenn du Hunger hast, Bruder, musst du dich an die Caritas wenden.

– Ich will zu Tode Todic, Bruder, lallte Groschen, wobei er das »Bruder« leicht verächtlich dranhängte.

– Ach so … Der Dicke drehte die Augen zum Himmel. Bruder Tode weilt nicht mehr unter uns.

– So? Weilt er nicht mehr? Ist er …? Groschen zeigte Richtung Himmel. Abberufen?

– Aber nein, nicht doch, hob der Mönch die Hände.

– Und wo, wenn man mir die bescheidene Frage erlaubt, Bruder, weilt er dann? Der Kommissar hatte noch immer einen Zungenschlag, und er merkte an der Reaktion des anderen, der einen Schritt zurückwich, dass er aus dem Mund stank.

– Darüber darf ich keine Auskunft geben, lächelte der feiste Mönch und wollte das Tor gleich wieder schließen.

– Moment, Bruder, sagte Groschen ernst. Seine Worte waren immer noch sehr gedehnt und leicht verwackelt. Wenn das so ist, sehe ich mich gezwungen, bei euch Brüdern eine Hausdurchsuchung durchzuführen. Kriminalpolizei.

– Kriminalpolizei? Der Mönch hielt das Ganze für den Scherz eines Betrunkenen. Erst als ihm Groschen mit leicht zittrigen Händen seine Marke zeigte, begriff er, murmelte etwas wie »Großer Gott im Himmel« und bekreuzigte sich.

– In diesem Fall muss ich Sie zu Bruder Prior Donatus bringen, verbeugte sich der Mönch, soweit sein Bauch es zuließ, und deutete dem Kommissar, ihm zu folgen. Der kleine Dicke bat ihn einzutreten und watschelte voraus, wobei er immer wieder kurz stehen blieb, sich umwandte und mit leichter Schnappatmung auf Bilder oder Skulpturen wies, um Luft zu holen. Mit dem, dachte der Kommissar, möchte ich nicht die Alpen überqueren, mit dem im Schlepptau wäre sogar Jesus zur Kreuzigung zu spät gekommen.

Sie trotteten über einen kalten Steinboden in einen Innenhof. An den Wänden hingen dunkle Bilder von Heiligen und früheren Äbten. Neben den Marmorsäulen, die das Gewölbe trugen, standen Marienstatuen. Sie durchschritten den Kreuzgang, und Groschen staunte über die prunkvollen Gemächer. Überall roter Samt, steinerne Engel, geschnitzte Jesusfiguren und riesige Ölgemälde aus der Renaissance. Er war zwar immer noch betrunken, aber er konnte sich beherrschen.

Sie durchquerten einen zweiten, kleineren Innenhof, in dem ein grobschlächtiger Kerl gerade dabei war, Gänse auszuweiden. Groschen überkam ein Schauer, er sah leblose, weißgefiederte Körper, Flossen und einen Haufen von Schnäbeln, die sich teilweise noch bewegten. Was für ein grauenvolles Bild, das ihn an eine Kastration erinnerte. Der Kerl trug einen blutverschmierten Lederschurz und hantierte mit Blechwannen, in denen sich Gedärme und Innereien befanden. Groschen sah dem Schlächter ins Gesicht und stieß auf einen verstörenden, wahnsinnigen Blick, wie er ihn von Mördern kannte. Es war eine schreckliche Visage, die ihn da ansah wie eine Mischung aus Heroinsucht, Quasimodo und Wolfsmensch. Pockennarbige Haut, eingedepschte Boxernase und ein vorstehender Unterkiefer. Zwilling würde sagen: Schaut aus, wie mit einem Schweizerkracher rasiert. Um von dieser Fratze nicht allzu viel zu zeigen, trug er das Haar wie einen Vorhang. Außerdem hatte er sich einen Bart wachsen lassen, der allerdings nicht besonders dicht war. Für einen Augenblick trafen sich ihre Blicke, und Groschen lief eine Gänsehaut über den Rücken, ihm war, als blicke er einem wilden Tier in die Augen. Sämtlicher Restalkohol, der sich noch an seine Blutkörperchen klammerte und alles bremste, was er tat und dachte, wurde wie mit einem Schleudersitz aus ihm hinauskatapultiert.

– Martini kommt, strich sich der eiförmige Mönch mit der Zunge über die Lippen und betastete seinen Bauch. Dann plagte er sich weiter durch einen Gang mit hohen, reich verzierten Türen, öffnete eine, bat den Kommissar, hier zu warten, und trat ein.

Der Polizeibeamte ging zu einem Fenster, blickte in den Hof und sah, wie der Gänseschlächter weiter blutige Gedärme aus den weißen Körpern zog. Es war wie eine Folterszene irgendwo in einem Hinterhof der Dritten Welt. Groschen wollte das nicht sehen, doch irgendetwas zwang ihn, drehte seinen Kopf immer wieder Richtung Fenster, um zu beobachten, wie der Schlächter in die Gänsebäuche griff, sich lange, marmorierte Gedärme um die Hand wickelte, eine große glänzende Leber hervorholte, Nieren und ein Herz. Die Bewegungen des Schlächters waren routiniert, er schlitzte den prallen Körpern die Bäuche auf, klappte das Fleisch zur Seite, griff hinein. Doch da … Was tat er jetzt? Er hielt ein Herz wie Hamlet den Totenkopf in der Sein-oder-Nichtsein-Szene. Und … Er biss hinein. Groschen konnte deutlich sehen, wie der Gänseschlächter ein rohes Herz verschlang.

Ekelhaft!

Da kam der dicke Mönch zurück, machte ein Gesicht, als ob er soeben ein halbes Kilo Entenleber verputzt hätte, und flüsterte, der Prior sei nun bereit, ihn zu empfangen.

Groschen trat durch die vier Meter hohe Tür und sah ein Zimmer mit rot-weiß gestreifter Tapete. Möbel aus lackiertem Nussholz, glatt wie eine Eisfläche, standen auf dünnen

Beinen, und inmitten all dieser barocken Üppigkeit saß ein hochaufgeschossener, kantiger Mensch an einem Schreibtisch. Es roch nach herbem Rasierwasser. Alles an diesem Prior sah nach Disziplin und Selbstbeherrschung aus, sogar sein langes, graues, über den runden Schädel gescheiteltes Haar wirkte wie einzeln angeklebt. Kantiges Kinn und aufrechte Haltung, als hätte er einen Besenstiel verschluckt. Sein Gesichtsausdruck ließ dem Kommissar etwas Kaltes den Rücken hinunterlaufen, er fühlte sich wie ein Schüler vor dem Direktor – und doch fiel ihm beim Anblick dieses Gesichts nur ein Wort ein, das er gleich wieder verdrängte, wegschob, aber es tauchte wieder auf, drängte sich vor, um wie eine Neonreklame zu blinken: Pimmelgesicht! Tatsächlich erinnerte ihn dieser rote Kopf an einen Penis. *Das kommt vom Schnaps. Reiß dich zusammen!* Groschens Augen suchten Zuflucht, sahen an den Wänden Heiligenbilder und direkt hinter dem Pimm…, dem Prior ein großes schwarzes Kruzifix. Außerdem stand da noch ein hüfthoher geschnitzter Jesus mit einer Armhaltung, als ob er balancieren würde.

– Grüß Gott, Donatus Henkel von Germershausen oder einfach Bruder Donatus, reichte der stramme Mensch dem Kommissar die Hand. Was verschafft uns die Ehre? Oder sind Sie hier, um unsere Kunstschätze zu bewundern?

– Nicht direkt, sagte Groschen und sah, der hölzerne Jesus hatte am Rücken lauter mit abgeschnittenen Stäben gefüllte Löcher, was den Kommissar an seinen Nesselausschlag erinnerte.

– Wahrscheinlich war er daran einmal befestigt, erriet der Prior Groschens Blick. Man hat ihn bei Prozessionen durch die Straßen getragen. Aber nehmen Sie doch Platz.

– Sie wissen, weshalb ich hier bin?

– Wegen Glaubensfragen?

– Wegen Tode Todic.

– Die Wege des Herrn sind oft unergründlich.

– Sie haben Todic nach seiner Entlassung aufgenommen?

– Gott liebt besonders diejenigen, die sich verirrt haben. Kennen Sie das Gleichnis vom Hirten, der seine Herde zurücklässt, um das eine verlorene Schaf zu finden? Und als Groschen darauf nicht reagierte, fuhr er fort: Bruder Tode ist in seinem Ringen um Gott vielleicht ehrlicher als so manch anderer Bruder hier …

– Glaube ich gerne, murmelte der Kommissar. Leider liegt ein schwerer Verdacht auf Ihrem Bruder. Deswegen bin ich hier. Wo ist er?

Donatus fror das Lächeln ein. Alleine das Wort »Verdacht« veränderte etwas in seinen stahlblauen Augen. Plötzlich hatte er das Bedürfnis, die Dinge auf seinem Schreibtisch zu bewegen.

– Mordverdacht?

– Das darf ich Ihnen nicht sagen, Beichtgeheimnis, antwortete Groschen und dachte an dieses eine Wort, Pi…, Pimm…, er biss sich auf die Zunge und rief sich das Bild der eigenartig drapierten toten Ernestine Papouschek in Erinnerung. Er sah das blutige Kreuz in ihrem Rücken, die Gesundheitsschlapfen am Fuß ihres Bettes, den Augapfel im Klo.

– Gut, dann nicht, Bruder, machte Donatus ein Kreuzzeichen an die Stirn. Tode Todic ist heute Morgen nach Sarajevo geflogen. Er selbst hat um seine Versetzung gebeten. Er wird dort als Laienbruder tätig sein.

Mist, dachte es in Groschen.

– Haben Sie seine Adresse?

Der Prior nahm eine edle Füllfeder und schrieb damit auf ein kleines Heiligenbildchen, das er dann dem Kommissar überreichte.

– Wo war Tode Todic gestern Abend?

– Er hatte etwas zu erledigen, sagte der Prior vieldeutig.

Dann setzte er wieder ein gütiges Lächeln auf und blickte versonnen zur Decke. Es wäre doch sehr schade, wenn Tode seinen Versuchungen nachgegeben hätte. Aber, lieber Bruder Kommissar, sprechen wir von erfreulicheren Dingen. Wir haben morgen am Platz der Piaristen eine Pferdeweihe. Wollen Sie kommen?

Pferdeweihe? Seltsam, dachte Groschen, was die alles weihen. Ernte, Tiere, Vorhäute. Aber scheinbar hat das Weihwasser keine besonders hohe Konzentration, sonst müsste doch ein kleines ins Meer geschüttetes Kännchen reichen, damit alles Wasser der Welt geweiht wäre. Hatten nicht Physiker gerade erst herausgefunden, dass die Moleküle miteinander kommunizierten? Aber was passierte, wenn zwei Weihen aufeinandertrafen? Eine katholische und eine muslimische, eine jüdische und eine griechisch-orthodoxe? Neutralisierten die sich dann?

– Meine Großmutter hat immer, sagte Groschen, mit dem zu Weihnachten aus Bethlehem kommenden Friedenslicht die Flamme ihrer Gastherme entzündet, um das ganze Jahr die heilige Flamme im Haus zu haben. Meine Frau betet jeden Abend, aber ich? Die Taufe ist doch nichts anderes als Waterboarding und dieses sogenannte Jüngste Gericht der Niedergang aller Rechtsstaatlichkeit. Keine Resozialisierungsmöglichkeit! Wer da einmal verurteilt ist, muss ewig in der Hölle schmoren, das ist eine diktatorische Gerichtsbarkeit mit drakonischen, völlig inhumanen Strafen.

– Die Pferdeweihe ist ein Erlebnis! Sogar der Bischof kommt. Sie wissen, er soll zum Kardinal ernannt werden.

– Ich fürchte, es wird sich nicht ausgehen, bedankte sich Groschen, verabschiedete sich und ging zur Tür.

– Moment. Eines noch.

– Ja? Groschen drehte sich um und sah den aufrecht sitzenden Prior fragend an.

– Es wird Sie vielleicht interessieren, Tode hat zuletzt viele Anrufe erhalten. Er fühlte sich verfolgt. Einmal wurde er nachts von Unbekannten verprügelt, ein anderes Mal wurde er fast von einem Auto überfahren, einmal landete ein Blumentopf knapp neben ihm auf dem Pflaster.

– Aufgebrachter Mob, murmelte Groschen. Da sieht man, was die Medien anrichten.

– Möglich, murmelte Donatus Henkel von Germershausen, möglich. Vielleicht aber auch …

Ohne darauf einzugehen, öffnete der Kommissar die schwere Tür und ließ sich von dem dicken Mönch, der davor gewartet hatte, zum Ausgang bringen. Wieder schritten sie sehr bedächtig, wieder ging es vorbei am Gänseschlächter, der gerade dabei war, einem toten Leib die Füße abzuhacken, und den Kommissar erneut feindselig ansah.

Draußen rief Groschen Martin an: Er solle sofort den ominösen General ausfindig machen und den Verleger der Rübenkönigin aufs Kommissariat bestellen. Noch heute! Und dem Staatsanwalt müsse er mitteilen, dass sich Tode Todic in Sarajevo befand.

Dann ging er in Richtung Vorlaufstraße, vorbei am Theater in der Josefstadt, einer Hochburg des Bürgerlichen, vorbei am Café Eiles, weiter Richtung Rathaus. Die Wolken am Himmel hatten sich wie ein Deckel geschlossen, und der Kommissar war missmutig. Er spürte ein leichtes Ziehen im Bauch, dachte an Bauchspeicheldrüsenkrebs, hatte den unangenehmen Geruch in der Nase, der ihn an das Gefühl erinnerte, wenn man eine Batterie abschleckte, und ging, noch bevor er den Außenring, die sogenannte Zweierlinie, überquerte, in das Café Rathaus. Hier war alles noch genau so wie vor sechzig Jahren: braune, schon etwas abgewetzte Plüschbezüge, eine gläserne Tortenvitrine, Sessel mit Korbgeflecht. Die Gäste waren gemischt wie sonst in keinem anderen Wiener Kaffeehaus: Studenten, Künstler, Damenkränzchen, Philosophen, Karten- und Schachspieler. Groschen konnte sich gut vorstellen, dass hier auch eine Ernestine Papouschek verkehrt und Kaffee getrunken hatte.

Dem Kommissar war es immer schleierhaft gewesen, wie man in der Öffentlichkeit Kaffee trinken konnte, regte dieses Getränk doch vor allem die Peristaltik an und hatte, zumindest bei ihm, unweigerlich einen Klogang zur Folge. Mit Schaudern dachte er an seine Sitzung bei diesem Rocker. In Wien aber gab es nicht nur Unmengen an Kaffeehäusern, neuerdings rannten auch alle Menschen mit diesen gedeckelten Pappbechern von Starbucks oder McCafé herum, so, als ob sie ihre Verdauung öffentlich austragen wollten. Bezeichnenderweise hieß das dann auch noch »Coffee to go« – Kaffee zum Gehen, aber um wohin zu gehen? Aufs Klo? Vor allem junge, zur Bulimie neigende Mädchen schienen nach diesen synthetischen Getränken süchtig zu sein.

Während er ein Bier und einen Toast bestellte, läutete sein Handy, aber er reagierte nicht. Er hasste diese Erreichbarkeit, dieses schnurlose Gängelband. Erst nachdem er sich gestärkt und das Café wieder verlassen hatte, sah er, wer es war: der Staatsanwalt. Schon wieder? Groschen rief nicht zurück und schlenderte weiter gemächlich Richtung Kommissariat. Der Himmel war grau wie ein alter, zerkratzter Emailtopf. Die unerbittliche Dämmerung ließ die Häuser höher und die Straßen enger werden. Die meisten Menschen hatten mürrische Gesichter, und auch Groschen, der immer noch diesen unangenehmen Geruch in der Nase hatte, war unleidlich und böse auf die Welt, weil die Tage immer kürzer wurden, sich sein Hauptverdächtiger in Exjugoslawien befand und es auch sonst nichts zu freuen gab.

DIE KABARETTISTENDIÄT

In der Vorlaufstraße war schon beim Eingang lautes Gezeter zu hören. Groschen konnte nur einzelne Wortfetzen verstehen und sich Sätze wie »Ich bin nicht verrückt!« oder »Sie müssen mir helfen. Ich bestehe darauf!« zusammenreimen.

Als er eintrat, kam ihm Martin entgegen, der beim Anblick des Kommissars erleichtert wirkte.

– Na endlich, Chef. Sie müssen sofort zum Staatsanwalt. Der Döblinger ist völlig aus dem Häuschen. Warum heben Sie denn Ihr Handy nicht ab?

– Und deshalb plärrt der so herum, dass man es bis auf die Straße hört?

– Das ist jemand anderer. Ein Hautarzt, dessen Frau nichts mehr von ihm wissen will. Er sagt, sie sei wie ausgetauscht und wir müssen uns darum kümmern.

– Jetzt sollen wir auch noch Paare therapieren, brummte Groschen. So weit kommt es noch. Der Kommissar ging gar nicht erst in sein Büro, sondern gleich ein Stockwerk höher in das des Staatsanwalts. Döblinger residierte zwar im selben Haus, aber die Adresse war eine andere. Da es sich um ein Eckhaus handelte, lautete die Anschrift: Salzgries. Womit dem Prinzip der Gewaltenteilung auf recht österreichische Art genüge getan wurde.

– Ja, lieber Groschen, begrüßte ihn der massige Döblinger. Er trug ein blaues Hemd, wodurch sein Kopf, rot wie ein reifer Apfel, noch mehr auffiel. Eine blaue Ader stand ihm auf der Stirn. Wenn Sie nicht an Ihr Telefon gehen, müssen andere für Sie entscheiden. So bin ich es nun, der Ihnen die frohe Botschaft übermitteln darf: Morgen früh fliegen Sie nach Sarajevo und bringen mir diesen Todic. Ich verlasse mich darauf.

– Sarajevo? Ich? Meinen Sie nicht, ich sollte morgen bei Ihrer Ehrung sein?

– Vielleicht sind Sie mit der Abendmaschine wieder zurück, vielleicht auch nicht. Döblinger gab sich nicht die Mühe, seine Verachtung für den Kommissar zu verbergen. Seine wulstige Unterlippe glänzte, das Doppelkinn warf Falten und ging in den schwammigen Hals über. Er hatte die Ausstrahlung eines jungen Adeligen, der seinem Lakaien die Folter androht.

– Warum können wir nicht die kroatischen Kollegen um Unterstützung bitten?

– Weil Sarajevo in Bosnien liegt und wir mit Bosnien-Herzegowina komplizierte Auslieferungsverträge haben.

– Sie wollen mich bei Ihrer Ehrung nicht dabeihaben?

– Hahaha, lachte Döblinger. Mein lieber Groschen, nichts würde mich mehr schmerzen. Aber hier geht es um Mord. Und da wir bereits wissen, wer der Mörder ist …

– Wirklich? Wissen wir das?

– Aber natürlich. Sie sollten lange genug bei der Polizei sein, um zu wissen, dass gewisse Tatmuster auf den Täter schließen lassen. Ich habe mir den Akt angesehen, dieser Todic hat auch bei seinem ersten Mord die Augäpfel im Klo hinuntergespült.

– Ich glaube trotzdem nicht, dass er der Mörder ist.

– Das ist mir egal, was Sie glauben, Groschen. Sie fliegen morgen nach Sarajevo und damit basta.

– Wer kommt mit? Gordon? Martin?

– Niemand. Sie fliegen alleine. Wir müssen sparen.

– Aber ich kann ja gar kein Serbokroatisch.

– Bosnisch, das heißt Bosnisch, lachte Döblinger, der auffallend gesund wirkte. Sie werden das schon machen. Aber essen Sie nicht zu viele jugoslawische Mon Chéri.

– Jugoslawische Mon Chéri?

– Mit Knoblauchzehen und Sliwowitz, schmunzelte der Staatsanwalt, während der Kommissar das Büro verließ.

– Sarajevo?, murmelte Groschen noch am Gang. Sarajevo? Seine Gedanken mischten sich mit dem wütenden Geschrei des tobenden Hautarztes.

– Sie müssen mir glauben. Ich bin nicht verrückt. Meine Freundin ist wie ausgetauscht, als wär sie eine andere …

Alles, was Groschen von Sarajevo wusste, waren zwei Fakten: Am 28. Juni 1914 hatte ein serbischer Nationalist namens Gavrilo Princip den Thronfolger Franz Ferdinand erschossen, was zum Ausbruch des Ersten Weltkriegs führte. Außerdem hatten dort vor mehr als dreißig Jahren die Olympischen Winterspiele stattgefunden – und zwar für Österreich die schlimmsten und erbärmlichsten überhaupt. Nur eine magere Bronzemedaille hatte damals herausgeschaut, durch Jimmy Steiner in der Abfahrt. Sarajevo war kein guter Boden für Österreich, nie gewesen. Und sonst? Irgendwann war dieser Jugoslawienkrieg, aber dafür hatte sich Groschen nicht interessiert. Serben? Kroaten? Bosnier? Für ihn war das alles dasselbe. Jugoslawen oder, wie man früher sagte, Tschuschen, Jugos. Und jetzt sollte er ausgerechnet dort …? Ein Jugoslawienurlaub mit seinen Eltern fiel ihm ein. Anfang der achtziger Jahre. Die Küste war felsig, schroffe Steine, die Toiletten unbenutzbar und die Einheimischen kleine Gauner, die einen über den Tisch zogen. Verstört ging er in sein Büro, wo ihm Julia Schäfer das Flugticket in die Hand drückte.

– Ich habe eine Bekannte, die Sie betreuen wird. Wenn Sie Zeit haben, zeigt Sie Ihnen ein paar Lokale. Aber werden Sie nicht vulgär. Die Aushilfskraft grinste.

– Vulgär? Sie meinen anlassig? Groschen nahm das Ticket aus dem Umschlag und las die Abflugzeit. 10 Uhr 10. Zwischenlandung in Zagreb? Wieso? Gab es keinen Direktflug?

– Befehl von oben, lachte Fräulein Schäfer. Wir müssen sparen.

– Ankunft um 15 Uhr? Wie soll sich das ausgehen?

– Meine Freundin hat Ihnen ein kleines Appartement organisiert.

– Na bravo.

– Wenn Sie pünktlich ankommen, können Sie mit der Abendmaschine zurückfliegen.

– Sagen Sie einmal, warum liegen hier eigentlich so viele Pizzaschachteln und Hamburgerverpackungen herum?

– Das müssen Sie Inspektor Zwilling fragen, der hat heute seinen Esstag.

– Seinen was? Esstag?

– Nun, er macht diese Diät, die ein Kabarettist erfunden hat. Jeden zweiten Tag isst er gar nichts, während er an den anderen Tagen essen darf, so viel er will.

– Eine Kabarettistendiät? So etwas macht der Gordon? Ich glaube, ich werde ein ernstes Wort mit ihm reden müssen. Kabarettistendiät? Ist das ein Witz?

– Nein. Einen Tag lang fastet man, und am nächsten isst man, dann wieder fasten, essen … scheint zu wirken.

Martin kam und meldete die Ankunft des Verlegers.

– Schick ihn herein. Groschen hatte den Satz noch nicht vollendet, da stand auch schon ein wild gestikulierender Mensch in seinem Büro.

– Wissen Sie, was das für mich bedeutet? Für den Renitenz-Verlag? Das ist praktisch eine Katastrophe! Katastrophe! Die Papouschek war praktisch unser bestes Pferd im Stall. Wissen Sie, was die verkauft hat? Hunderttausende. Dazu Lizenzen für Buchgemeinschaften, Übersetzungen, Dramatisierungsrechte.

– Jetzt beruhigen Sie sich erst einmal. Groschen bat den jungen Mann mit der hohen Stirn über dem kleinen, verkniffenen Gesicht, Platz zu nehmen. Kaffee?

– Nein, danke. Mein Name ist übrigens Kwiek.

Quiek?

– Zdenek Kwiek. Der Mann rang um Fassung. Er hatte tiefe

Ringe unter den Augen, obwohl er höchstens dreißig war. Eine breite Nase, schmale Lippen, ein markantes Kinn und braunes, lockiges Haar. Etwas Sinnliches ging von ihm aus, aber auch etwas Perverses. Mit seiner weißen Haut sah er aus wie ein Ire oder Schotte, dabei deutete sein Name, Zdenek Kwiek, eher auf eine tschechische oder polnische Abstammung hin. Unter dem grauen Anzug trug er ein elegantes weißes Hemd. Groschen fielen die spitzen Designerschuhe und eine protzige Uhr auf. Der hatte seinen Gewinn schon investiert.

– Wissen Sie, mir ist das Glück dieses materiellen Erfolges völlig unverdient zugefallen. Aber warum ich es jetzt wieder verlieren muss, verstehe ich praktisch nicht. Ich habe die »Rübenkönigin« nur bekommen, weil alle anderen Verlage das Manuskript abgelehnt haben. Und ich habe es bloß gemacht, weil mir eine Freundin beim Fernsehen versprochen hat, die Papouschek in eine Talkshow einzuladen. Dass darauf praktisch alle Medien anspringen würden, konnte ich nicht ahnen. Keiner. Zdenek Kwiek hatte wie so mancher Wiener Bobo die Angewohnheit, besonders die Konsonanten zu betonen, wahrscheinlich wollte er damit eine gewisse Ausspracheschwäche kompensieren. Jedenfalls waren die p und t und k in »Papouschek«, »Talkshow«, »praktisch« und »Manuskript« bei ihm wie kleine Explosionen, wodurch seine ganze Aussprache an einen stotternden Motor erinnerte.

– Mich interessiert praktisch nur eines, imitierte Groschen den jungen Mann und dachte, wenn du noch einmal praktisch sagst, muss ich dir praktisch eine pracken. Hatte die Papouschek viele, wie soll man sagen, Verehrer?

– Verehrer? Da musste der Verleger schmunzeln. Eine Spur von Frechheit lag in seinem Blick. Verehrer? Er ließ sich auf einen Stuhl fallen und blickte zur Decke hoch, als ob dort die Antwort stünde. Verehrer? Soviel ich weiß, praktisch – da war es wieder – nur einen, den General.

– Und die Männer, die in ihrem Roman vorkommen? Diese Freier … Könnte da nicht einer dabei sein, der sich erkannt fühlt und dem das nicht recht ist?

– Bei mir hat sich keiner gemeldet. Aber ich weiß auch nicht, ob es so viele Verehrer gibt.

– Sie hat übertrieben?

– Das habe ich nicht gesagt. Der Verleger überkreuzte die Beine und nahm eine seltsam verkrampfte Haltung ein. Groschen konnte förmlich spüren, wie in seinem Kopf die Zahnräder ratterten, um aus dem Nachlass der Papouschek noch so viel Profit wie möglich herauszupressen.

– Stimmt es, dass sie den Verlag wechseln wollte?, sagte Groschen mit fester Stimme.

– Wie kommen Sie darauf? Woher wissen Sie das? Sie haben mit ihr gesprochen? Mit dem General? Zdenek Kwiek sprang wieder auf und bekam einen roten Kopf. Aber was hätte sie davon gehabt? In einem Großverlag wäre sie praktisch eine unter vielen gewesen. Bei mir war sie der Star.

– Ich wusste es gar nicht, bemühte sich der Kommissar, ruhig zu bleiben, die ständige Verwendung des Wörtchens »praktisch« machte ihn wütend. Ich dachte einfach, ein größerer Verlag könnte sie vielleicht besser betreuen.

– Besser betreuen? Wenn ich das schon höre, machte Kwiek ein verächtliches Gesicht. Sie ist doch praktisch in allen großen Fernsehshows aufgetreten. Ich selbst habe sie zum WDR und zum ZDF begleitet. Der junge Mann machte einen jähzornigen Eindruck, und man konnte sich gut vorstellen, dass er seine Autorin, falls sie den Verlag wechseln wollte, wie ein enttäuschter Liebhaber ermordet hätte. Das wäre praktikabel. Groschen betrachtete seine unruhigen braunen Augen, dann die weichen Hände. Kurze, plump wirkende Finger. Konnten solche Hände einen Mord begehen? War das praktizierbar?

– Aber es hätte einen großen Verlust bedeutet, wenn sie den Verlag verlassen hätte?

– Verlust? Eine Katastrophe!

– Was verlegen Sie denn sonst noch?

– Hauptsächlich Lyrik. Experimentelle Prosa.

– Und das verkauft sich?

– Tja. Der Verleger machte ein mitleidiges Gesicht, so als wollte er sagen, wie kann man nur so eine dumme Frage stellen.

– Herr Kwiek, ich danke Ihnen. Halten Sie sich bitte in den nächsten Tagen zu unserer Verfügung.

– Heißt das, ich werde …

– Ich bitte Sie nur, nicht zu verreisen.

– Zum Glück ist gerade keine Buchmesse.

– Na, das ist doch praktisch. Groschen lächelte. Der Verleger gab dem Kommissar die schlaffe Hand und ging. Kaum war er bei der Tür draußen, kam Gordon mit einer Schnitzelsemmel in der Hand und überreichte Groschen ein Foto.

– Tode Todic, wie er heute aussieht.

– Hmm, runzelte der Kommissar die Stirn, ohne das Foto anzusehen, Kabarettistendiät?

– Man gewöhnt sich daran. Gordon biss in seine Semmel. Heute darf ich essen, so viel ich will, morgen gar nichts. Aber Alkohol ist immer erlaubt. Man muss nur aufpassen, weil wenn die Unterlage fehlt … Der Inspektor stand schon wieder bei der Tür, kaute seine Semmel und machte einen gehetzten Eindruck. Er wirkte, als ob er im Laufe des Tages sechs Kilo zugenommen hätte.

– Hört sich wie ein Witz an, schickte ihm Groschen hinterher und wandte sich dem Foto zu. Tode hatte sich kaum verändert, die Haare waren grauer geworden, aber sonst? Es war ein von Pockennarben entstelltes Gesicht mit groben Furchen um das vorspringende Kinn. Zwei scharfe Falten umklammerten den Mund. Die Haut war großporig wie bei einer Erdbeere. Die Nase schmal, die Lippen fleischig. Was für eine abstoßende Visage – ein bisschen sah er aus wie der Gänseschlächter im Klosterhof, nur hatte Todic nicht diesen irren Blick. Weil er sich für die zerklüftete Haut schämte, trug er seine Prinz-Eisenherz-Frisur bis zu den Augen, möglichst viel Gesicht verdeckend. Mit einem Wort, er war hässlich, sah aus wie ein in Säure gefallener Chemiearbeiter. Kein Wunder, dass man den für einen Mörder hielt. Nur in seinen blauen Augen lag ein eigentümlicher, fast melancholischer Glanz. Es war das Bild eines tieftraurigen Menschen, das an Fotos von zu früh Verstorbenen erinnerte, die ihr Schicksal irgendwie zu ahnen schienen.

Während der Kommissar noch das Gesicht auf dem Foto betrachtete und sich vorstellte, wie dieser Tode Todic zur Papouschek kam, klopfte es, und ein magerer Mann mit dunkelblondem Haar, verknittertem Anzug und offenem Hemd trat in Groschens Büro. Sein Gesicht war aufgedunsen. Die hohe Stirn ging in spärliche Behaarung über, die nach hinten gekämmt im Nacken kleine Löckchen bildete. Er mochte Mitte vierzig sein und war so ausgemergelt, dass sich seine Schulterblätter unter einem erdnussbraunen Sakko abzeichneten, was in Kombination mit dem zu großen Kopf seltsam wirkte – so als hätte sein Schöpfer sich beim Zusammenbau geirrt. Mit grauen Augen fixierte er den Kommissar, der dachte, es handle sich um einen Baumeister oder Architekten, der daranging, die Vorlaufstraße umzubauen. Erst recht, als dieser Besucher mit weiten Schritten das Büro durchmaß und stumm den einen oder anderen Gegenstand betrachtete. Als er dann aber plötzlich mit dem Finger auf Groschen zeigte und »Sie! Sie!« schrie, war sich der Kommissar sicher, es musste sich um einen Prüfer des Finanzamts handeln, der irgendwelche internen Betriebsabrechnungen beanstandete. Und als er noch überlegte, welche Ausgaben ihm vorzuwerfen waren, hatte der Eindringling schon hinzugefügt:

– Sie! … hat ja nicht auf mich hören wollen. Ich habe ihr immer gesagt, so etwas gehört sich nicht. So etwas schreibt man nicht. Aber das hat sie jetzt davon.

– Ah, einer von den Papouschek-Freiern, flüsterte Groschen so leise, dass nur er selbst es hören konnte. Er war über den Altersunterschied erstaunt. Dann stimmte es also doch, es gab Männer, die ältere Damen begehrten. Geriatriesex oder wie das hieß. Es gab Abartigkeiten, die Groschen durchaus nachvollziehen konnte, aber Sex mit Großmüttern gehörte nicht dazu. Er wollte auch gar nicht wissen, welches Trauma damit aufgearbeitet wurde.

– Ich bin ihr Sohn!, sagte der schwammige Besucher.

– Mein Sohn? Das kann nicht sein, antwortete Groschen verwirrt. Zumindest …

– Der Sohn des Opfers. Ernestine Papouschek ist … war meine Mutter. Man hat mir gesagt, Sie bearbeiten den Fall. Gestatten, ich heiße Jens Kowalek.

– Setzen Sie sich, sagte Groschen streng. Er betrachtete den Menschen, sah feingliedrige Hände mit gelben Raucherfingern und in den Augen einen gewissen Wahnsinn. Er hatte die gleiche Kaulquappenfigur wie seine Mutter. Außerdem roch er nach Marihuana. Erst jetzt fiel dem Kommissar eine gewisse Nachlässigkeit der Kleidung auf. Die Hose war abgewetzt, und die Schuhe sahen ziemlich schäbig aus. Jens? Jenseits des Ufers, wo die schönen Jenseblümchen blühen?

– Meine Mutter hat kurz vor der Entbindung einen Film gesehen, in dem ein Jens vorgekommen ist.

Schrecklich, dachte Groschen, diese Unart, Kinder nach Filmhelden zu benennen. Ein Schulkamerad fiel ihm ein, der Aaron hieß. Seine Eltern waren Bauern gewesen. Und wenn man sie gefragt hatte, wie sie auf diesen für einen österreichischen Landwirtsohn unüblichen Namen gekommen waren, antworteten sie ganz unverblümt: Ja, wir haben damals so einen schönen Film gesehen, in dem ein Aaron vorgekommen ist. Aaron mit zwei a. Und wenn man dann wissen wollte, was für einen Film sie gesehen hatten, kam zur Antwort: »Holocaust«. Der war schön.

– Woher wissen Sie vom Tod Ihrer Mutter, Jens?

– Wurde im Radio durchgegeben. Bin sofort ins Kommissariat gefahren.

– Was machen Sie beruflich?

– Bin Investor. Privatier. Erfinder. Ich habe ein Patent für eine neue Tormannkleidung angemeldet. Mit Stoff zwischen den Beinen und auch zwischen Hand und Fuß. Mit meiner patentierten Torwartkleidung bekommt man nie wieder einen Ball zwischen die Beine. Nie wieder ein Gurkerl! Ich suche nur noch Investoren … Bayern München ist interessiert. Real Madrid … Außerdem habe ich eine Idee für unverwüstliche Fahrradreifen – Vollgummi mit Luftrillen. Nie wieder einen Patschen. Da wird sich der Herr Dunlop in den Hintern beißen … Seine Finger klopften unruhig auf den Tisch. Dann lehnte er sich zurück und verschränkte die Arme. Er wirkte weder traurig noch angeschlagen, mehr wie ein Schüler, der eine lästige Prüfung über sich ergehen ließ.

– Wie war zuletzt das Einvernehmen mit Ihrer Mutter? Groschen merkte, wie er unversehens in ein Amtsdeutsch fiel. Eine alte Krankheit, die ihm manchmal bei Befragungen passierte.

– Sie meinen, wie ich mich mit ihr verstanden habe? Gar nicht, sagte der Sohn mit brüchiger Stimme. Wir hatten keinen Kontakt mehr, seit … seit sie dieses Buch geschrieben hat … Jens Kowalek schüttelte angeekelt den Kopf. Sie können sich vorstellen, welch ein Schock das für mich gewesen ist, als sie damit im Fernsehen aufgetreten ist. Und dann noch daraus vortrug … öffentlich. Die eigene Mutter. Ich bin nicht prüde, aber niemand hört die eigene Mutter gerne über Sex sprechen.

– Weiß jemand, in welcher Beziehung Sie zu ihr standen?

– Meine Tochter. Hat gerade mit dem Studium begonnen. Ernährungswissenschaft … lebt in Berlin … Meine Frau ist vor sechs Jahren bei einem Autounfall ums Leben gekommen. Jetzt. Ich sage Ihnen gleich, ich habe gerade einen Joint geraucht, um mich zu beruhigen.

– Würde es Ihrer Karriere schaden, wenn herauskäme, dass Sie der Sohn …

– Einer Porno-Schriftstellerin. Sprechen Sie es aus. Aber nein, meine Geschäftspartner … das sind andere Kaliber.

Groschen spürte, dieser Sohn war ein windiger Charakter, ein Dampfplauderer, der sich ständig in neuen Ideen verlor, die letzten Endes alle scheiterten. Er hatte etwas von einem Taugenichts, einem, der immer vom großen Glück träumte und nicht verstehen konnte, weshalb es nicht kam. Einer, der sich durch das Leben schnorrte.

– Und warum sind Sie zu mir gekommen?

– Um Sie zu fragen, ob Sie den Mörder schon haben. Es war schließlich meine Mutter.

– Es gibt Verdächtige.

– Den da?, deutete Kowalek auf das Foto von Tode Todic, das noch immer auf dem Schreibtisch lag.

– Das darf ich Ihnen nicht sagen, murrte Groschen. Und Sie? Haben Sie einen Verdacht, wer Ihrer Mutter das angetan haben könnte. Hatte sie Feinde?

– War es denn kein Raubmord?

– Wissen wir noch nicht.

– Es heißt, sie war in letzter Zeit viel mit einem General beisammen. Ich glaube, der ist verantwortlich, dass sie nichts mehr von mir wissen wollte. Der hat mich schlechtgemacht bei ihr.

– Dann hatte das nichts mit … Sie sagten doch gerade …

– Mit der »Rübenkönigin«? Aber nein. Natürlich habe ich mich geärgert, aber deshalb würde ich doch niemals den Kontakt abbrechen. Das ging von Mutter aus. Wie gesagt, ich vermute, der General steckt da dahinter. Würde mich nicht wundern, wenn das Testament zu seinen Gunsten abgeändert sein sollte. Jens Kowalek sah zu Boden, und da Groschen nichts sagte, war es eine Weile gespenstisch still. Es war, als hielte das ganze Kommissariat den Atem an.

– Hatten Sie sich Geld von ihr geborgt?

– Sie hat mir hin und wieder kleinere Beträge zugesteckt.

– Was für ein Mensch war Ihre Mutter?

– Rechthaberisch, nachtragend, aber sie hatte einen ausgeprägten Gerechtigkeitssinn, war großzügig, mitfühlend. Ein wunderbarer Mensch. Nichts hat sie so aufgeregt wie die Doppelmoral der Gesellschaft. Ich glaube, deshalb hat sie auch das Buch geschrieben.

– Ich habe das nur durchgeblättert, sagte der Kommissar. Aber heißt es darin nicht, sie hat ihre Sexualität erst mit fünfundsiebzig Jahren entdeckt?

– Tja, zeichnete sich ein vielsagendes Lächeln in das aufgedunsene Gesicht.

– Und Ihr Vater lebt noch?

– Ich bin 1972 geboren, und zu meinem Vater, wie soll ich sagen, gab es nie Kontakt. Er existierte nicht. Mutter hat mir irgendwann mitgeteilt, dass er sich das Leben genommen hat. Aber …

– Ihre Mutter war Buchhändlerin?

– Sie liebte Bücher.

– Ich danke Ihnen. Groschen stand auf und gab dem leicht verdutzten Jens Kowalek die Hand. Wenn Sie noch so freundlich sind und ins Sekretariat gehen. Inspektor Zwilling wird Sie ins gerichtsmedizinische Institut bringen, damit Sie die

Identität der Leiche bestätigen. Wundern Sie sich nicht, wenn er ständig isst, er macht gerade Diät. Auf Wiedersehen.

Der windige Mensch verließ das Zimmer, und Groschen dachte an die Wohnung mit der Leiche. Seltsam, dass eine Buchliebhaberin so wenige Bücher besaß. Irgendetwas stimmte nicht an dieser Geschichte, an diesem Mord, aber er wusste nicht, was es war. Er ließ Martin kommen. Der großgewachsene und feinsinnige Inspektor mit der schwarzen Hornbrille brachte die Adresse des Generals.

– Sein Name ist Otto Öttinger, dreiundsiebzig Jahre, Wohnadresse Tuchlauben.

Groschen sah seinen Inspektor mit großen Augen an.

– Das ist praktisch um die Ecke. Dann mal los, schwärmen wir aus.

BIERVERSUCHE

Draußen war es kalt und finster. Ein mattes Licht fiel von den Straßenlaternen, und die Menschen hatten allesamt leidende Gesichter, als würde sie Kopfweh oder ein Magengeschwür plagen. Groschen drängte Martin in eine kleine Bar, bestellte zwei Bier und einen Schnaps.

– Einen Schnaps? Martin sah den Kommissar fragend an.

– Ich fliege morgen nach Sarajevo, da muss ich üben.

– Und? Freuen Sie sich? Man sagt, Sarajevo sei das Jerusalem Europas.

– Wenn ich Jerusalem sehen will, fliege ich nach Israel, erklärte Groschen, aber nicht nach Bosnien. Dieses ganze Exjugoslawien interessiert mich nicht. Das ist doch ein einziges schwarzes Loch mit Nationalisten und Kaffeesudlesern. Er nahm einen Schluck Bier und merkte, wie sich seine Laune besserte. Er wollte nicht zugeben, dass ihn der nichtssagende Geruch in der Nase noch immer irritierte. Außerdem hatte er Flugangst. Die morgige Ordensverleihung, der Prozess gegen den Ägypter, das Wetter und dann noch dieser Fall. Nichts davon trug zur Verbesserung seiner Laune bei.

Über der Bar hing ein Schild, auf dem in großen Lettern stand: »Stoppt Bierversuche! Für eine artgerechte Bierhaltung … Das Bier spürt wie du den Schmerz … Chilibier, Himbeerbier, Schokoladebier und so weiter sind widernatürlich und moralisch unverantwortbar. Auch Biere sind Lebewesen. Der Bierschutzverein.«

– Werden Sie den Todic festnehmen? Halten Sie ihn für schuldig?

– Wenn ich mir die Akten ansehe, ja. Aber das ist zu einfach. Irgendetwas sagt mir, er ist unschuldig. Was für ein Motiv sollte er haben? Nur weil er hässlich ist?

– Sie meinen, Chef, jemand hat sich von den Zeitungsberichten über seine Entlassung inspirieren lassen.

– Möglich. Es gibt einen Nachbarn, der Geld braucht. Einen Sohn, der um sein Erbe fürchtet … Erinnere mich daran, dass wir Erkundigungen bezüglich des Testaments einholen. Und dann haben wir noch den Verleger, der um seine Melkkuh fürchtet.

– Und Todic.

– Und Todic. Groschen trank seinen Schnaps und schüttelte den Kopf. Na, das kann ja etwas werden. Der Kommissar spürte den Drang seines Inspektors Richtung General. Aber um ihn Geduld zu lehren, sagte er: Seien wir froh, dass wir bei der Mordkommission sind. Und als Martin gequält lächelte, ergänzte er: Stell dir vor, wir müssten Einbrecherbanden schnappen? Bankomatendiebe? Autoknacker? Weißt du, wie man heutzutage Autos knackt?

– Mit einem eingewickelten Stein?

– Ich bitte dich, rümpfte Groschen die Nase. Das ist ja so, als ob du sagst, mit einem Korkenzieher. Ja, ich weiß, das war in Ungarn eine Weile üblich, einfach den Korkenzieher ins Schloss drehen und raus das Ding. Aber das ist nur etwas für Grobiane.

– Jetzt weiß ich es wieder, lachte Martin, Tennisbälle.

– Tennisbälle? Weißt du auch, wie? Man bohrt ein kleines Loch hinein, hält sie auf das Schloss, schlägt darauf, und durch den Druck springt der Wagen auf. Aber auch das ist Geschichte, Martin. Die Zeiten der Tennisbälle sind vorbei. Heute hat man kleine Sender, mit denen geht man am Auto vorbei und schwupp, schon springt die Türe auf.

Und als Groschen das erzählte, betrat ein Kollege vom Einbruchsdezernat das Lokal, bestellte ein Bier, erkannte Groschen und sagte:

– Es ist unglaublich. Wisst Ihr, wie die neuerdings Autos aufbrechen? Mit einem eingewickelten Stein. Schlagen einfach die Seitenscheibe ein.

Ohne ein Wort zu sagen, legte Groschen einen roten Schein auf die Theke und ging.

– Was hat er denn, fragte der Kollege.

– Ach nichts, zuckte Martin die Achseln und lief ihm nach. Bis zur Tuchlauben sprachen sie kein Wort. Bei Hausnummer acht, Tür sieben stand »MKV« – Mittelschüler-Kartell-Verband. Sie klingelten trotzdem und antworteten der fragenden Stimme mit »Kriminalpolizei«. Es war ein unscheinbarer Eingang, aber bereits im Stiegenhaus offenbarten sich die Reste einer längst verfallenen Pracht. Massive Luster, Marmorboden, eine Feststiege wie in einem Präsidentenpalast. Als sie im Zwischenstock waren, kam ihnen ein eleganter weißhaariger Herr entgegen.

– Öttinger, aber die meisten nennen mich General. Schön,

dass Sie es zu mir in die Lauchtuben geschafft haben, aber etwas Andreas habe ich auch nicht erwartet. Bitte, kommen Sie. Er hatte einen weißen Anzug an, Seidenschal und Stecktuch. Aprikosenfarbenes Hemd, den Hosenbund auf Floridahöhe, wie Groschens Frau es nannte, wenn er den Bauchnabel überschritt. Sein Gesicht hatte einen braunen Teint mit feinen Zügen. Seine ganze Ausstrahlung war die eines Dandys oder pensionierten Operettensängers. Nur die Backen und der Hals mussten der Erdanziehungskraft Tribut zollen und hingen schlaff herab: Cognacbäckchen, Truthahnhals.

– Immer nur heroinspaziert, wies er ihnen mit seinem elfenbeinbesetzten Gehstock den Weg. Die Wohnung sah aus wie eine Antiquitätenhandlung. Alte bauchige Möbel, Porzellanfiguren, Büsten von Komponisten mit getrockneten Blumen und die Wände zugepflastert mit Opern-Programmen.

– Oper ist meine große Scheidenkraft, erklärte er den Polizisten. Ich bin sehr kasimulisch. Obwohl ich mich nur auf zwei Werke spezialisiert habe, »Tra Laviata« und »Ligoretto«. Alles, was ich mache, betreibe ich intensiv. Besser wenig, aber das unanständig, lautet meine Devise. Ich habe zum Bleistift seit Jahren nur zwei Bücher gelesen, das Alte Testament und die »Buddenbrooks«. Ich esse und koche praktisch nur zwei Speisen, Tafelspitz und Gulasch. Ansonsten nur Zaubendrucker, weil, Sie müssen wissen, ich bin Diabetiker. Er klopfte auf eine kleine Bauchtasche, in der sich wohl eine Spritze und Insulin befanden.

– Sie wissen, weshalb wir hier sind?, versuchte Martin diesen kalauernden Redeschwall zu unterbrechen.

– Mein Gulasch müssen Sie probieren. Ich mache es mit Rotwein. Es ist nämlich ein Fehler zu glauben, man müsse Gulasch aufgießen. Das muss alles aus dem eigenen Saft kommen. Darum ist mein Gulasch auch rot, blutrot, schmeckt bunderwar.

– Ob Sie wissen, warum wir hier sind, mengte sich nun auch Groschen ein.

– Aber sicher, wegen der Puppi. Es war ja bereits im Radio, und da habe ich mir gleich gedacht, das kann ja Eiter werden, und mit mir selbst gewettet, wie lange Sie wohl brauchen werden, bis Sie hier sind. Und siehe da, noch heute. Ich hätte glatt gegen mich verloren. Öttinger lachte. Er hatte erstaunlich schöne Zähne.

– Darf ich Ihnen etwas anbieten? Vielleicht noch ein Bier?

Das Wörtchen »noch« irritierte die Polizisten. Roch man, dass sie gerade eins getrunken hatten?

– Leider habe ich nur diese feine Lasche. Öttinger öffnete die Bierflasche und reichte den Polizisten zwei Gläser.

Martin verteilte das Bier zu Groschens Gunsten, und der Kommissar überlegte, womit er beginnen könnte, während der General nur dasaß und grinste.

– Sie wundern sich, dass ich Ihnen keine Trauer vorspiele, aber das ist nicht meine Art. Wenn etwas aus ist, muss man das akzeptieren.

– Ich vermute, der Tod der Puppi, wie Sie sie nennen, kommt Ihnen auch testamentarisch zugute? Groschen nahm einen Schluck Bier und wartete, wie der Alte diesen aus der Hüfte geschossenen Angriff verkraftete, aber der lächelte nur vielsagend und sagte:

– Hier hinkts nach Stund. Sie war meine Odaliske. Oder soll ich sagen Obeliske? Odaliske war die erste Haremsdame. Die Puppi war eine Dame mit Stil, kein Same mit Dill. Entschuldigung, aber wie sagte schon Lukrez: In den Falten der Sprache zeigt sich die Natur der Dinge. Die meisten Menschen haben Angst vor Sprachspielen, aber ich denke, sie entblößen einen dunklen Zusammenhang …

– Haben Sie die Papouschek auch über eine Kontaktanzeige kennengelernt?

– Nein, beim Schreibkurs in der Volkshochschule.

– Beim Schreibkurs? Groschen war sich nicht sicher, ob er den Alten ernst nehmen konnte.

– Aber ja.

– Und Sie waren nicht auf ihre Freier eifersüchtig?

– Auf die Freier? Was für Freier? Wie Sie bestimmt wissen, war die Puppi Buchhändlerin. Außerdem war sie jahrzehntelang in der Kirche engagiert.

– Sie war also gar nicht so … nymphomanisch?

– Nymphomanisch? Aber nein. Diese Freier haben wir für das Buch erfunden. Was nicht heißt, dass sie keine Erfahrungen hatte. Sie war ja in der Großen Freiheit.

– In welcher Großen Freiheit?

– Na, beim Schmalzl.

– Beim Schmalzl? Groschen sah dem Alten ins Gesicht und war verblüfft über die Veränderung, die darin vorging. Plötzlich war in dem fröhlichen Gesicht ein starrer Ausdruck, und um Augen und Mund lag eine Spur Bitterkeit.

– Wissen Sie das nicht?

– Nein. Ich weiß gar nichts.

– Sie kennen den Bürgerschreck Schmalzl nicht?

– Nein.

– Der Maler Udo Schmalzl gründete Ende der sechziger Jahre des vorigen Jahrtausends aus Protest gegen die Bürgerlichkeit und das Establishment eine Kommune, die sogenannte Große Freiheit. Damals galt ja die freie Sexualität als etwas Revolutionäres. Das kann man sich heute nicht mehr vorstellen, aber damals glaubte man, mit Sexualität die Gesellschaft zu verändern. Der General verdrehte die Augen, während die Kriminalbeamten keine Miene verzogen.

– Liebe wurde als Kitsch gesehen. Da wurde nach Plan gebumst. Alle anderen wurden als Kleinfamilienwichtel beschimpft. Jedenfalls war diese Kommune eine Weile ziemlich erfolgreich. Der Zulauf war so rege, dass man in der Steiermark ein Gehöft kaufte. Bald mussten Anbauten getätigt werden, weil die Kommune hundert Menschen umfasste. Die haben einen gesellschaftlichen Gegenentwurf gelebt, manche sagen, das wichtigste soziale Experiment Österreichs. Kein Privateigentum. Nicht einmal Unterwäsche. Das Abschließen der Toiletten war verpönt. Die Männer trugen Hosen aus Geschirrtüchern. Sogar die Kinder gehörten allen. Sie müssen sich das wie eine Sekte vorstellen, nur dass ihr Gott die Sexualität war. Und die Kunst.

– Und da war die Puppi dabei?

– Sie war eine der Älteren, eigentlich schon zu alt. Aber ihre Eltern waren erzkonservativ, und ich vermute, sie betrachtete die Kommune als späten Ausbruch aus ihren engen Verhältnissen. Das war damals die Zeit. Man suchte alternative Lebensformen.

– Und im Alter hat sie das dann mit dieser »Rübenkönigin« wiederholt?

– Sie hat es sehr genossen, überall eingeladen zu werden, plötzlich Geld zu verdienen und als Vorkämpferin für die enthemmte Lust im Alter zu gelten.

– Und? Weiter.

– Wir haben uns das mit der Kontaktanzeige und den Freiern ausgedacht. Rüstige Pensionistin, Matratzensport … Kennwort Katzi. Diese Einschaltung hat es nie gegeben … Zuerst wollten wir, weil dort das meiste Geld zu holen ist, etwas Esoterisches machen, eine Seelenreinigung mit Delphinen, die Zukunft im Urin, Meditationsübungen für Büromenschen oder irgendeinen anderen Blödsinn, aber so etwas geht nur, wenn man daran glaubt. Also haben wir uns dem Sex zugewandt. Anfangs als Scherz, aber nachdem wir einen Verlag gefunden hatten und die Medien aufgesprungen waren, gab es kein Zurück mehr. Wir hielten es ja nicht für möglich, dass diesen Dreck jemand freiwillig liest. Vieles haben wir aus dem Internet abgeschrieben und dann ein bisschen was dazu erfunden. Der General lachte. Natürlich war klar, das Buch verkauft sich nur, wenn es eine Frau geschrieben hat. Also durfte von meiner Beteiligung niemand wissen, dabei war ich mehr als nur die Sekremöse. Sie hat mir, ich erzähle Ihnen das lieber gleich, bevor Sie selbst darauf kommen, die Hälfte des Gewinns in Sparbüchern übergeben. Vom Testament weiß ich nichts. Aber trinken Sie, Sie sind hier nicht auf Urlaub.

– Warum nennt man Sie General?

– Tja, schnalzte der Alte mit der Zunge. Das ist eine lange Geschichte. Ich habe mich freiwillig gemeldet, weil ich wo dazugehören wollte. Es war das erste Jahr nach der Wiedereinführung des Heeres. Unsere Vorgesetzten kamen aus der amerikanischen Zersatzungsbohne, die hatten eine Schandarschmerie, aus der man die Ausbildner rekrutiert hat. Mistgabelleutnants aus Salzburg oder Tirol, schrecklicher Dialekt. *Griaß di, pfiat di, tu do net zuischiffen, du grauslicher Weanabazi* … Meiner sagte, die einzige Gefahr gehe vom Panslawismus aus. Habe ich ihn gefragt, ob er das ernst meine. So verbrachte ich die meiste Zeit im Arrest. Ich habe mich blöd gestellt … Was ich damit sagen will, Militarist bin ich keiner, oder, wie einmal ein klauer Schopf sagte: Patriotismus ist die letzte Zuflucht eines Gauners. Bin gleich nachher nach Argentinien abgehauen, Patagonien, wo ich mich als Schafscherer durchschlug. Später war ich dann Kellner in einem spanischen Restaurant, bevor ich eine Ausbildung zum Bierträger … Tierpfleger …

– Und Sie waren nicht eifersüchtig auf den Erfolg der Papouschek, unterbrach Groschen diesen Redeschwall.

– Eifersüchtig? Ich? Seine glanzlosen grauen Augen bekamen etwas Starres. Seine Hand schloss sich langsam, sehr langsam um den Knauf seines Stocks und drückte zu.

– Können Sie sich vorstellen, wer sie umgebracht hat?

– Haben Sie mit ihrem Sohn gesprochen, Jens heißt er, Holecek oder so ähnlich. Ein missratener Taugenichts. Dem war das Buch seiner Mutter furchtbar peinlich.

– Der beschuldigt Sie.

– Na dann. Das hinkt nach Stund. Der Alte lachte. Es war ein hohles Lachen, und je länger es dauerte, desto unwohler fühlte sich der Kommissar. Er sah ein kleines Beistelltischchen, auf dem sechs Flaschen eines Getränks standen. Alpestre.

– Ein italienischer Kräuterlikör. Pure Medizin. Der Alte war dem Blick des Kommissars gefolgt. Daneben stand eine Büste von Giuseppe Verdi. Ja, alle Büsten hier waren Verdi-Büsten. Groschens Blick blieb an einer Vase hängen, rote Rosen. Waren nicht auch in der Wohnung der Toten solche Blumen gewesen?

– Das Geheimnis sind die abgeschnittenen Stiele. Der General war dem Blick des Kommissars neuerlich gefolgt. Man muss Aspirin ins Blumenwasser geben und die Stiele abschneiden, dann bleiben sie länger frisch.

– Warum steht eigentlich »Mittelschüler-Kartell-Verband« auf Ihrer Gegensprechanlage?

– Das waren die Vormieter. Ich habe das gelassen, weil ich es lustig fand.

– Sie sind überhaupt ein Lustiger. Groschen trank sein Bier aus, dabei fiel sein Blick, diesmal konnte ihm der Alte nicht folgen, auf das Haltbarkeitsdatum an der Flasche. Das Bier war vor vier Jahren abgelaufen. *Vor vier Jahren!* Der Kommissar hatte sich schon die ganze Zeit gewundert, warum es seltsam abgestanden schmeckte. Mit einem Mal fühlte er sich wie eine tickende Zeitbombe, die jeden Augenblick explodieren konnte. Jetzt war Schluss mit lustig. Ein derart altes Bier war wie eine Überdosis Abführmittel. Er gab Martin das Zeichen zum Aufbruch und verabschiedete sich eilig von dem General.

Draußen fragte er seinen Inspektor, ob er die Perle im Jackettkragen des Alten gesehen hatte.

– Das ist die Rolandsnadel der Schlaraffen.

– Was für Affen?

– Schlaraffen! Eine humoristische Loge mit einer Zeitrechnung anno Uhui.

– Ob die auch eine Diät haben? Wohl kaum. Groschen spürte ein Glucksen und Rumoren, gab Martin den Auftrag, den Prozess gegen Achmed Hursi zu verfolgen, verabschiedete sich und lief so schnell er konnte nach Hause.

Es war stürmisch. Eine beißende Kälte kroch einem in die Knochen, das Licht der Straßenbeleuchtung war stumpf, und der Wind peitschte einem ins Gesicht. Es schien keine Farben mehr zu geben, nur Schattierungen von Grau. Groschen wusste nicht recht, was von diesem General zu halten war. Zweifellos war er einnehmend und gebildet, aber der Kommissar hatte gelernt, sich nicht täuschen zu lassen, zu oft schon waren es gerade die sympathischsten Menschen, die sich am Ende als etwas anderes entpuppten.

Der Polizeibeamte war gerade beim silbrigen, matt schimmernden Donaukanal angekommen, als ihn Gordon anrief. Er war mit Jens, dem Sohn der Papouschek, im Gerichtsmedizinischen Institut gewesen.

– Und, wie hat er auf den Anblick seiner Mutter reagiert, wollte Groschen wissen.

– Sehr gefasst. Er hat die Tote völlig emotionslos angesehen, die Identität der Leiche bestätigt, aber von Trauer war nicht viel zu spüren, sagte Gordon mit vollem Mund.

Groschen eilte weiter. Dem alten Bier in seinem Bauch war noch immer nicht zu trauen. Gleichzeitig wunderte er sich über die gefasste Reaktion des Sohnes. Er hätte mehr Emotion erwartet, gerade bei Menschen, die im Streit auseinandergegangen waren, folgten häufig heftige Versöhnungsszenen.

Zumindest eine stumme Zwiesprache mit der Toten hätte er vermutet. Der ganze Fall ist sonderbar. Oder dachte er zu kompliziert? War er bloß enttäuscht, weil er keine Alternative zu dem Täter Todic fand?

– Was ist denn mit dir los? Seine Frau küsste den abgehetzten Kommissar. Bist du wieder schlecht gelaunt?

– Durchfall, ein Flug nach Sarajevo und ein Pornobuch.

– Dann hast du also den Fall der ermordeten Schriftstellerin übernommen. Ich habe es gewusst, sagte seine Frau und hängte die Jacke ihres Mannes auf, stellte seine Schuhe ins Regal. Sie war schon in den Nachrichten. Entsetzlich. Hast du Hunger? Es gibt Rindsbraten mit Kartoffelpüree.

– Gerne. Groschen ging in die Küche, öffnete eine Flasche Wein und setzte sich an den Tisch. Allmählich kehrte wieder Ruhe in ihm ein, das Essen tat ihm gut. Nebenbei öffnete er den Brief, den seine Frau ihm hingelegt hatte. Name und Adresse waren mit Schreibmaschine getippt, das Briefpapier war dünn und ebenfalls mit Buchstaben übersät, deren Zwischenräume schwarz waren. Da musste jemand ziemlich fest in die Schreibmaschine geklopft haben. Es begann mit: »Das, was du bis jetzt ausgehalten hast, ist nichts gegenüber dem, was dir bevorsteht. Nur weil du in deinem Leben nichts erreicht hast, brauchst du dir nicht einzubilden, dich aufführen zu müssen. Dein Leben neigt sich dem Ende zu, du lächerlicher Staatsdiener …«

– Und? Eine Verehrerin? Seine Frau wollte einen Blick erhaschen, aber da hatte er den Brief schon zusammengefaltet und eingesteckt.

– Ein Angehöriger eines Mordopfers, der sich bei mir bedanken will.

Sie merkte, dass er log, sagte aber nichts, rückte nur das Weinglas, das er an der Tischkante abgestellt hatte, in die Tischmitte.

– Hast du schon einmal von der Schmalzl-Kommune gehört?

– Aber sicher. Seine Frau ging zum Bücherschrank, entnahm ein Taschenbuch und reichte es ihrem Mann. »Die Große Freiheit« stand darauf. Soviel ich weiß, wollten die damals eine Art Gegengesellschaft gründen. Der Kommissar blätterte es durch und stieß auf Bilder mit nackten Körpern. Buschige Vaginen, Langhaarige, weiße, sich am Boden wälzende Leiber und Körperberge. Es war, als ob die die Leichenberge der KZs nachstellten. Groschen fühlte sich an seine Kindheit erinnert, Hippies, VW-Käfer, Frank Zappa und Anti-Atomkraft-Aufkleber fielen ihm ein. Was aus diesen Blumenkindern wohl geworden ist?

– Mach dir keine Sorgen. Seine Frau nahm das Buch und klappte es zu. Die sind alle im Establishment angekommen, Immobilienmakler, Finanzberater, Rechtsanwälte. Das Seltsame ist, dass diese Blumenkinder später den Neoliberalismus vorangetrieben haben. Sie trank von Groschens Wein und verdrehte die Augen, während ihr Mann in sich hineinschaufelte.

– Warst du schon einmal in Sarajevo?

– Als Kind war ich an der Adria, aber Sarajevo kenne ich nicht. Du?

– Nein, ich weiß lediglich, dass man die Stadt im Jugoslawienkrieg belagert hat.

– Und ich kenne Bosna.

Sie machten Witze über die mit Curry, Zwiebel und Bratwurst zubereitete Abart des Hotdogs, die man freilich nur in Süddeutschland und Österreich kannte. Vor allem in Salzburg, Linz und Augsburg war diese Bosna beliebt. Während Groschen schon ins Bett wollte, erzählte ihm seine Frau von ihrem Tag, von ihren Schülern im Sprechunterricht, davon, dass sie in der Innenstadt in einem Geschäft gewesen war und keine der Verkäuferinnen Deutsch gesprochen hatte.

– Die können nur noch Russisch oder Arabisch wegen der Touristen. Die ganze Innenstadt wird ausgehöhlt und zerstört, um für Luxushotels und internationale Konzerne Platz zu machen. Ich will das alles nicht, diese börsennotierten Unternehmen, diese Immobilienkonzerne, diese korrupten Politiker, die man alle einsperren müsste. Frau Groschen redete sich in einen Furor, aber je mehr sie über die Dachausbauten schimpfte, über die Baustellen, derentwegen es keine Parkplätze mehr gab, desto schwerer wurden seine Lider. Seine Frau schimpfte über Bankdirektoren, die sich Geheimgänge in Bordelle bauen ließen, das Wort »Ostöffnung« völlig falsch verstanden hatten, über den Finanzminister, der die Reichen bat, gefälligst mehr zu spenden, den Gesundheitsminister, der sich weigerte, Mikroplastik zu verbieten, solange es nicht eindeutig gesundheitsgefährdend war, die Frächterlobby, den ehemaligen Bundeskanzler, der nun für die Atomwirtschaft arbeitete, und so weiter. Er konnte das Gähnen kaum noch unterdrücken. Sie bezeichnete Österreich als Land des Stillstandes und Proporzes, in dem der Nepotismus regierte. Kein Land, in dem es so viele ehemalige Nachrichtensprecher als Politiker gab wie in Österreich. Er merkte, wie ihn der Schlaf überwältigte.

Wenig später lagen sie im Bett und schliefen. Das heißt, Groschen schlief, er wühlte sich in seinen Polster und versank in schweren Träumen, in denen er nach Birmingham, der Hauptstadt von Murundi, fliegen musste, einen wegen Touristenentführungen berüchtigten afrikanischen Zwergstaat. Seine Frau, die etwas aufgekratzt war, flüsterte noch leise:

– Gebumst wurde auch nicht. So viel fürs Protokoll.

KOSCHERES COLA

Als es klingelte, war der Flug nach Murundi bereits startklar, aber Groschen hatte Angst vor einer Entführung. Er sah rote Straßen, Warlords, marodierende Soldaten, die Geiseln enthaupteten, Augen aus Gesichtern rissen, er sah die enthauptete Papouschek, der man eine »Rübenkönigin« ins Maul stopfte, jemand grinste, es war das großporige Gesicht des Gänseschlächters, das sich allmählich in jenes von Todic verwandelte. Ein Maschinengewehr gab eine Salve ab. Nein, das nicht, es war der Wecker. Der Kommissar schaltete ihn aus, gähnte und tapste durch das Zimmer bis zum Fenster. Ein umschleierter Mond stand am Himmel. Orange Lichter zerflossen in der Dunkelheit und zeigten milchigen Nebel und Feuchtigkeit. Augenscheinlich hatte es geregnet.

– Morgen, hauchte seine Frau, drehte sich in ihre Decke, murmelte noch Gute Reise und schlief weiter.

Groschen fiel ihr Leitsatz ein: *Reinlichkeit ist ein Zier, gönn sie dir*. Er duschte und putzte die Zähne, rasierte sich und trank Kaffee, womit er ein Stück Brot samt kaltem Rindsbraten hinunterspülte. Danach bestellte er ein Taxi, warf noch einmal einen Blick ins Schlafzimmer, sah seine Frau und hätte gern mit ihr getauscht. Was hätte er nicht alles dafür gegeben, sich jetzt wieder ins Bett legen zu dürfen.

– Du könntest dich krankmelden, riefen ihm Stimmen zu. Du könntest sagen, du hast verschlafen, der Wecker hat nicht geklingelt. Du könntest Durchfall haben, Zahnschmerzen oder Grippe. Du … Nein, verscheuchte er die Stimmen, so etwas darf man nicht einreißen lassen, sonst hält man nichts mehr aus, verliert den Halt. So etwas tut man nicht. Und obwohl es noch immer Gegenstimmen gab, zog er sich an und ging hinaus.

Draußen war es kalt und feucht, der Atem gefror zu weißen Wölkchen. Auf den Autos glitzerten Reifkristalle, ihr Lack war mit einer glänzenden Eisschicht überzogen. Ein dünner Wasserfilm lag auf der Straße. Nach einigen Minuten fuhr das Taxi vor, das innen nach kaltem Zigarettenrauch und Magensäure roch. Der Fahrer konnte nur mit Mühe die Augen offen halten, seine Haut war fahl. Groschen versuchte, ihn mit einem Gespräch wach zu halten, aber es fiel ihm nichts ein, er war zu müde, gähnte.

Wien war dabei aufzuwachen. Wie überall auf der Welt taten auch die Wiener, was sie jeden Morgen taten, stellten ihr Radiogerät an, überprüften die sozialen Netzwerke auf ihrem Handy und waren auf der Suche nach Neuigkeiten, die ihre tauben Gehirnzellen vibrieren ließen. Die Nacht wurde von morgendlichen Nebelschwaden abgelöst. Überall gingen Lichter an, nur nicht am Donaukanal, der war noch unbeleuchtet, so dass das dunkle Wasser einem schlafenden Untier glich. Groschen sah Betrunkene über die Marienbrücke torkeln und beim Schwedenplatz Menschen mit zerknautschten Schlafgesichtern und Bettfrisuren, die auf eine Straßenbahn warteten. Es ging vorbei an der Urania, der Wiener Rettung mit der Büste von Jaromír Mundy, einem ihrer Gründer, vorbei am Hundertwasserhaus und weiter durch einen Stadtteil, der Erdberg hieß, aber weder erdig noch erhaben war. Als das Taxi die schwach befahrene Autobahn erreichte, brach die bleiche Sonne durch und drückte sich erste Lichtmitesser aus, die in die Welt schmierten. Auf den Feldern lag, als hätte sie ein höheres Wesen angehaucht, Raureif; Krähen staksten darin herum. Große Werbeschilder warben für Billigflüge nach Thailand, Bangkok und Australien. Sie fuhren vorbei an der Ölraffinerie, wo dichter Wasserdampf aus den Tanks und Rohren stieg. Dem Kommissar war kalt. Er bat den Fahrer, die Heizung anzustellen, aber der antwortete nur Unverständliches.

Endlich erreichten sie den Flughafen, dessen Kontrollturm dem Unterschenkelgips eines Riesen glich. Groschen wunderte sich, woher plötzlich die vielen Menschen kamen. Schon am Eingang tummelten sie sich, rauchten, tranken Kaffee aus Plastikbechern, zogen ihre Koffer durch die Gegend. Der Kommissar verstand Sätze wie »Wann geht der Flieger?« und »Mit was für einer Kiste fliegen wir?«, Sätze, die das unbegreifliche Fliegen verniedlichten. Außerdem hörte er jemanden brüllen: »Geht's alle scheißen, ehs Arschlöcher!« Er sah einen wegen mehrfachen schweren Betrugs verurteilten Expolitiker. Seine Haare waren grau geworden, aber das Gesicht war noch dieselbe angefressen dreinblickende Visage, mit der er sich jahrelang unbeliebt gemacht hatte. Gut, dass Groschens Frau nicht dabei war, die würde beim Anblick dieses Menschen einen gewaltigen Wutanfall bekommen.

Überall lange Warteschlangen. Vor dem Check-in-Schalter, vor der Passkontrolle, der Durchleuchtung des Handgepäcks. Er war froh, nicht häufiger zu fliegen, versuchte sich vorzustellen, welchen Berufen all diese Menschen nachgingen. Da waren Männer in karierten Holzfällerhemden mit Jeans, braunen Ledergürteln und weißen Socken – typische Facharbeiter. Es gab junge Kerle mit Pelz im Gesicht, Kapuzen-Sweatshirts und darüber dünnen Lederjacken – Fotografen oder Webdesigner, die in ihrer Freizeit bouldern gingen. Dann gab es welche in grauen Anzügen, fein karierten Hemden, goldenen Krawatten und eleganten schwarzen Schuhen, die arbeiteten in einer Bank, für Hedgefonds oder Versicherungen. Außerdem waren da die dunklen Anzüge mit weißen Hemden und teuren Uhren: Geschäftsleute oder Aufsichtsräte, Antiquitätenhändler, Gauner. Und schließlich jene, zu denen alle einmal wurden: Touristen mit entschlossenen, zu jedem Vergnügen bereiten Gesichtern, wegen Kleinigkeiten sauer, die ihren wohlverdienten Urlaub störten. Dagegen war der leicht korpulente Groschen mit seiner grauen Strickweste und der Raulederjacke samt Fellkragen wohl kaum als Kriminalkommissar erkennbar. Eher glich er einem Provinzkünstler, Restaurantkritiker oder Weinhändler.

Aus Langeweile lief er durch den Duty-free-Shop und probierte ein paar Parfums von Davidoff, Joop, Escada, Beckham und wie die alle hießen. Er probierte so viele, bis er sie nicht mehr unterscheiden konnte. Zuerst war es darum gegangen, den metallischen Geruch aus seiner Nase zu vertreiben, dann gefiel ihm eine Flasche; danach stieß er auf einen interessant klingenden Namen, schließlich empfahl die Verkäuferin etwas. Am Ende kaufte er nichts, war aber eine wandelnde Duftwolke, der die Menschen instinktiv auswichen.

Es war kurz vor neun. In Groschens Rucksack befand sich ein kleines Notbier, das er nun, bevor er es bei der Durchleuchtung abgeben musste, öffnete. Ganz gleich, wie spät es ist, für ein Bier ist immer die richtige Zeit. Er stand an einer Glasscheibe und beobachtete die geparkten Flugzeuge. Wie große geflügelte Zigarren sahen die aus, aus ihren Hinterteilen rauchte es. Dazwischen fuhren kleine Züge voller Koffer. Tankwägen und Busse mit Passagieren. Das Bier schmeckte nicht. Von wegen richtige Zeit, es war zu früh. Der Kommissar trank es trotzdem, warf die leere Dose in einen Abfallbehälter und blickte plötzlich in ein Augenpaar. Ein korpulenter älterer Herr mit fleischiger Gesichtsfarbe kam auf ihn zu, sein Zeigefinger tippte Groschen auf die Brust.

– Sie. Sie sind der Kommissar. Ich kenne Sie vom Fernsehen.

Groschen nickte. Seit er sich im Sommer dazu hinreißen lassen hatte, öffentlich über einen damals aktuellen Fall zu sprechen, kam es immer wieder vor, dass ihn jemand auf der Straße ansprach. Es war damals um das Herz des Schneiders gegangen, diesen blutigen, roten Muskel, den der Dompfarrer vor seiner Kirche gefunden und für eine persönliche Bedrohung gehalten hatte. Der Verdacht des Dompfarrers war nicht unbegründet, als gern gesehener Gast bei diversen Society-Veranstaltungen zog dieser sympathische Kirchenmann viel Missgunst auf sich. Seit er sich in seinem Luxusdomizil hatte ablichten lassen und sein Verhältnis mit einer Radiomoderatorin, einer der beiden Empathieschwestern, ruchbar geworden war, kam es immer öfter zu bösen Kommentaren und Beleidigungen. Kein Wunder also, dass er diesen grausigen Fund, dieses Herz, als Vorboten künftigen Unheils sah.

Dazu war Groschen im Fernsehen befragt worden. Seither wurde er immer wieder angesprochen. Die meisten wollten sich nur der Realität des Fernsehens vergewissern und sagten etwas wie: »Sie sind ja größer als in Wirklichkeit.« Oder: »So dick sind Sie gar nicht.« Manche warfen ihm Untätigkeit im Kampf gegen das Verbrechen vor, andere meinten, Polizisten seien alle korrupt, wieder andere wollten ein Autogramm. Jedenfalls waren diese Begegnungen allesamt eher unerfreulich, glaubte doch jeder Rundfunkgebührenzahler, ein gewisses Besitzrecht über Menschen zu haben, die einmal im Fernsehen aufgetreten waren, und sie jederzeit ansprechen zu dürfen. So wollte sich Groschen an dieser Begegnung vorbeistehlen, aber der andere ließ sich nicht abschütteln.

– Das ist ein Zeichen, sagte er. Ein Zeichen. Sie müssen mir helfen.

Groschen hob die Augenbrauen und befürchtete Schlimmes. Es war schon vorgekommen, dass man versucht hatte, ihn in einen Nachbarschaftsstreit oder eine andere Bagatelle hineinzuziehen. Einmal sollte er einem notorischen Falschparker helfen, seine Strafe nicht zu bezahlen, ein anderes Mal verlangte man von ihm, für die Versetzung einer unliebsamen Kindergärtnerin zu sorgen. Oder er sollte einem Filius eine angenehme Zivildienststelle beschaffen.

– Ich war gestern im Kommissariat, sagte der andere. Aber man hat mich abgeschasselt.

– Worum geht es denn, fragte der Kommissar.

– Um Muriel.

– Was ist das?

– Muriel Stulpnagel, meine Freundin. Sie war gestern beim Chinesen …

– Ich fürchte, ich verstehe nicht.

– Nun, flüsterte der fremde Herr. Er war so groß wie der Kommissar, hatte ein breites rötliches Gesicht mit weiblichen Zügen und weißgelocktem Haar. Sein Mund war klein und volllippig, die Augenbrauen buschig, das Kinn unrasiert, voll kleiner weißer Punkte auf der roten Haut. Darunter ein großer aufgetriebener Bauch, dazu ein leicht fülliges Becken wie manche Pfarrer. Karierter Schlapphut, Wetterfleck, dieser wohlbeleibte Mensch sah aus wie ein Jagdtourist. Mein Name ist Prometheus Tinti, altes Adelsgeschlecht, ich bin aber Dermatologe. Wenn Sie einmal Hautprobleme haben … Er sprach mit sanfter, leiser Stimme.

– Das ist sehr freundlich, Herr Tinti, aber ich habe es gerade in der Nase. Außerdem muss ich jetzt zu meinem Schalter, steckte Groschen die dargebotene Visitenkarte in seine Tasche und sah demonstrativ auf die Uhr.

– Muriel ist wie verwandelt. Sie hat eine Glutamat-Unverträglichkeit, daher geht sie niemals zum Chinesen. Niemals! Sein Gesicht kam Groschen nahe, als er aber die Parfums wahrnahm, wich er unwillkürlich wieder leicht zurück. Er sah den Kommissar irritiert an, so als ob ihm ein Verdacht gekommen sei, fuhr dann aber unvermindert fort: Sie hat mit mir Schluss gemacht. Am Telefon. Nach vierzehn Jahren. Das ist überhaupt nicht ihre Art. Also habe ich sie beobachtet. Sie hat einen anderen. Einen Jüngeren. Das passt nicht zu ihr. Und sie geht zum Chinesen.

– Nun ja, ich selbst gehe auch manchmal zum Chinesen. Der Kommissar dachte an sein Menü Nummer zehn, Meeresfrüchte mit Chilischoten, an die kleine, immer lächelnde Chinesin. Wegen Umbauarbeiten geschlossen.

– Muriel wirkt wie ausgetauscht, wie eine völlig andere Frau. Sie sieht zwar aus wie immer, aber irgendwie auch anders, ihre Bewegungen …

– Das tut mir leid, sagte Groschen.

– Aber das genügt mir nicht. Sie müssen sich darum kümmern. Da ist etwas faul. Nun lag Verzweiflung in Prometheus Tintis Stimme.

– Ich werde sehen, was sich machen lässt, beeilte sich der Kommissar von diesem immer aufdringlicher werdenden Dickwanst wegzukommen. Sobald ich zurück bin, werde ich mich damit befassen. Ich verspreche es.

– Fliegen Sie auch nach Frankfurt, schrie ihm Herr Tinti nach.

– Leider nein, schüttelte Groschen den Kopf und dachte, Gott sei Dank, sonst müsste ich mir jetzt einen ganzen Flug lang die Geschichte einer gescheiterten Beziehung anhören. Lauter Verrückte! Was war das für ein Name? Tinti? Der Name des bösen Zauberers der Kasperlbühne fiel ihm ein, der hieß Tintifax. Aber dieser Tinti hier, »Universitätsprofessor« stand auf seiner Visitenkarte, war, das spürte man, gewohnt, alle nach seiner Pfeife tanzen zu lassen. Und nun, wahrscheinlich war er emeritiert worden, konnte er mit dem plötzlichen Machtverlust nicht umgehen und verlor langsam den Verstand.

Groschen ging schnellen Schrittes weiter, durch Gänge voller Luxusgeschäfte, las verschiedenste Destinationen, geriet bei mancher kurz ins Träumen und stand endlich vor dem Abflugschalter: Zagreb. Da noch etwas Zeit war, trank er an der nahen Bar ein kleines Bier, um diesen Tinti wegzuspülen.

Neben ihm unterhielten sich zwei Flugbegleiterinnen der Austrian Airlines, die in ihren roten Schuhen, Strümpfen, Röcken und Jacken aussahen wie Krebse, die man bis auf den Kopf in siedend heißes Wasser gesteckt hatte. Es ließ sich nicht überhören, dass sie gerade über Passagiere herzogen.

– Am schlimmsten, sagte die eine, sind die Juden. Wenn die kein koscheres Cola bekommen, werden sie stinkig. Irgendwie können die an jeder Coladose ablesen, ob es koscher ist oder nicht. Die scheinen Geheimzeichen zu haben.

– Die Russen, fiel die andere ein, sind auch nicht besser. Die müssen immer aufstehen, sogar beim Sinkflug.

– Am wenigsten mag ich die Wiener. Die sagen nur: Bier. Kaffee. Am liebsten würde man sie anbrüllen: Wie sagt man? Wie heißt das Zauberwort?

Während die beiden noch andere Völker durch den Kakao zogen, wurde Groschens Flug aufgerufen. Beim Einchecken merkte er, er war auf Croatia Airlines gebucht, was für jemanden, der nicht gerne flog, fürchterlich war. So eine kleine Fluglinie? Noch dazu eine wenig vertrauenswürdige. Croatia Airlines – und alle Vorurteile über die jugoslawische Schlampigkeit kamen in ihm hoch. Er fluchte auf das Fräulein Schäfer, das so leichtfertig sein Leben aufs Spiel setzte. Nicht nur, dass sie ständig alle Fenster aufriss und eine Lungenentzündung heraufbeschwor, nicht nur, dass sie überall ihre feministischen Zeitschriften auflegte, nein, sie buchte ihn auch noch auf Croatia Airlines. Warum nicht gleich Aeroflot, Angola Air Services oder Dschibuti Express?

Das Flugzeug war bis auf den letzten Platz gefüllt. Groschen saß inmitten von Geschäftsleuten, die alle mit Tabellen und Bilanzen zu tun hatten, in Handys oder Laptops tippten. Alle waren furchtbar geschäftig und taten so, als würde der Fortbestand der Welt alleine von ihnen abhängen – dabei würden auch sie einmal als verfettete Idioten enden so wie dieser Tinti oder der Expolitiker, der zwei Reihen vor Groschen platziert war und noch immer leise fluchte. Außerdem war da noch ein bärtiger Orientale mit einem Turban, wie man ihn in Afghanistan oder Pakistan trug. Dem Kommissar fiel ein, dass Sarajevo neuerdings so eine Art Umsteigebahnhof für Dschihadisten war, die dann in Syrien oder im Irak für den Islamischen Staat kämpften. Ein religiös Verblendeter, dachte Groschen, ein zu kurz gekommener, machtgeiler Trottel, der bestimmt davon träumte, als Dschihadi John oder Scharia Sam bei diesen Barbaren Karriere zu machen. Man müsste ihn herausgreifen und ihm die Birne weichprügeln. Wächst im Westen auf, lernt die Freiheit kennen, den Luxus, die Berge, das Skifahren, den Kaiserschmarren mit Zwetschkenröster, die österreichische Fußball-Bundesliga, und dann so etwas? Arschloch.

Der Kommissar fühlte sich leer. Wenn es zu einem Absturz käme, würde man ihn mit diesen Menschen in der Zeitung abbilden, seine Frau würde mit den Angehörigen dieser Menschen im Gedenkgottesdienst sitzen, und sein Name wäre für immer mit denen dieser Businessmenschen und, was noch schlimmer war, dem des verurteilten Expolitikers verbunden. Aber nichts dergleichen geschah. Der Flug verlief ruhig, und abgesehen von einem Juden, der mit der Flugbegleiterin wegen einem Cola stritt, geschah nichts Besonderes. Irgendwann durchfuhr den Kommissar sogar eine Glückswelle. Er kam weg von Wien, weg von seinem überfrachteten Büro in der Vorlaufstraße, weg von dieser trüben Novemberstimmung, weg von Döblinger, der Kabarettistendiät.

Der Flughafen in Zagreb schien ein Relikt aus der Tito-Zeit zu sein. Typische Ostblockarchitektur mit einer einzigen, nicht besonders großen Wartehalle. Es roch nach Essigreiniger und billigen Ostblockzigaretten. Die einzige Theke nützte ihre Monopolstellung schamlos aus, verlangte fünf Euro für ein kleines Bier. Das waren Preise wie auf dem Münchner Oktoberfest. Groschen nahm trotzdem eines und sagte erquickt:

– Ah, Bier, das ist mein liebster Sekt! Dass ihn der kroatische Kellner ob seines seltsamen Geruchs auf Distanz hielt, fiel ihm gar nicht auf.

Wenn nicht auch die Preise im Duty-free-Shop völlig überzogen gewesen wären, hätte er Geschenke kaufen können, aber so musste er die Zeit bis zum Weiterflug in einem unbequemen Schalensitz zubringen. Die anderen Passagiere spielten mit ihren Handys oder lasen Zeitung, nur Groschen hatte nichts zu tun. Die kroatischen Zeitungen verstand er nicht, und mit seinem Handy, einer wahren Antiquität am Elektronikmarkt, konnte man nur telefonieren. Nachdem er eine Weile auf die Silhouette von Zagreb gestiert und die Wolkentürme, die sich über der Stadt zusammenbrauten, beobachtet hatte, spielte er mit dem Bild von Todic, das sich in seiner Jackentasche befunden hatte. Aber wie er es auch drehte und wölbte, knickte und verbog, blieben doch diese pockennarbige Haut, das vorspringende Kinn, die schmale, aber hängende Nase. Nein, Schönheit war dieser Tode Todic keine, trotzdem empfand der Kommissar so etwas wie Sympathie. Oder war es Mitleid? Er konnte sich noch immer nicht vorstellen, wieso er die Ernestine Papouschek umgebracht haben sollte. Die beiden kannten sich doch gar nicht? Oder gab es eine Beziehung, die den Ermittlungen entgangen war? Sollte es einen Briefverkehr gegeben haben? Verurteilte Mörder besaßen ja für manche Frauen große Attraktivität, wahrscheinlich wegen dieser Todesnähe. Jedenfalls hatten in den Gefängnissen erstaunlicherweise immer die Mörder am meisten Brieffreundinnen. Je brutaler die Tat, desto beliebter der Täter. Festnehmen würde er ihn trotzdem müssen.

Lag es an dieser Todic-Visage, dass die Plätze neben Groschen frei blieben? Zwar näherte sich manchmal jemand, aber sich hinzusetzen wagte keiner. Nur einmal eine verschnupfte Asiatin mit Gesichtsmaske, aber auch die verzog sich bald wieder. War Groschens Parfumwolke schuld?

Zu allem Überfluss zog nun auch ein Unwetter auf. Binnen Minuten hatten hohe Wolkenungetüme den Himmel verdüstert und standen drohend wie eine zu allem bereite Armee über der Stadt. Bald wurde zum Angriff geblasen, donnerte und blitzte es, außerdem setzte, wie die Wetteransager neuerdings sagten, Starkregen ein. Dummes Wort, bald würde es auch Starkkaffee, Starkmilch oder Starkfilm heißen. Starkmord oder Starkindiz. Aber diesmal stimmte es. Eine Unmenge Wasser fiel vom Himmel – als würde das ganze Meer auf einmal ausgeschüttet. Na bravo, rechnete Groschen damit, hier länger festzusitzen.

– Bald kann man Fische von den Bäumen pflücken. Das haben die jetzt von ihrer Sparerei. Diese Schäfer! *Wie hätte der General gesagt? Sekremöse!* Dieser Döblinger!

Da vibrierte sein Handy. Es war Martin, der mitteilte, dass der Prozess gegen Achmed Hursi, den Ägypter, aufgrund eines Formalfehlers vertagt worden war. Die Anklage hatte vergessen, zum Vorwurf des Mordes auch den des Raubes hinzuzufügen. Da musste Groschen schmunzeln.

– Und der Staatsanwalt? Wie hat er reagiert.

– Getobt, sagte Martin mit heiterem Unterton. Getobt hat er. Ausgerechnet heute, an seinem großen Tag, ein Formfehler. Ich lese Ihnen einmal die Aussendung der Presseagentur vor: Blablabla. Der Angeklagte Achmed Hursi war im August in Marseille festgenommen und ausgeliefert worden. In ihrem Übergabeersuchen hatte sich die österreichische Justiz nur auf den Mordverdacht bezogen. Der nun ebenfalls erhobene Raubvorwurf kam darin nicht vor. Nach Ansicht der Richterin *Starkgericht* muss dies nachgeholt werden. Am ersten Verhandlungstag gab es somit nur die Eingangsplädoyers von Staatsanwalt und Verteidigung. Laut Staatsanwalt soll der Ägypter gezielt Kontakt zu seinem Opfer, dem Schneider Elmar Ellmander, aufgenommen haben. Er habe in dem lebenslustigen, um mehr als vierzig Jahre älteren Prominentenschneider Wohlstand und Geld gesehen. Tatsächlich übernachtete der Angeklagte bereits wenige Tage später bei dem gutsituierten 64-jährigen. Einem Bekannten fiel auf, dass er plötzlich über ungewöhnlich viel Bargeld verfügte, neu eingekleidet war und ein teures Handy besaß. Rhabarberrhabarber. Fest stand, dass der 24-jährige Achmed Hursi, genannt Alibaba, auch die Nacht auf den 5. August bei dem Opfer verbracht hatte und diese Stunden von ausgiebigem Alkohol-, Sex- und Kokain-Konsum geprägt waren. Als Hursi am frühen Morgen die Wohnung verließ, soll seiner Darstellung zufolge der Schneider Ellmander aber noch gelebt haben. Für den Staatsanwalt eine reine Schutzbehauptung. Der Angeklagte habe dem Opfer ein wahres Martyrium angetan. Er habe ihm Faustschläge und Tritte versetzt, sein Opfer gefesselt, geknebelt und ihn schließlich mit einem Maßband erdrosselt, bevor er ihm auch noch das Herz aus dem Leib schnitt. Der Verteidiger brachte demgegenüber bisher unbekannte Personen ins Spiel, die in die Wohnung gelangt und den Mord begangen haben sollen, nachdem der Angeklagte diese verlassen hatte. Rhabarberrhabarber. Der Angeklagte wurde noch nicht einvernommen, er bekam lediglich Gelegenheit, ein »Ich bin nicht schuldig« zu deponieren.

Entscheiden Sie sich noch heute für den Wonder Core, den ultimativen Bauchmuskeltrainer.

Sie mussten unterbrechen, weil der Flug nach Sarajevo aufgerufen wurde. Da es noch immer heftig regnete, wurden die Passagiere schon beim Einsteigen ziemlich nass, aber das war im Vergleich zu dem, was folgen sollte, harmlos. Es war die gleiche Bombardier-Maschine, mit der Groschen aus Wien gekommen war. Ein Propellerflugzeug, das sein Fahrwerk in der Turbine unterm Flügel hatte. Draußen blitzte und donnerte es in einer Lautstärke, als wollte sich die Welt selbst auseinanderreißen. Die Flugbegleiterinnen hatten ein bemühtes Lächeln aufgesetzt, und der Kapitän bereitete seine Gäste auf eine unruhige Reise vor. Tatsächlich folgten vierzig schreckliche Minuten, in denen das Flugzeug so wild herumgewirbelt wurde, dass der Kommissar mit seinem Leben abschloss. Die meiste Zeit flogen sie durch graue Wolkenungetüme, tauchten von einer grauen Wand in die nächste und wurden geschüttelt wie in einer Zentrifuge. Groschen war erstaunt, wie gelassen er mit seinem nahen Ende umging. Während die anderen Passagiere schrien, erbleichten und kotzten, sogar die Flugbegleiterinnen blieben den ganzen Flug über angeschnallt sitzen, dachte der Kommissar an den Fall der toten Ernestine Papouschek, der irgendwie, er hatte allerdings keine Ahnung, wie, mit dem toten Schneider zusammenhing. Das Flugzeug geriet in ein Luftloch, fing sich wieder, wurde gleich darauf so wild gebeutelt, dass der ganze Rumpf knirschte. Der diesmal ganz hinten sitzende Expolitiker schrie unentwegt »Geht's alle scheißen, ehs Arschlöcher! Geht's alle scheißen, ehs Arschlöcher!«, der bärtige Orientale, ja, auch er war an Bord, las im Koran, und Groschen hatte nichts Besseres zu tun, als zwei Mordfälle zu vergleichen. Aber immer wenn er einen Gedanken ahnte, der die beiden Toten zusammenbrachte, machte es einen Rumpler. So, als ob ihm eine höhere Macht die Lösung aus dem Kopf schlagen wollte. Er fühlte sich wie ein umgedrehtes Sparschwein, in dem Kinder nach Münzen stocherten. Das Flugzeug fiel von einem Luftloch ins nächste, wurde wild herumgeschleudert, geriet in Schräglage und gab beängstigende Geräusche von sich.

– Siehst du, meldeten sich nun auch wieder Stimmen im

Kommissar, wärst du doch daheimgeblieben, hättest du dich nur wieder ins Bett gelegt. Das hast du jetzt davon.

Groschen, sonst eher ein Agnostiker, tat nun etwas, das er seit seiner Kindheit nicht mehr gemacht hatte, er betete. Plötzlich war da kein Platz mehr für Papouschek und Hursi, plötzlich murmelte er Sätze wie:

– Bitte, lieber Gott, lass mich noch nicht sterben. Ich verspreche dir auch, künftig ein christliches Leben zu führen, in der Bibel zu lesen, zur Messe zu gehen, regelmäßig zu beten, in der Vorlaufstraße einen kleinen Altar zu errichten. Ich werde auch nie wieder einen deiner Vertreter als Pimmelgesicht bezeichnen. Lass mich noch nicht sterben, und ich werde deine Schöpfung achten, nicht mehr so viel saufen, gesünder leben, mich an die Zehn Gebote halten, sonntags in die Kirche gehen … Gleichzeitig dachte er an seine Frau, die ihm immer, wenn sie über den Glauben sprachen, vorhielt, er sei ein reiner Wunsch- und Schiss-Beter, der gar nicht wollte, dass der Glaube sich vermehrte: *Dir geht es nur um dich. Du kannst nichts dafür, aus einem proletarischen Elternhaus zu stammen, wo die Frau wie eine Sklavin gehalten wird. Du kannst nichts dafür, mit veralteten Ansichten aufgewachsen zu sein, aber sage nicht, du glaubst, nur weil du manchmal betest, wenn du Schiss hast oder etwas willst. Du bist kein Beter, sondern nur ein Bitter.*

Als ein Russe aufstand und mit der Flugbegleiterin, die ihn anschrie, sich sofort wieder zu setzen, in Streit geriet, musste Groschen schmunzeln, doch das war die einzige Ablenkung auf diesem Horrorflug. RMSSSTSCH. Nächstes Luftloch. Groschen hielt den Atem an. Er saß nur da und wollte, dass es vorbei war. Vorbei, vorbei. ZSCHTSSBM. Doch irgendwann war auch dieses Martyrium zu Ende. Als das Flugzeug endlich wieder festen Boden unter den Rädern hatte, atmeten alle erleichtert auf. »Arschlöcher!«, schrie der Expolitiker, und der Kommissar merkte ein schmerzhaftes Stechen in seinem Bauch. War das Gott? Oder eine Krankheit, die nun so wie einst der Nesselausschlag aus ihm herausbrach? Oder nur eine Bauchmuskelzerrung, die ihm der unruhige Flug beschert hatte, weil er versucht hatte, all die Holperer und Luftlöcher zu absorbieren? Jedenfalls spürte er ein unangenehmes Ziehen an der Seite. Auf den Sitzen der anderen Passagiere lagen angefüllte Kotztüten. Angsthasen, dachte er, entschuldigte sich sogleich bei seinem Gott und wusste doch, irgendwo tief in sich drinnen, dass er an Himmel und Hölle nicht glaubte – seine Frau hatte völlig recht. Was für ein schrecklicher Gedanke, mit all den Döblingers die Ewigkeit verbringen zu müssen. Dann lieber eine Wiedergeburt als Rikschafahrer in Indonesien, Teppichknüpferin in Anatolien oder Gefängnisaufseher in Österreich. Aber eigentlich, war er überzeugt, erwartete einen nach dem Tod nichts anderes als eine unendliche Finsternis, ein geräusch- und geruchloses Nichts, unendliche Leere.

BALKAN BLUES

In der Ankunftshalle erwartete ihn mehr, nämlich eine junge Blondine mit einem bemerkenswert scheußlichen spinatgrünen Topfhut, einer verfilzten Mischung von Wehrmachtshelm und Nachtgeschirr. Sonst war sie ganz in Schwarz gekleidet, schwarze Strümpfe, schwarze Jacke, hochhackige Schuhe. Weiche, etwas mollige Figur, wulstige Lippen, um die ein paar Pickel sprossen. Wenn sie den Mund öffnete, kam ein gigantischer Zahnzwischenraum zum Vorschein – wie bei Madonna. Eigentlich ein hübsches Gesicht, vielleicht ein wenig teigig. Fast keine Schminke, nur zwetschkenfarbener Lippenstift.

– Sie müssen Kommissar Groschen sein, sagte sie mit der rauen, tiefen Stimme einer Nachtklubbesitzerin. Ich bin Dragana, Julia Schäfer hat mich auf Sie angesetzt. Sie reichte ihm eine weiche, schlabberige Hand, die Groschen kaum zu drücken wagte. Dann, der Kommissar merkte es, wich sie zurück. Wahrscheinlich stank er immer noch von den Duty-free-Parfums.

– Sie hatten einen angenehmen Flug?

– Alles bestens, strahlte Groschen.

– Gar keine Turbulenzen? Ein paar Passagiere waren ziemlich bleich, andere haben geflucht.

– Hosenscheißer, brummte Groschen. Mir machen kleine Wackler nichts, und runtergekommen sind noch alle.

– Okay, sagte die Zahnlücke, und zwar so, dass sie das e am Schluss ziemlich dehnte. Am besten, ich bringe Sie in Ihr Appartement. Da können Sie sich frischmachen.

– Stinke ich?

– Aber nein. Wieso? Dragana schüttelte den Kopf so sehr, dass sogar ihr Hut verrutschte, aber Groschen sah ihr an, sie log. Er warf einen Blick auf die Uhr, rechnete und kam zu dem Ergebnis, dass ihm fünfzig Minuten blieben, um in die Stadt zu kommen, Todic zu finden, zu verhaften und wieder zurück zum Flughafen zu fahren. *Vergiss es!* Ein Ding der Unmöglichkeit, außerdem fühlte er sich derart durchgeschüttelt, dass er seinen Organen Zeit geben musste, ihren Platz wiederzufinden. Warum sollte er den Abend nicht in dieser fremden Stadt genießen, sich morgen um Todic kümmern, ein paar Souvenirs kaufen und zurückfliegen? So ersparte er sich Döblingers Ordensverleihung.

– Also gut, fahren wir zum Appartement. Sie gingen zu einem alten VW Golf, wie man ihn Anfang der achtziger Jahre des vorigen Jahrhunderts produziert hatte, und stiegen ein. Als sich Groschen angurten wollte, fiel ihm ein loses Band in die Hand. Dragana schraubte ihre Augen in die Höhe und wackelte mit ihrem Kopf, als wollte sie sagen, wer gurtet sich denn an … in Sarajevo? Am anderen Ende des Parkplatzes stieg der Expolitiker in eine schwarze Limousine, und der Kommissar hörte unweigerlich den Satz »Geht's alle scheißen, ehs Arschlöcher!« Dann brausten sie los. Die Häuser erinnerten an Ostblockstädte vor der Öffnung. Hohe Wohnsilos mit der Eleganz einer Fabrikhalle. Alle dunkelgrau bis schwarz, als ob man sie geräuchert hätte. Manche hatten Kacheln, die teilweise zerschlagen oder herausgebrochen waren. Große Fenster, Betonbalkone. Und überall Einschusslöcher. Groschen sah einen Graffiti-Schriftzug: »Welcome to hell.«

– Sniper Alley, sagte Dragana. Da oben waren die serbischen Tschetniks. Sie deutete auf eine bewaldete, herbe Landschaft. Hügel, deren Bäume in den Farben des Herbstes strahlten: Ein sattes Maisgelb ging in das saftige Rot reifer Paprikas über. Zwischendrin immer wieder frische grüne Tupfer, die in ein Eidottergelb kippten.

– Hier kann man bestimmt nette Wanderungen machen, versuchte Groschen, den der Zustand der Häuser deprimierte, etwas Freundliches zu sagen.

– Besser nicht, meinte die Zahnlücke, die selbst beim Autofahren ihren bescheuerten Hut trug. Außerdem rauchte sie eine lange dünne Zigarette der Marke Drina. Teilweise sind die Berge noch vermint.

Groschen machte ein erstauntes Gesicht.

– Noch vermint?

– Ja, jährlich zwanzig Minenopfer, aber das sind Pilzsucher, Leute, die sich nicht an Wege halten, Hirten. Minen wandern.

– Minen wandern?

– Ja, und Steine wachsen – zumindest hier in Sarajevo.

Groschen sah sie verblüfft an, aber die junge Frau unter dem Topfhut zeigte kein Anzeichen von Ironie. Sie blies eine schwere Rauchwolke aus dem Mund und warf ihre Zigarette zum Fenster hinaus.

Der Kommissar sah zwei, drei neue Häuser, die wie moderne Luxusyachten in einem Meer aus Schrott wirkten. Das Parlament. Ein anderes sollte das höchste Gebäude des Balkans werden, aber dann war das Geld ausgegangen.

– Das gelbe Haus da drüben ist das Holiday Inn. Es wurde unlängst zu einem der zehn hässlichsten Hotels der Welt gewählt.

Tatsächlich glich dieses Gebäude einem angebissenen Maiskolben. »Drug Tito« stand darauf.

Groschen entdeckte eine alte verrostete Straßenbahn, futuristisch anmutende Zeitungskioske, denen der Lack herunterblätterte, und weitere Graffiti an den Häuserwänden: »Bosna!« »Nacioualismu!« »No future«. Er mochte dieses Wilde, dieses Unzivilisierte, Ungebändigte. Während in Westeuropa alle wie zwischen zwei elektrisch geladenen Drähten lebten, sich nicht trauten, vom Weg abzuweichen, war hier alles freier und chaotischer. Er hatte sich in solchen Ländern immer wohlgefühlt. Das bedeutete zwar nicht, dass er in Ägypten, Bulgarien oder Kolumbien leben wollte, aber er mochte den Geist, der da herrschte, der jeden Weg, jedes Gespräch zu einem Abenteuer machte. Man musste aufeinander Rücksicht nehmen, sich gegenseitig helfen, miteinander reden und ständig wachsam sein – lauter Verhaltensmuster, denen man in Österreich allenfalls auf einer Seehöhe über 2000 Meter begegnete.

– Sarajevo war nie eine Hochburg fundamentalistischer Moslems oder anderer Religionsfanatiker, sagte Dragana, sondern immer eine freie kosmopolitische Stadt mit einer langen friedlichen Geschichte. Der Schmelztiegel Europas mit Menschen, die ihre Ideale über die Zugehörigkeit zu einer Nation stellten. Aber dann kamen die von Popen aufgehetzten Serben mit ihrem Traum von Großserbien und haben alles kaputtgemacht. Und Europa hat zugesehen. Für Europa ist Sarajevo nach wie vor die Stadt des Attentats auf den Thronfolger, eine Verräter-Stadt, die büßen muss.

Groschen wusste, sie hatte recht. Sarajevo wurde für den Untergang des alten Europas verantwortlich gemacht, für den Zerfall der Monarchien, Sarajevo war schuld an beiden Weltkriegen und an für Österreich desaströsen Olympischen Winterspielen. Hier hatte alles begonnen, und nicht wenige sahen in der Belagerung der Stadt eine späte, aber gerechte Rache. Draußen waren alte Frauen mit pistaziengrünen Mänteln, junge Männer in wulstigen Daunenjacken, Mädchen in silbernen Glitzerstiefeln und Männer mit Baskenmützen. Aber die meisten waren schwarz gekleidet. Noch nie hatte der Kommissar so viele Schwarzangezogene gesehen wie hier – als wäre ganz Sarajevo ein einziger, nie enden wollender Trauerzug. Sie erreichten das Zentrum. Die Fassaden erinnerten an die Wiener Gründerzeithäuser mit Kassetten an den Wänden, angedeuteten Säulen und Giebeln um die Fenster. Manchmal waren maurische Einflüsse erkennbar, ziselierte Verzierungen, Kuppeln, Halbmonde.

– Tschechische Architekten, sagte die Zahnlücke. Die Habsburger nannten Sarajevo ihren kleinen Orient. Und die Architekten aus Prag und Brünn hatten das entsprechend zu gestalten. Sie fütterte Groschen mit Informationen, die er unmöglich alle behalten konnte:

– Hier ist die Musikhochschule, da die staatliche Bibliothek, dort das Nationalmuseum, hat leider geschlossen, das historische Museum … hat leider auch geschlossen. Das jüdische Museum … geschlossen. Alle Museen haben geschlossen, weil kein Geld da ist. Sie sagte das völlig emotionslos.

– Der Markale-Markt, deutete Dragana auf einen kleinen Platz, wo sich Menschen an Obstständen tummelten. Sie haben bestimmt davon gehört.

– Bestimmt, log Groschen, der sich für den Jugoslawienkrieg nie interessiert hatte.

– Hier schlug während der Belagerung eine Granate ein, viele Tote, auch Kinder. Manche behaupten, diesen Anschlag haben die Bosnier selbst verübt, um ein Einschreiten der internationalen Truppen zu erwirken, was dann auch geschehen ist … Da ist ein empfehlenswertes Kaffeehaus. Es heißt Goldfisch. Leider ist der namensgebende Goldfisch letzten Winter erfroren, und sein Nachfolger fiel im Frühjahr einer Katze zum Opfer, seither bleibt das Aquarium leer … Schade, dass Sie nicht bis zum Wochenende hier sind, da beginnt das Sarajevo-Filmfestival.

– Tja, wirklich schade, zuckte Groschen mit den Schultern. Filmfestivals interessierten ihn auch in Wien nicht.

Sie bogen um die Ecke, hielten, stiegen aus und gingen in ein unscheinbares Haus. *Das Appartement.* Es roch nach Staub. Die Wohnung lag im Halbstock und bestand aus einem Wohnraum mit Kochnische sowie einem Bade- und einem Schlafzimmer. Der ganze Zustand erinnerte ihn an seine Wohnverhältnisse vor 25 Jahren in Hernals. Billige Einbauschränke, eine abgewetzte Couch, eine rustikale Küche im Achtziger-Jahre-Stil. *Hübsch.*

– Wann haben Sie Ihren Termin?

– Termin? Groschen wusste nicht, was sie meinte, kam dann aber darauf, dass es sich um Todic handeln musste. Also brummte er:

– Morgen. Heute möchte ich durch die Stadt flanieren.

– Okay – *wieder mit einem langgezogenen e.* Brauchen Sie mich?

– Wenn Sie mir beim Abendessen Gesellschaft leisten und ein bisschen von Sarajevo erzählen, ist es mir ein Volksfest.

– Okay. Jetzt ist es fast vier, blickte Dragana auf die Uhr. Ich komme um sieben.

Sie erklärte ihm die Lage der Wohnung, zeigte ihm, wie er die Fußgängerzone und die Altstadt finden konnte, und verabschiedete sich. Groschen sah ihr nach, sah, wie der grüne Topfhut davonwackelte. Dann rief er seine Frau an, sagte, er sei gut angekommen und könne erst morgen zurückkommen. Außerdem teilte er ihr mit, dass sie zu Döblingers Ordensverleihung alleine gehen müsse. Sie hatte damit ohnehin gerechnet und schien nur eine Sorge zu haben, was sie anziehen solle. Ein Kostüm? Oder etwas Schlichtes? Ein Kleid?

– Etwas, in dem du dich wohlfühlst.

– Ja, aber ich fühle mich nur wohl, wenn ich darin hübsch bin. Aber zu hübsch will ich auch nicht sein, sonst sehe ich aufgetakelt aus. Ich habe an das rote Kleid mit den schwarzen Tupfen gedacht, aber vielleicht ist das bunte Kostüm besser? Oder die blaue Bluse? Vielleicht auch nur ein weißes Hemd, aber das ist zu unauffällig, obwohl, wenn ich es mit der roten Hose und den Hosenträgern kombiniere …

– Du bist doch immer hübsch.

– Das verstehst du nicht.

Kaum hatte Groschen aufgelegt, rief Gordon Zwilling an. Heute hörte sich seine Stimme wesentlich verbissener an, kein Wunder, war doch Fasttag. Er hatte die Konten der Papouschek überprüft und dabei merkwürdige Geldflüsse festgestellt. Zuerst gab es die Tantiemen für die »Rübenkönigin«. Zwei Millionen!

– Zwei Millionen? Der Kommissar schluckte. Er hätte nicht gedacht, dass man mit diesem Schund so viel verdienen könne.

– Zweihunderttausend sind an Öttinger gegangen. Mehr hat der General nicht bekommen. Gordon sprach mit aufgeregter, sich beinahe überschlagender Stimme. Aber dann kam es zu Behebungen größerer Beträge. Ernestine Papouschek hat seit dem Frühjahr jeden Monat hunderttausend bar behoben.

Hunderttausend?

– Um was damit zu machen?

– Das wissen wir nicht, sagte Zwilling. Nicht einmal der Bankbeamte wusste es. Er wollte sie überreden, in Wertpapiere oder Gold zu investieren, aber die Papouschek hat auf Barauszahlungen bestanden.

– Das heißt, Groschen rechnete, es müsste immer noch eine Million da sein.

– Eben nicht, Gordons Stimme war nun fast hysterisch. Halten Sie sich fest, Chef. Genau diese eine Million wurde vergangene Woche behoben. Der Bankbeamte war auch fassungslos. Er hat sie gefragt, was sie damit vorhabe. Und wissen Sie, was sie geantwortet hat? Sie soll gelächelt haben. Damit wolle sie groß rauskommen.

– Seltsam, grunzte Groschen. Äußert seltsam. Eine 82-jährige?

– Aber eine Million ist ein Motiv! Jetzt müssen wir nur noch herausfinden, wer davon gewusst hat. Ich glaube ja, Chef, der Todic wurde nur als Killer angeheuert, während der wirkliche Drahtzieher … oder es hat sie wer erpresst, der sie dann, als sie ausgepresst war, beseitigt hat. Der Bankbeamte, ein Mensch namens Alfonso Mauser, war übrigens ziemlich nervös.

– Du sollst nicht so viel glauben, Gordon, sagte der Kommissar. Iss lieber vernünftig. Wissen wir, was sie mit dem Geld vorhatte? Nein, wissen wir nicht. Aber eines steht fest, sie hatte einen ziemlichen Batzen Geld im Haus. Wer weiß, vielleicht ist das Knödel, so sagte er zu Geld, sogar noch dort? Vielleicht sollten wir die Wohnung gründlich auf den Kopf stellen?

– Darum werde ich mich kümmern, Chef. Und wie ist Sarajevo?

– Keine Ahnung. Wie eine Kleinstadt nach dem Krieg. Groschen verabschiedete sich und drückte den Verbindungsknopf. Zwei Millionen? Für diesen Schund? Und dann die Behebungen? Warum? Zumindest war das ein Motiv.

Er zog sich aus, ging ins Badezimmer und drehte die Dusche auf. Das Wasser war erst viel zu kalt, dann brühend heiß. Endlich fand er eine erträgliche Temperatur und konnte sich den Geruch der Flughafen-Parfums vom Leib waschen. Die Handtücher waren kratzig. Dann warf er sich aufs Bett und schloss die Augen. Sofort tauchten Bilder der toten Kaulquappe auf. Er sah ihre milchkaffeebraune Hose, die Blutspritzer, den Urinfleck, das Fleischkreuz im Rücken, ihre Riesenbrüste und den Augapfel in der Toilette. Sollte das alles inszeniert worden sein, um einen anderen zu belasten? Seine Gedanken durchsuchten die biedere Wohnung, konnten aber kein Versteck finden. Nichts war durchwühlt worden. Der Mörder musste also entweder wissen, wo das Geld war, oder er hatte davon gar keine Ahnung. Was konnte eine 82-jährige mit so viel Knödel wollen? Wer wusste davon? Auf jeden Fall der Bankbeamte, Herr Mauser. Vielleicht der General. Wer sonst? Der Sohn? Der Verleger? Was ist mit dem Nachbarn? Und Todic? Groschen fühlte sich unbehaglich. So wie es einem geht, wenn man nichts versteht. Er lag da wie ein zerbrochener Gegenstand, der auf jemand wartete, der ihn zusammenklebte. Aber es kam niemand.

Er zog sich an und verließ die Wohnung. Auf der Straße roch es nach Autoabgasen, verbranntem Holz und gedünstetem Zwiebel. Das Erste, was Groschen zu Gesicht bekam, war eine uralte, rosafarbene Straßenbahn. Ein Gefährt wie aus einem Kinderbuch. Gleich dahinter kam eine Wiener Straßenbahn in ihrem typischen Kirschrot. *Eine Wiener Bim?* Wie kam die hierher? Es war ein ausrangierter 1er, und Groschen musste schmunzeln bei dem Gedanken, von hier aus mit einer Straßenbahn zurück in die Vorlaufstraße fahren zu können. Er ging an einer neuromanischen Kathedrale vorbei,

ren unter einem Glassturz, die sich bewegten, wenn es eine volle Stunde schlug. Eine solche nämlich hatte Todic dem Antiquitätenhändler verscherbeln wollen.

– Frag den General, schrie Groschen so laut ins Handy, dass ihn Passanten irritiert ansahen. Besonders das Wort »General« schien sie zu erschrecken.

Martin seinerseits sagte, der DNA-Test hätte erwiesen, die Spuren am Whiskyglas stammten von Todic. Der Staatsanwalt wird triumphieren.

– Das lässt sich nicht vermeiden, äußerte Groschen.

– Und noch etwas, im Fall der erschossenen Touristen aus Detmold hat sich was getan.

– Nämlich?

– Wissen Sie noch, wo man die gefunden hat? In der Ignaz-Weigl-Gasse, in Simmering.

– Und?

– Nun hat sich ein Hotelier aus der Weiglgasse im 15. Bezirk gemeldet. Die Touristen hatten bei ihm reserviert, waren aber niemals aufgetaucht. Verstehen Sie, Chef. Die hat das Navi zu einer völlig falschen Weiglgasse gelotst, und dort sind sie jemandem in die Quere gekommen.

– Bravo, ballte der Kommissar eine Faust. Das ist doch was. Auch bei den Weiglgassen gibt es Votivkirchen. Beschwingt schritt er in die nächste Ćevapčićibude, um ein Bier zu trinken.

– Pivo? Er war selbst erstaunt über seine Fremdsprachenkenntnisse. Die Wörter »Pivothek«, »pivophil« und »Pivothekar« fielen ihm ein. Aber zu seiner Enttäuschung gab es gar kein Bier. Der Einfluss der Moslems war so stark, dass Alkohol nur in manchen Restaurants verkauft wurde, nicht in denen, die sich in der Nähe einer Moschee befanden. Aber Moscheen waren hier überall – und im Gegensatz zu den anderen Häusern sahen sie auch renoviert aus. Endlich fand Groschen ein Bierlokal und bestellte, wie er es immer machte, etwas

Einheimisches, ein Bier, das Sarajevo im Namen trug. Eine herbe Enttäuschung, wobei das wässrige Gesöff nicht einmal die Bezeichnung herb verdiente.

Er wollte gerade gehen, als Martin anrief. Der Inspektor war nun im Festsaal des Rathauses, wo gerade die ersten Gäste eintrudelten, auch Groschens Frau war darunter, eine bezaubernde Erscheinung, erdnussbraunes Kleid mit roten Tupfen, und ja, der General hatte es bestätigt, eine solche Uhr war im Besitz der Papouschek. Eine echte Antiquität, bestimmt ein kleines Vermögen wert.

– Danke, stöhnte Groschen. Pass auf meine Frau auf.

Sollte er sich geirrt haben? Sollte ihn diesmal sein Instinkt im Stich lassen? Bislang war er sich sicher gewesen, Todic sei unschuldig, zu eindeutig hatte alles ausgesehen. Aber nun mit der DNA-Spur am Glas und der gestohlenen Uhr geriet der Kommissar ins Wanken. War der Exsträfling in einer Beziehung zur Papouschek gestanden? Oder sollte er sie als Auftragskiller umgebracht und die Uhr mitgehen lassen haben? Jedenfalls sprach nun alles dafür, dass Tode Todic der Mörder war.

Groschen zahlte, stand auf und torkelte wie von Sinnen durch die Gässchen. Als er den Baščaršija-Platz überquerte, schmerzte sein Bauch. Er wusste nicht, ob es tatsächlich nur ein Muskelkater vom Fliegen war oder doch etwas Ernstes? Wurde er von Gott für seine Treulosigkeit bestraft? Gallensteine? Niereninsuffizienz? Darmkrebs? Leberschaden? Wenn er etwas brauchen konnte, dann hier einen Spitalsaufenthalt. Da berührte ihn jemand von hinten, am liebsten hätte er vor Schreck und Schmerz geschrien. Der grüne Topfhut! Dragana.

– So ein Zufall. Ich war gerade auf dem Weg zu Ihnen.

– Ja, stammelte Groschen. Ich bin durch die Altstadt geschlendert.

– Wenn Sie wollen, können wir hier essen gehen.

– Mir ist alles recht.

Sie gingen in eine Nebengasse und betraten ein kleines Lokal namens Dzenita, das aus sechs Tischen und einer winzigen Theke bestand. An den Wänden hingen Bilder, die an die Umschläge alter Karl-May-Bücher erinnerten: Teppichmärkte, kaffeetrinkende Türken mit langen Pfeifen. In der Vitrine an der Theke lagen diverse Fleischstücke, Lebern, Nieren, Hühnerfilets, Spieße. Dahinter gab es eine kleine Öffnung, durch die man in die Küche sehen konnte, wo weißgekleidete Menschen hantierten. Der Kommissar las die deutsche Speisekarte. Da gab es gebratene Teller, grätenfreies Eisbein, Raucherwaren.

– Immer diese Computerübersetzungen.

Die Zahnlücke bestellte Hühnersuppe für Groschen, Kuttelsuppe für sich, Nieren, eine Grillplatte und eine kleine Flasche Rotwein für beide.

– Und? Wie gefällt Ihnen Sarajevo?

– Nun, ich wusste nicht, wie arm das Land ist. Meine Frau hat gesagt, Bosnien-Herzegowina liegt in der Wohlstandsstatistik an 99. Stelle noch hinter Ägypten, Albanien.

– Okay, grinste Dragana, in der Statistik gibt es auch 45 Prozent Arbeitslose, dabei sind es nur halb so viele. Außerdem sind wir die unglücklichsten Menschen der Erde.

– Und wer sind die glücklichsten?

– Die in Paraguay. Österreich liegt übrigens im hinteren Mittelfeld, irgendwo zwischen Mali und Mexiko.

– Wundert mich nicht, murrte Groschen.

– Es gibt zwei Arten von Menschen, die in Sarajevo wohnen. Die einen sind hier geboren und können nicht weg, die anderen, weil sie etwas suchen, etwas, das der Krieg nicht zerstört hat, etwas, das es nur hier gibt.

– Nämlich?

– Wenn Sie es finden, werden Sie wissen, was ich meine. Sie schlug ein Heft auf und zeichnete eine Art Hundepfote. Das ist Sarajevo. Hier leben die Moslems, hier die Christen und da die Orthodoxen. 80 Prozent sind muslimisch. Aber welcher Volksgruppe fühlen sie sich zugehörig? Den Serben? Kroaten? Bosniaken? Wir sprechen alle dieselbe Sprache, aber bei uns heißt sie Bosnisch, bei den Serben Serbisch und bei den Kroaten Kroatisch.

– Dann gibt es noch Slawonien, Dalmatien, Mazedonien, Slowenien, den Kosovo? Und was ist mit Albanien, das nur gegründet worden ist, um den Serben den Zugang zum Mittelmeer zu versperren? Der Kommissar nahm einen großen Schluck Wein, der Vranac hieß und etwas zu kalt war.

– Wir haben in Bosnien zwei Entitäten, so nennen wir die Einheiten, die eine ist föderalistisch strukturiert, in Kantone unterteilt, die andere nicht.

– Gut, dass ich das nicht verstehen muss, begann Groschen die in einem hohen Blechteller servierte Hühnersuppe zu löffeln, eine ziemlich dicke Brühe mit Karotten, Kapern, Majoran und großen Hühnerstücken. Am Grund der Suppenschüssel hatte sich ein großer Rahmklumpen versteckt, der das Ganze abrundete. Mit der Wärme im Körper wurde dem Kommissar wohler. Er bestellte noch eine Flasche (diesmal eine große) schwarzen Wein, wie hier der rote hieß, und hörte Dragana, die langsam ihre Kuttelsuppe löffelte, über die Kopfbedeckungen philosophieren. Früher hatten alle Männer den Fes, diesen roten Kegelstumpf, dann kamen die Hüte der Habsburger. Plötzlich konnte man unterscheiden, wer Christ ist und wer Moslem. Das Unheil hat also mit den Kopfbedeckungen begonnen.

Und das sagst ausgerechnet du mit deinem spinatgrünen Blumentopf, dachte der leicht illuminierte Kommissar. Dragana zündete sich eine Zigarette an, und der Kommissar war überzeugt, hier wird es niemals amerikanische Touristen geben, die werden schon von der unentwegten Raucherei abgeschreckt.

– Was qualmen Sie da? Drina?

– Nach dem Fluss benannt. Die meisten rauchen Ronhill, das sind die Ostblock-Dunhill aus Rovinj. Tatsächlich rauchten in diesem kleinen Lokal alle bis auf Groschen: die vier Einheimischen, die ein Gelage abhielten, das Pärchen, die beiden Touristen, der Kellner, sogar die Weißgekleideten in der Küche. Alle rauchten sie, als ob sie französische Chansonsänger wären.

Der Kellner, eine Zigarette zwischen den Lippen, brachte zwei Tabletts mit ungeheuren Fleischbergen. Während Groschen die Leber kostete, als Beilage gab es nur kleingehackte Zwiebel, Senf und Brot, warnte ihn Dragana vor den Hundemeuten, die überall rumstreunten. Weil sich Tierschützer für sie starkgemacht haben, dürfen sie nicht mehr getötet werden.

– Wo? Groschen sah unter den Tisch. Sind sie schon hier? Biester! Heute gibt es nichts. Der gackernde Rottweiler Adolf fiel ihm ein.

– Jetzt lachen Sie noch, aber man muss aufpassen, sagte die Bosnierin mit ernstem Gesicht. Diese Hunde haben schon Menschen totgebissen. Sie selbst hatte immer Pfefferspray dabei, sagte sie und reichte dem Kommissar ein Stück Niere. Wie die Leber schmeckte auch die Niere großartig, weich mit einem nur angedeuteten säuerlichen Geschmack. Groschen konnte sich nicht erinnern, jemals so gute Innereien gegessen zu haben.

– Herrlich, geriet er ins Schwärmen.

– Weil das Land so arm ist, nahm Dragana einen Schluck Wein. Hier hat niemand Geld für Chemie oder Mastfutter. Also verbringen die Tiere ihr ganzes Leben in den Bergen.

Bis sie auf Minen treten.

– Und die Hunde? Bei einem Kaffeehaus habe ich ein Schild gesehen: »Keine Hunde und keine Waffen.«

– Die Hundemeuten sind die eine Eigenart von Sarajevo, die Waffen die andere. Nach dem Krieg hat niemand die ausgegebenen Waffen zurückgegeben. Man muss aufpassen. Dafür gibt es hier Kaffee – nicht zu vergleichen mit dem, den man in Österreich bekommt. Richtiger Kaffee. Gebrüht in kleinen getriebenen Kupferkännchen. Im Prinzip ist es natürlich derselbe wie auf dem restlichen Balkan, aber bei den Türken ist er türkisch, bei den Serben serbisch, bei den Griechen griechisch und bei den Bosniern bosnisch. Die einen karamellisieren zuerst Zucker, die anderen geben den Zucker ins kochende Wasser, die einen lassen ihn viermal aufkochen, die anderen nur dreimal, aber im Prinzip ist es immer dasselbe. Eine Wissenschaft. Dragana lachte und bestellte noch einen Wein.

– Was heißt Vranac?

– Schwarzes Pferd. Wie ist das deutsche Wort dafür?

– Rappe?

– Okay – diesmal zog sie das e besonders in die Länge. Die Bosnier, sagte sie, sind sehr abergläubisch. Man darf hier kein Brot wegschmeißen und niemals unter einem Türrahmen stehen bleiben. Wenn es einen in der rechten Hand juckt, wird man etwas verlieren. Juckt es einen aber in der linken, wird man etwas finden. Und kitzelt es in der Nase, wird man böse werden. Ein Haus muss man immer zuerst mit dem rechten Fuß betreten.

Groschen verstand plötzlich, warum Österreich keine Kolonien hatte. Bosnien war Österreichs Algerien, Österreichs Namibia oder Indochina, der kleine Orient. Dragana erzählte vom Krieg, den sie als kleines Kind miterlebt hatte. Damals hatte man Leintücher über die Straßen gespannt, um nicht von den Scharfschützen erwischt zu werden. Alle Fenster waren zerschossen, man hatte Folien von der Unicef, die waren damals das Markenzeichen der Stadt. Es gab aber auch Kantinen, die für die Armen kochten. Nur unweit von hier die Ascinica Hadzibajric … Sarajevo ist wie ein Topf, es fehlt der Horizont, weil rundherum nur Berge sind. Entweder man mag das, oder man wird wahnsinnig. Sie liebte es, weswegen sie auch nicht verstehen konnte, weshalb manche Menschen die Stadt so hässlich fanden. Gut, es gab kaum renovierte Häuser, aber hässlich? Gut, zerschossene Fassaden, aufgerissene Straßen … aber hässlich? Sie musste noch eine Weile erzählt haben, aber Groschens Aufnahmefähigkeit war erschöpft. Er war froh, als er endlich bezahlen und sich nach Hause bringen lassen konnte. Ohne an Todic oder Papouschek oder sonst wen zu denken, fiel er ins Bett und in einen tiefen traumlosen Schlaf.

ANLEITUNG ZUR BENÜTZUNG VON KLEINFAMILIENTOILETTEN

Als Groschen am nächsten Morgen erwachte und zum Fenster hinaussah, war Sarajevo von Nebelschwaden eingehüllt. Es war frisch wie in den Bergen, ein Hauch von Winter hing in der Luft. Die höher gelegenen Häuser verschwanden in Dunstwolken. In der Tiefe tauchten aus einer diesigen Stimmung die Umrisse von ein paar Hochhäusern auf, dazwischen Minarette mit ihren Bleistiftproportionen.

Es war Mittwoch, der 14. November. Der Kommissar hatte den nichtssagenden Geruch in der Nase und das Ziehen in der Flanke. Er sah müde aus, seine Augen waren verschleiert, dabei fühlte er sich unbehaglich und nervös. Kurz überlegte er, ob er zu viel trank und nun von seiner Leber die Rechnung präsentiert bekam? *Das hast du nun davon. Irgendwann musste es ja so weit kommen.* Egal. Kein Alkohol war auch keine Lösung. Er fand einen Instantkaffee, eine Dose Thunfisch in Tomatensauce und trockene Kekse. Frühstück auf Bosnisch. Obwohl Groschen keine Krimis las, wusste er, dass es darin oft opulente Kochszenen mit ausgefallenen Gerichten gab, weil die die Auflage steigerten. Er betrachtete die rötlich braune Thunfischmasse mit den graugrünen Paprikawürfeln und dachte, diese Krimiautoren hatten nicht die leiseste Ahnung vom Leben eines Kommissars.

Da es keine Milch gab, trank er den Kaffee mit Sliwowitz, den er ebenfalls im Küchenregal gefunden hatte. Das wenn seine Frau wüsste. Als er an sie dachte, läutete das Handy. Seine Frau! Sie erzählte von der gestrigen Ehrung. Unmittelbar vor Döblinger hatte eine Wiener Kaffeehausbesitzerin einen Orden bekommen. Eine schrille, aufgetakelte Person, die auf der Tuchlauben eine Art Künstlercafé betrieb, in dem nur Bilder hingen, die sie selbst in unmöglichen Posen zeigten. Wofür bekommt so jemand einen Orden, echauffierte sich Groschens Frau. Dafür, dass sie sich jeden Tag drei Stunden lang schminkt? Da den Kommissar das nicht zu interessieren schien, kam sie zur Ehrung des Staatsanwaltes, sagte, dass alles sehr stimmungsvoll gewesen sei. Die Rede des Vizebürgermeisters, der Gesang des Polizeichors, das anschließende Essen im Mohrenkeller. Döblinger sei nett, aber langweilig. Als er von der Verhaftung des Papouschekmörders in Sarajevo berichtete, brandete spontan Applaus auf.

– Tja, meinte Groschen. Dann ist der Döblinger jetzt zum Ehrensepp ernannt worden … Und den findest du sympathisch?

– Er schaut aus wie einer, der keinen Ball fangen kann, einer, der in der Schule immer gehänselt worden ist. Seine Frau wusste, Groschen konnte den Staatsanwalt nicht leiden, die beiden Männer verband eine tiefe Abneigung. Sie hatte sich aber vor allem mit seiner Frau unterhalten, einer, wie sie sagte, aparten Person mit großem Mund und Engelslocken, als ob sie gerade aus dem Wasser gestiegen wäre. Eine ostdeutsche Fee. Sie hätten sich prächtig amüsiert.

Auch das noch, dachte Groschen. Wenn das so weiterging, würde er bald seine dienstfreien Tage auf Gartenpartys bei den Döblingers verbringen. Entsetzlich.

– Weißt du, sagte seine Frau, der Döblinger hat etwas Hochtalentiertes, außerdem ist er extrem fleißig. Der hätte überall Erfolg. Aber du darfst nicht eifersüchtig sein. Er hat auch etwas Behindertes, etwas viel zu rasch Gealtertes. Außerdem ist er ein Muttersöhnchen. Er konnte nicht einmal auf seiner eigenen Feier lange bleiben, weil seine Mutter zu Hause auf ihn wartete, und weißt du, die kann sehr unangenehm werden. Seine Frau lachte.

– War die Veranstaltung nicht schrecklich langweilig? Worüber habt ihr denn gesprochen.

– Gestern wurde bekannt, der Udo Schmalzl ist gestorben. Ich habe dir das Buch gezeigt. Du weißt, dieser Künstler und Kommunengründer, der wegen Missbrauchs Minderjähriger mehrere Jahre in Haft gewesen ist. Jetzt stell dir vor, es stellte sich heraus, dass einer der anwesenden Stadträte selbst in dieser Großen Freiheit gewesen ist. Der hat die ganze Geschichte erzählt.

– Und? Groschen schoss die Papouschek durch den Kopf, die auch in dieser Kommune gewesen war.

– Interessiert dich das?

– Aber ja.

– Anfangs war das nur eine lose Wohngemeinschaft, aber dann propagierten sie das Ende der Zweierbeziehung. Damals glaubte man, die Gesellschaft wäre über Sexualität zu ändern. Natürlich hat das vor allem dazu geführt, dass bald alle Feigwarzen, Herpes, Tripper und andere Geschichten hatten. Ein Biotop für Geschlechtskrankheiten. Einmal ging die ganze Kommune geschlossen zum Hautarzt.

Zum Hautarzt? Während seine Frau erzählte, fiel Groschen der Verrückte vom Flughafen ein. Wie hieß der schnell? Pinter? Winter? Tinti! Die einzigen Profiteure solcher Kommunen waren also Hautärzte.

– Sie haben begonnen, sich die Haare abzuscheren und eine Hierarchie einzuführen. Ganz oben war der Schmalzl. Interessant, wie dieses gesellschaftliche Experiment mit Anlauf gescheitert ist, obwohl anfangs alle nur das Beste wollten. Zuerst ging es um Freiheit, darum, sich nicht an die bürgerlichen Normen anzupassen, aber allmählich haben sich perverse Strukturen herausgebildet. Je höher jemand in der Hierarchie war, desto näher durfte er am Esstisch bei Udo sitzen. Kam ein Strukturoberer zu spät zum Essen, musste man ihm seinen Platz freimachen, und der ganze Tisch hatte nachzurücken. Stell dir vor, was das für eine unentwegte Sesseltauscherei war. Und die ganzen Demütigungen. Jedes Mittagessen wurde mit der Verlesung der Fehlleistungen begonnen. Wer Verfehlungen meldete, galt als loyal. Stell dir vor, es wurden Karteien angelegt, alle Fehler aufgelistet. Wer nicht spurte, wurde degradiert, sexuell benachteiligt, seine Kinder kamen in die schlechteren Gruppen. Nordkorea im Kleinen. Und um den Schmalzl wurde ein Personenkult betrieben. Man stritt sich darum, wer ihm morgens in die Pantoffeln helfen durfte, wer ihn nach dem Duschen abtrocknen und wer ihm nach dem Sch… das Klopapier reichen durfte. Der reinste Führerkult. Groschens Frau sprach ohne Unterlass, wie ein Kampfhund hatte sie sich in ihr Thema verbissen, konnte nicht davon ablassen. Der Kommissar brummte nur, sie aber fuhr ungebremst fort:

– Das Ganze nahm immer perversere Formen an, während

sich die Oberen berauschten, gab es für die Unteren keinen Alkohol, keine Zigaretten, und auch die Sexualität wurde zum Druckmittel. Nur die Frauen hatten Zimmer, die Männer mussten sich ihr Bett quasi erarbeiten. Das sollten wir auch einführen.

– Untersteh dich, murrte Groschen.

– Na, na. Du läufst noch Gefahr, an deiner eigenen Humorlosigkeit zu sterben … Wenn ihn einer nicht hochkriegte, wurde das an den gemeinsamen Abenden thematisiert. Selbstdarstellungsabend hieß das. Da produzierten sich die einzelnen Gruppenmitglieder.

– Na, dich scheint das ja zu faszinieren. Groschen rieb sich die Augen.

– Ja. Seine Frau ließ sich kaum noch bremsen. Mich fasziniert diese Entwicklung. Ein paar langhaarige Aussteiger beschließen eine andere Lebensweise, und innerhalb eines Jahrzehnts landen sie genau dort, wo sie nicht hinwollten. Ja, schlimmer, sie müssen noch mehr arbeiten, sind noch unfreier, noch stärkeren Zwängen unterworfen. Ich finde das interessant, weil es zeigt, wie schwierig es ist, eine alternative Lebensform zu finden. Und weißt du, woran die Kommune letztlich gescheitert ist? An den Kindern und an der Liebe. Auch die Kinder wurden vor der Gruppe gedemütigt. Sobald sie aber alt genug waren, machten sie genau das, was in der Kommune am meisten verpönt war, sie bildeten Pärchen, träumten von der Liebe, versuchten Zweierbeziehungen. Du siehst also, unsere Lebensform ist gar nicht so verkehrt. Also schau zu, dass du bald zurückkommst.

Der Kommissar schickte ihr einen Kuss durch den Äther und flüsterte, dass er sich nun um seine Arbeit kümmern müsse. Er stellte sich Ernestine Papouschek vor, wie sie vor vierzig Jahren nackt mit üppigem Busen und bierdeckelgroßen Warzenhöfen inmitten lauter Kommunarden stand und die freie Liebe predigte. Groschen machte der Gedanke, dass alte Leute auch einmal jung gewesen waren und gegen die Zwänge ihrer Eltern angekämpft hatten, immer melancholisch. Was war aus dieser Hippie-Bewegung geworden? Aus der freien Liebe? Dem Kampf gegen das Establishment? Den Friedensparolen? Rockkonzerten? Was haben diese Leute, die zehn Jahre lang eingeraucht und auf Drogen gewesen waren, gemacht, sobald sie selbst an die Macht gekommen sind? Den Neoliberalismus! Die entfesselte freie Marktwirtschaft! Die Zerstörung und Desavouierung aller Werte. Die Ausbeutung der Natur. Die Propagierung des Unauthentischen. Glaspaläste, Autobahnen, Datenverkehr.

Aber das konnte er jetzt auch nicht ändern, er nahm einen Schluck Sliwowitz, der wie Feuer in der Kehle brannte, und studierte den Stadtplan, den ihm Dragana gegeben hatte. Die Straßennamen waren so klein gedruckt, dass er sie kaum lesen konnte. Er selbst war untergebracht in einer Straße namens Petrajinka, und das Kolleg der Söhne christlicher Liebe, wo er Tocic vermutete, lag in der Avde Hume, einer Straße, die Groschen nicht und nicht entdecken konnte. Er verließ also die Wohnung, stieg in ein Taxi – ein Golf aus den Achtzigern wie alle Autos hier – und zeigte dem Fahrer, einem Menschen mit schwarzen Ringen unter den Augen, den Namen der Straße.

Groschen merkte zwar, der Fahrer fuhr mit der Kirche ums Kreuz, aber egal, die Gebühren waren so oder so lächerlich. Er sah Häuser voller Einschusslöcher, verfallene Fassaden, einmal erkannte er in einer runden Gipseinfassung den Davidstern samt siebenarmigem Leuchter. Überall Graffiti: »Drug Tito«. »Legalni Kriminal!« »Snajper!« Friseurgeschäfte. Ein kleines Hüttchen, in dem man Schuhe express reparieren lassen konnte, ein hellblauer Verschlag mit gelb vergitterten Fenstern kündigte inmitten der grauen Hochhäuser Fastfood an: Hotdog, Hamburger, Pomfriti. Groschen fiel auf, hier waren viele Fenster neu oder zumindest frisch gestrichen. Wahrscheinlich ein Relikt des Krieges.

Der Fahrer hielt in einer unscheinbaren Straße. Beim Zahlen sah Groschen, dass der Taxler neben den Augenringen auch wulstige Talgbeutel an den Augen hatte, sein ganzes Gesicht verriet, er hatte zu viel geraucht, zu viel Schnaps getrunken, zu viel gearbeitet und zu wenig geschlafen.

Der Himmel war diesig, und den Kommissar fröstelte. Die Gegend hier hatte etwas Bedrückendes, so als sei sie vergessen worden oder aus anderen Gründen nicht berechtigt, am Fortschritt der Welt teilzuhaben. Wie Mehltau lag die düstere Vergangenheit auf allem. An einer Hausecke hing ein schwarzer Granitstein, in den das Gesicht eines Mädchens geätzt worden war: Draga Mina. 2.9.95. Den Rest konnte Groschen nur erahnen. Getötet auf dem Schulweg. Ruhe in Frieden. Darunter eine Ablage mit ein paar verwelkten Blumen. Eine große orangefarbene Katze auf dem Weg zu überfüllten Mülltonnen kreuzte seinen Weg. Auf einer desolaten Fassade, man konnte das Strohgeflecht im Putz sehen, hing ein Schild mit der Aufschrift: OPASNOST OD RUSENJA. Der Kommissar kam zu einer Betonklotzsiedlung mit großen Fenstern, die aussah, als ob sie 1984 zu den Olympischen Spielen errichtet worden sei. Die Häuser schienen nur aus Anbauten und Balkonen zu bestehen. Dafür waren die geparkten Autos erstaunlich modern, sogar ein dunkelgrüner Jaguar mit britischem Kennzeichen war zu sehen. Über einem kleinen Gemischtwarenladen stand »Sport«, die Besitzerin saß davor und rauchte. Alle Menschen, die Groschen bislang zu Gesicht bekommen hatte, rauchten – und zwar überall. Wahrscheinlich lag der prozentuelle Anteil der Raucher hier bei 95 Prozent, der Rest waren Kleinkinder und Leute auf der Intensivstation.

Die Hausnummern waren durcheinander, und Groschen

brauchte eine Weile, bis er die gesuchte fand. Er näherte sich gerade dem dazugehörigen Haus, es war mit Graffiti vollgeschmiert, *Vedran Smajlović, Alija Izetbegović, Hasan Salihamidžić,* als ihm ein Schwarzgekleideter mit einem frischen Brotwecken entgegenkam. Zerschundenes Gesicht, schmale Lippen. Ein Anblick, der Groschen das Ohrenschmalz bei den Gehörgängen rausdrückte: Todic! Der Augenausstecher!

Einen Moment lang arbeiteten die Gedankenketten, rasselten die Assoziationen, und schon ließ Tode Todic das Brot fallen und rannte los. Groschen hinterher.

– Halt!, schrie er. Stehen bleiben! Doch Todic reagierte nicht. Es ging über eine breite Straße, über einen Parkplatz, und ehe sichs der Kommissar versah, hatte der Flüchtige schon ein paar Meter Vorsprung. Groschen merkte, er war nicht mehr der Jüngste, außerdem war die Luft schlecht – voll von ungefilterten Abgasen und dem Rauch billiger Zigaretten. Todic rannte um sein Leben, sprang eine steile, mit rotem Klinker verflieste Treppe hinunter. Groschen, der wie immer keine Waffe bei sich trug, keuchte hinterher.

– Halt! Bleib stehen!

Unten merkte er, hier fuhren auch gelbe Zahnradbahnen – ähnlich wie auf Capri oder in Valparaiso. Die Wände und der Boden, alles war hier ziegelrot. *Brazzo, Edin, Vedad.* Er konnte gerade noch sehen, wie Tode über eine Straße flitzte. Der Kommissar hinterher. Autos bremsten, hupten. Dafür war jetzt keine Zeit.

– Todic! Halt!

Der Vorsprung wurde größer. Groschen keuchte. Sie landeten bei den Pfeilern einer Autobahnbrücke, darunter hatte sich ein Flohmarkt installiert. Kisten voll mit alten Büchern, Radios, eine Schachtel mit Fernbedienungen, Leninbüsten, Kabel, Küchengeräte, Lockenwickler, alte Spielsachen, nur von Todic war nichts mehr zu sehen. Wo war er hin?

Da kam eine Alte auf den Kommissar zu, das Gesicht einer Hexe aus einem Grimm'schen Märchen, eine gigantische tropfenförmige Nase im spitzen, über und über mit Warzen besetzten Gesicht.

– Bürschele, sagte sie, völlig sicher, Groschen würde sie verstehen, Bürschele, du jagst dem Falschen hinterher. Es waren Worte mit dem Beiklang einer bösen Prophezeiung. Groschen fröstelte. Ein kalter Schauer lief ihm über den Rücken.

– Nein, stieß sie der Kommissar zur Seite. Nicht dem Falschen. Im Gegenteil, nun war er sich sicher, den Mörder der Papouschek zu verfolgen. Nur stand er nun in einem kleinen Markt. Hühner wurden da gegrillt, es gab billige Kleidung, Jeans, Jacken, Stände voll mit Gemüse, Berge von Mandarinen, Tomaten, Paprika, riesige Granatäpfel, aber keine Spur von Todic. *Nichts. Nada. Niente.* Schwarzgekleidete vorne, hinten, links und rechts, ja überall. Es gab wenig Hoffnung, ihn wiederzufinden. Also blieb der Kommissar stehen, beugte sich vor, stützte seine Hände auf die Oberschenkel, schnaufte und hustete. Sobald er sich gefangen hatte, ging er durch den Markt, überlegte, ob er billige Unterwäsche kaufen sollte, Socken für seine Frau, ließ es aber bleiben. Er wurde angerempelt, drängte sich vorbei an Menschen mit vollen Einkaufstaschen, hatte dabei seine Hände in den Hosentaschen, Schlüssel und Geldbörse fest umfasst. Blicke spürte er, Tausende Augenpaare, die ihm skeptisch folgten. *Was schaut ihr so? Stimmt was nicht? Nur weil ich nicht schwarz angezogen bin, braucht ihr mich nicht so anzuschauen.*

Ein Erlebnis seiner Kindheit fiel ihm ein. Er mochte damals sechs, acht Jahre alt gewesen sein, hatte mit einem Freund Gänseblümchen und Löwenzahn gepflückt, kleine Sträuße arrangiert, die sie den Bahnarbeitern verkaufen wollten. Das waren Jugoslawen, Tschuschen, die in abgestellten Eisenbahnwaggons hausten, ihre muskulösen braunen Körper aus den

Fenstern hängen ließen und über die kleinen Buben lachten. Einer aber wollte ihnen die Blumen abkaufen, bat sie in den Waggon. »Kommt nur. Kommt.« Also stiegen sie nichts Böses ahnend auf eine Plattform, gingen in den Waggon, wo sie der Gestank fast umwarf. Als sie sich an die Dunstwolke aus Zigarettenrauch und gedünsteten Zwiebeln gewöhnt hatten, sahen sie drei weitere Arbeiter. Zwei lagen auf Pritschen, einer saß auf einem Stuhl. Und da erkannte der kleine Falt Groschen erst, was das für Leute warten. Schwarzes Brusthaar quoll aus ihren Hemden, dunkle Bartschatten im Gesicht, löchrige Gebisse. Überall hing feuchte Wäsche, und auf dem kleinen Gusseisenofen stand eine Pfanne, in der etwas brutzelte. Es roch nach Schweiß und Alkohol und Knoblauch. Der vermeintliche Blumenkäufer lachte, deutete auf die Pfanne, fragte, ob sie etwas wollten, was die beiden aber verneinten. Groschen und sein Freund spürten plötzlich, sie waren diesen Männern ausgeliefert, sie hatten sich zu weit vorgewagt und waren in einer Falle gelandet. Wie lächerlich war doch ihr Ansinnen, diesen fremden Männern Blumen zu verkaufen. Blumen, die sie eben erst am Bahndamm ausgerissen hatten. Diese Menschen lebten hier in den Waggons wie Tiere, während die Einheimischen in schmucken Einfamilienhäusern mit Gärten residierten, sonntags grillten und Rasen mähten. Die hier mussten eine harte, schmierige Arbeit verrichten, hatten kräftige, ölige Hände, bekamen wenig Lohn. Und davon sollten sie jetzt auch noch den gutgenährten Kindern dieser Einheimischen etwas geben, dafür, dass sie ein paar Blumen ausgerissen hatten. Der junge Groschen zittere, er spürte, etwas Bedrohliches lag hier in der Luft, jetzt stand sein Leben auf der Kippe. *Lächle. Nur nichts anmerken lassen.* Drei der Arbeiter wirkten feindselig, rochen nach Schnaps und starkem Tabak, der in den Augen stach. *Nur keine Angst zeigen.* Jeden Moment würden die über sie herfallen und werweißwas mit ihnen machen. Als er mit dem Schlimmsten rechnete, sich ärgerte, weil sie so dumm gewesen waren, so unbedarft, griff einer in seine ölverschmierte Hosentasche, holte ein Messer … nein, ein paar Schillinge raus und lachte. Die Knaben griffen danach, da ballte er die Hand zur Faust, schloss die Münzen darin ein, lachte, das Spiel wiederholte sich, noch einmal, bis die Kinder verzweifelten, fast weinten. Als der Mann endlich ein Einsehen hatte, nahmen sie die Münzen fast erschrocken, weil sich die Hand nicht wieder schloss. Im nächsten Augenblick ließen sie die Blumen fallen und rannten, rannten, so schnell sie ihre Beine trugen – immer in der Erwartung, etwas Fürchterliches würde gleich geschehen. Raus aus dem Waggon, vorbei an den fahrbaren Baracken, nur weg hier, schnell. Die Arbeiter lachten, riefen ihnen etwas hinterher, etwas, das die Knaben nicht verstanden. Tschuschensprache.

So kam er sich jetzt auch vor. Er hatte sich zu weit vorgewagt und war wo hineingeraten. Jetzt gab es kein Entrinnen mehr, er war wieder der kleine wohlgenährte Bub, den alle hier beneideten, weil er woanders hineingeboren war, in eine bessere, reichere Welt. Nun war er wehrlos. Ausgeliefert. Musste sich Sätze wie »Bürschele, du jagst dem Falschen hinterher« anhören. Er zwängte sich durch Menschenmengen, spürte, wie ihn welche angriffen. *Pfoten weg!* Wollten sie ihn ausnehmen oder nur etwas von seinem Glück erhaschen? Unschuldige Berührungen, wie man zum Jahresanfang Rauchfangkehrer anfasste? Nichts geschah. Man ließ ihn durch.

Am Ende des Marktes tauchte ein Friedhof auf. Groschen ging hinein, weil er Erholung brauchte, hoffte, ein paar vertrauten Namen zu begegnen, von Österreichern, die sich hier in der Monarchie angesiedelt hatten. Er hoffte auf kakanische Berufsbezeichnungen, auf k. u. k. Hausbesitzersgattinnen, Kolonialwarenhändler, staatliche geprüfte Flinserlschläger oder Ähnliches, er hoffte auf Hofer, Berger, Zirngast, Autenschläger, Krottenbacher … aber die Inschriften waren allesamt kyrillisch. Elstern und Raben saßen auf den Grabsteinen. Keine Kerzen, keine Blumen, keine Witwen. Dieser ganze Friedhof schien verwaist. Nebelschwaden verliehen der Atmosphäre etwas Gespenstisches. Obwohl das Ganze mehr oder weniger auf einer Verkehrsinsel lag, konnte man glauben, im schottischen Hochlandmoor zu sein. Groschen versuchte die Inschrift auf einem Obelisken zu entziffern, der eine Art Ehrengrab flankierte: G-a-v-r-i-l-o P-r-i-n-z-i-p. Der Attentäter. Nur unweit davon stand auf einem frisch ausgehobenen Grab, das nur ein Kranz und ein spitz zulaufendes Brett zierte, in lateinischer Schrift: Tode Todic. Der Kommissar erschauerte. Eine Gänsehaut lief ihm über den Nacken. War das ein häufiger Name? Erst die Wahrsagerin, jetzt das Grab. *Bürschele! Bürschele!* Was sollte das bedeuten? Jagte er dem Falschen hinterher? War das Grab für ihn bestimmt?

Irritiert vergrub er seine Hände in den Hosentaschen und verließ den Friedhof. Die Schmerzen im Bauch waren heftiger geworden, die Schreie der Krähen lauter, da beschloss er, erst einmal ein Bier zu trinken. *Ganz egal, wie spät es ist, für ein Bier ist immer die richtige Zeit.* Aber alle Geschäfte, die von fern nach Gasthaus aussahen, entpuppten sich bei näherer Betrachtung als Schönheitssalons, Frisiersalons, Nagelstudios, Fußpflegeinstitute oder Bäckereien, in denen fette Blätterteigwürste verkauft wurden. Endlich fand er etwas. Es war eine Garage, in der alte Männer mit Wollhauben auf Bierbänken saßen, rauchten und Karten spielten. An einer improvisierten Theke stand der Wirt. Er hatte einen langen grauen Bart, trug eine gestrickte Mütze und einen Burnus, was ihn so aussehen ließ, wie man sich in Österreich einen Terroristen vorstellte. Unter normalen Umständen hätte sich Groschen niemals in so eine düstere Spelunke getraut, aber sein Verlangen nach einem Bier war stärker gewesen. Er bekam das Getränk in einem bauchigen Glas, setzte sich auf eine freie Bank und spürte, wie sich mit dem Bier eine wohlige Stimmung in ihm breitmachte. Der ganze Raum war verraucht wie damals der Waggon der Bahnarbeiter, aber das störte ihn nicht. Hier herrschte eine angenehme Stimmung des Nichtstuns und vormittäglichen Trinkens, wie sie der Kommissar von ländlichen Frühschoppen oder Bahnhofsrestaurants kannte.

Kurze Zeit später saß er hinter ihm. Er konnte ihn nicht sehen, aber er spürte ihn, bedrohliche Schwingungen gingen von ihm aus: Todic. Der Augenausstecher! Rückenschlitzer! Papouschekmörder!

– Sie sind beharrlich. Was wollen Sie von mir?, sagte er mit einer überraschend angenehmen, intelligent klingenden Stimme.

– Das wissen Sie selbst am besten, flüsterte Groschen.

– Sind Sie von der Polizei?

– Warum sind Sie nach Bosnien geflohen? Hat es Ihnen in Wien bei den Söhnen der christlichen Liebe nicht mehr gefallen?

– Was heißt geflohen? Meine Mutter liegt im Sterben. Man hat mir erlaubt, sie zu besuchen.

– Was sagt Ihnen der Name Ernestine Papouschek?

– Was ist das? Ein Verhör?

– Ich kann Sie auch verhaften lassen, wenn Ihnen das lieber ist.

– Pappuschnik?

– Papouschek!

– Nie gehört.

– Und wie erklären Sie sich dann, dass man ihre Leiche mit ausgestochenen Augen gefunden hat? So wie Ihre Frau vor beinahe 20 Jahren.

– So ist das also, man will mir etwas in die Schuhe schieben.

– Wie erklären Sie sich, dass man ein Whiskyglas mit Ihren DNA-Spuren neben der Leiche gefunden hat?

– So ein Glas ist schnell besorgt, das wissen Sie am besten. Wie heißt so ein Unterjubeln von Beweismitteln? Pflanz? Planting? Todes Stimme zeigte nicht die geringste Erregung, eher klang sie so wie die eines Menschen, der sich aufgegeben hatte, weich und melancholisch. Die Garage war offen, und mit der regenfeuchten Morgenluft strömten ständig neue Männer herein, die hier Bier tranken, von Todic und dem Kommissar aber keine Notiz nahmen. Die beiden saßen noch immer Rücken an Rücken und unterhielten sich mit leisen Stimmen.

– Und wie sind Sie zu der goldenen Uhr gekommen, die Sie gestern einem Antiquitätenhändler verkauft haben.

– Wieso? Was ist damit?

– Die stammt aus dem Besitz der Papouschek, das ist damit.

– Irgendjemand, drehte sich Todic nun zu Groschen um, ja er setzte sich sogar neben ihn, vermied aber weiterhin jeden Blickkontakt, irgendjemand versucht mir da etwas anzuhängen. Darauf läuft es also raus.

– Darauf läuft was hinaus?

– Die anonymen Anrufe, die … Man hat mich gleich nach meiner Entlassung zusammengeschlagen. Einmal hat mich fast ein Auto überfahren. Ich dachte, das sind Menschen, die von den Medien aufgehetzt worden sind. Aber jetzt, wo man mir einen Mord anhängen will …

– Und das soll ich Ihnen glauben? Selten hatte jemand in Groschen einen so zwiespältigen Eindruck erweckt wie dieser Tode Todic.

– Hören Sie, ich kenne diese Papouschek nicht. Die Uhr bekam ich geschenkt, der Prior sagte, sie sei für mich abgegeben worden. Kein Absender.

– Und das kam Ihnen nicht verdächtig vor?

– Ich dachte, vielleicht sind nicht alle Menschen böse. Vielleicht hatte jemand Mitleid. Nur weil ich einmal einen Fehler gemacht habe, kann man mich doch nicht … Der einzige Richter, er deutete zur Decke, sitzt ohnehin da oben.

– Sie haben im Gefängnis Theologie studiert?

– Ich habe den Krieg miterlebt und so manche Dummheit begangen, aber Gott hat mich zurück auf den rechten Weg gebracht. Gott hat mir gezeigt, wie bedeutungslos und schwach ich ohne ihn bin und um wie viel reicher ein Leben in und mit der göttlichen Liebe aussieht. Wenn er es für richtig hält, mich wieder einzusperren, wird er seine Gründe haben. Also, nehmen Sie mich fest.

– Warum sind Sie davongelaufen? Groschen sah ihm in die Augen, tief und ruhig. Er hatte das Gefühl, sein Gesprächspartner öffnete sich langsam wie eine Muschel. Es war wie bei manchen Verhören, wenn sich der Verdächtige entschieden hatte auszupacken.

– Das … habe ich doch bereits gesagt, weil man mich in letzter Zeit verfolgt hat. Aus Reflex. Weil man mich als Unmensch hingestellt hat. Dabei hat sich nie jemand dafür interessiert, warum ich meine zweite Frau angeblich umgebracht habe. Und da Groschen schwieg, begann er seine Geschichte zu erzählen: Ich war damals Anfang zwanzig, Jazztrompeter, hatte eine Frau und eine kleine Tochter, Vera, die ich über alles liebte. Sarajevo war eine freie, großartige Stadt. Offen, kosmopolitisch, laizistisch. Bis die Serben kamen, ihre Panzer die Stadt einkesselten, ein absurdes Ballett vollführten und die Stadt in ein riesiges Gefängnis verwandelten. Sie haben die umliegenden Dörfer niedergebrannt, Konzentrationslager errichtet. Es kam zu Massakern und Massenvergewaltigungen, die Männer mussten, bevor sie erschossen wurden, die Hosen herunterlassen, damit man sehen konnte, ob sie beschnitten waren oder nicht. Man hat zahlreiche verstümmelte Leichen gefunden, aber den Westen hat das nicht interessiert, der Westen hat zugesehen, sich auf Hilfslieferungen beschränkt. Nun regen wir uns über die Gräueltaten des Islamischen Gottesstaates auf, aber damals die Tschetniks … waren nicht besser. Die westlichen Politiker haben gedacht, der Balkan ist eine wilde Gegend, in der sich die Stämme seit Jahrhunderten gegenseitig abschlachten. Also tolerierte man das möderische Treiben, weil man auf dauerhafte Stabilität hoffte, weil man dachte, diese Balkanstämme bräuchten einen dauerhaften Herrn, also nahm man die ethnischen Säuberungen hin, die Massaker. Er warf seinen Kopf nach hinten, so dass der Adamsapfel und sein Hals heraustraten, sich sein scharfes Profil im Licht abzeichnete.

– Weil man glaubte, die Serben würden schon für Ordnung sorgen. Aber Sarajevo gab nicht auf. Und als auch noch die Kroaten ihr Stück von dem bosnischen Kuchen haben wollten und Mostar belagerten, wuchs in uns der Kampfgeist. Wir wollten nicht kapitulieren vor der Barbarei, wir wollten uns diesem neuen Faschismus nicht kampflos ergeben. Todic sprach nun so laut, dass man noch auf dem Mond jedes Wort verstehen musste. Trotzdem zeigten die anderen Gäste keine Reaktion.

– Bosnien war schon unter Tito die Bastion des Widerstands gewesen, da würden wir doch auch die Serben schlagen. Aber es war schrecklich. Mein Vater führte das Totenbuch der Stadt, jeden Monat trug er dreihundert, vierhundert Namen ein, die man in das Leichenhaus gebracht hatte. Mein Bruder, mein Onkel, mein Cousin waren dabei. Schulkollegen, Nachbarn. Und am Ende meine Frau und meine Tochter. Sie waren auf dem Markale-Markt, als diese Granate explodierte, diese Granate, die den Umschwung einleitete, den Westen dazu bewegte, endlich, drei Jahre zu spät, den Belagerern ein Ultimatum zu stellen. Ich aber hatte alles verloren, also wollte ich nur weg, nur weg. In Wien lernte ich diese Frau kennen, Camila, wie ich aus Sarajevo. Sie war verrückt.

– Sie haben sie umgebracht.

Nun formte sich erstmals der Hauch eines Lächelns auf Todics Lippen. Er sah erschöpft aus, blutleere Lippen, Ringe unter den Augen, nur aus den Pupillen blitzte ein hellwacher Verstand und gleichzeitig eine gewisse Gleichgültigkeit, die von einem bedingungslosen Gottvertrauen herrühren musste.

– Sie war kriegstraumatisiert, schrie jede Nacht, konnte keine Dunkelheit ertragen, aber auch kein Tageslicht. Sie hatte eine Allergie aufs Leben. Man hat sie mehrfach mit einem Gewehr im Anschlag vergewaltigt. Sie musste zusehen, wie ihre Familie *Hosen runter* abgeschlachtet wurde. Eine Weile war sie bei den Tschetniks, hat sich verkauft für Zigaretten, Schnaps. Sie wollte nicht mehr leben. Eines Nachts, ich träume heute noch davon, lag sie plötzlich auf dem Boden, wimmerte. Ich sah, sie hatte sich ein Messer in das Herz gerammt. Ich wollte helfen, bin zu ihr hingestürzt, habe nach dem Messer gegriffen. Deshalb waren meine Fingerabdrücke auf dem Griff. Später hat dann ein Sachverständiger nachgewiesen, dass der Einstichwinkel auf Fremdverschulden hindeutet, sie sich das unmöglich selbst zugefügt haben konnte. Aber das ist nicht wahr. Eine Verrückte schafft so etwas. Ich war paralysiert, habe eine Woche lang neben ihr gelebt, bis ich ihren Blick nicht mehr ertragen konnte. Kennen Sie das, wenn Sie wissen, das werden Sie nie mehr vergessen, Ihr ganzes Leben nicht? Ich wollte ihr die Augen schließen, doch es ging nicht. Totenstarre. Da fiel mir ein, sie hatte immer gesagt, ihre Augen hätten viel zu viel gesehen, sie könne keine Ruhe finden, solange diese Augen in ihr drinnen seien. Wie gesagt, sie war verrückt. Also habe ich mir gesagt, Tode, hast du cojones oder nicht? Ich habe sie rausgenommen und mit Goldpapier umwickelt. Es stimmt auch nicht, dass ich sie ins Klo geworfen habe, das hat die Presse erfunden. Vergraben habe ich sie, am Heldenplatz.

– Und das Zeichen im Rücken? Sie haben ihr doch etwas eingeritzt? Oder hat das auch die Presse erfunden?

– Nein, das hat die Presse nicht erfunden, sagte Tode. Aber ich habe ihr nicht etwas eingeritzt, sondern etwas herausgeschnitten, etwas, das ihr ein Tschetnik ins Fleisch geschnitten hat, während er sie vergewaltigte: Hure! Sie hatte dieses vernarbte Wort im Rücken stehen. Vielleicht war es kindisch, aber ich wollte nicht, dass sie jemand damit findet.

– Dann waren Sie unschuldig im Gefängnis?

– Ich war im Krieg, da kehrt niemand unschuldig zurück. So etwas verschwindet nie ganz, das ist wie ein Bodensatz in einem selbst, der jederzeit wieder aufgewirbelt werden kann. Erst das Gefängnis und Gott haben mich gerettet.

– Sie sagen, Ihre Mutter liegt im Sterben?

– In Banja Luka bei ihrer Schwester. Ich wollte heute zu ihr fahren. Aber Sie werden mich wohl mitnehmen? Todic sah den Kommissar mit großen Augen an, und der hatte das Gefühl, unter dem zerklüfteten Gesicht eine unwahrscheinliche Reinheit zu sehen, etwas Zartes und Ehrliches, wie er es bisher nur ganz selten erfahren hatte. Nein, so jemand brachte keine 82-jährige Schriftstellerin um, nicht einmal, wenn sie schlechte Pornographie schrieb.

– Vielleicht mache ich einen Fehler, verkündete Groschen, aber ich habe beschlossen, Sie nicht mitzunehmen. Sie können also nach Banja Luka zu ihrer kranken Mutter fahren. Aber freuen Sie sich nicht zu früh, so wie ich den Staatsanwalt kenne, wird er bald einen internationalen Haftbefehl erlassen.

– Ich danke Ihnen. Gott wird es Ihnen danken, meine Mutter … Todic stand auf, küsste den Kommissar links und rechts auf die Wange und verschwand. Groschen wunderte sich noch, was für ein angenehmer Geruch von diesem hässlichen Menschen ausging.

Während des Gesprächs hatte er auf seine Bauchschmerzen ganz vergessen. Nun waren sie wieder da. Der Kommissar trank sein Bier aus, verließ das Lokal, das tatsächlich nichts anders als eine Garage war, und ging, um seine Bauchmuskeln wieder warm zu bekommen. Vielleicht half das. Eine bleiche Sonne wärmte die Atmosphäre. Etwas Fröhliches, Unbeschwertes lag in der Luft.

Die breite Masse wollte an das Gute glauben, stürmte Filme, in denen Superhelden die Welt retteten, aber die Wirklichkeit war nicht so einfach in Gut und Böse zu unterteilen. In Wahrheit gab es keine Guten und keine Bösen, nur Graubereiche. War die Geschichte dieses Todic wahr? Sollte er nun ein zweites Mal unschuldig verhaftet werden? Weil man in Österreich einen Schuldigen brauchte, das Trauma des Attentats von 1914 immer noch nicht überwunden war? Im Jugoslawienkrieg hatte man Sarajevo opfern wollen, und nun war es Todic?

Groschen wunderte sich, dass er zu solch humanistischen Anwandlungen fähig war, normalerweise war dafür seine Frau zuständig, das war die Humanistin in der Familie.

Er trabte durch einen Park mit muslimischen Gräbern, wie er sie bereits bei einer Moschee gesehen hatte. Wie aufgespießte Kürbisse sahen die Grabsteine aus. Dieses Sarajevo war eine Stadt, wo einem der Tod auf Schritt und Tritt begegnete. Die Friedhöfe auf den umliegenden Hügeln hatte er bereits auf der Fahrt vom Flughafen bemerkt, aber jetzt gab es auch noch Gräber mitten in der Stadt. Diese ganze Stadt war ein einziger Gottesacker. Der Kommissar ging weiter, kam zur Lateinerbrücke, wo Gavrilo Prinzip auf das Thronfolgerpaar geschossen hatte. *Auf den ollen Habsburger.* Er schlenderte den Fluss entlang, bis er bei einer Straße der Botschafter ankam. Ein kleiner Weg, an dem alle Botschafter seit 2002 auf Marmorplatten verewigt worden waren. Unzählige Namen. Jeder hatte, wie es aussah, eine Linde gepflanzt. Ein Rudel Hunde kam angehetzt, schien sich aber um den Kommissar nicht zu kümmern. Jogger, Eltern samt Kinderwägen und rauchende Männer mit Baskenmützen. *Drug Tito*. Der Weg führte in eine romantische Gegend voll schroffer Felstürme und gelbroter Auwälder, durch die der Fluss mäanderte. Gerade als sich Groschen dieser urwüchsigen Stimmung hingeben wollte, vibrierte das Handy.

– Chef, was ist mit Ihrem Telefon los? Es war Martin, der, wie die Hintergrundgeräusche verrieten, aus einer Bar sprach und ziemlich aufgeregt zu sein schien.

– Nichts. Was soll los sein.

– Na, es hat bis jetzt nicht funktioniert. Egal. Ich komme gerade aus dem Gerichtssaal. So wie es aussieht, hat der Ägypter keine Chance. Alles deutet darauf hin, dass die Richterin den Prozess durchpeitschen will. Hursi wird wohl im Gefängnis landen.

– Das habe ich befürchtet.

– Wie sieht es bei Ihnen aus?

– Schlecht. Todic ist abgetaucht. Ich fliege mit der nächsten Maschine zurück.

– Übrigens noch etwas, Chef. Der Herr Zsak, Sie wissen, Papouscheks Nachbar, hat einige Anschaffungen getätigt. Mischpult, Computer, Lautsprecher, Musikinstrumente und so Kram.

– Schau einer an, schnalzte Groschen mit der Zunge. *Moral auf verlorenem Posten*. Der gute Herr Zsak. Sofort erschien das Bild des kinnbärtigen tätowierten Rockers und seines Hundes in ihm. Er sah, wie dieser riesige Glatzkopf seine Nachbarin erdrosselte, während sein Adolf Vogelpiepsen von sich gab.

– Na, um den werden wir uns kümmern. Wenn noch etwas ist, Martin, halte mich auf dem Laufenden. Ansonsten bis …

Heute werde ich nicht mehr in die Vorlaufstraße gehen, also bis morgen.

– Bis morgen, Chef.

Da er das Gerät schon einmal in Händen hielt, rief er auch gleich Dragana an und verabredete sich mit ihr beim Appartement. Auf dem Weg dorthin erstand er eine Kaffeemühle aus Messing für seine Frau und einen Kugelschreiber in Form einer Patronenhülse für Fräulein Schäfer. Kurz überlegte er, ihr ein kleines Holzfenster, das man an die Wand hängen konnte, zu kaufen, damit sie was zum Lüften hatte.

In der Fußgängerzone stand ein Ambulanzfahrzeug. Zwei Sanitäter halfen einer gebrechlichen Alten auf eine Bahre. Einer der beiden sah den Kommissar, verhakte sich in diesem Anblick, nickte und lächelte. Es war der bärtige Orientale aus dem Flugzeug. Der vermeintliche Dschihadist, den Groschen schon als barbarischen Halsabschneider im Irak gesehen hatte, arbeitete also bei der Rettung. Der Kommissar war beschämt. Siehst du, sagte er sich, so kann man sich irren, so kann man danebenliegen. Da ist man fest davon überzeugt, den Stephansdom zu sehen, und dann ist es doch nur die Votivkirche.

Beim Appartement wartete bereits die Zahnlücke in ihrem Golf. Sie hatte ihren grünen Topfhut auf, das Seitenfester hinuntergekurbelt und rauchte. Groschen holte seinen Rucksack, setzte sich auf den Beifahrersitz und übergab ihr den Wohnungsschlüssel.

– Und? Erfolg gehabt? Die rauchige Stimme der Bosnierin klang heute noch rauer.

– Kann man so nicht sagen, sagte Groschen mürrisch. Während sie stadtauswärts zum Flughafen fuhren, erzählte ihm Dragana vom Tunnel, den man hier während der Belagerung gegraben hatte. Einen 800 Meter langen Stollen für die Versorgung und als Fluchtmöglichkeit.

– Wenn ich Zeit hätte, würde ich ihn mir ansehen, sagte Groschen, froh, dieses Land der wässrigen Biere und ethnischen Konflikte wieder verlassen zu können. Gut, die Menschen waren nicht so reglementiert wie in Österreich, aber irgendwie lag doch auf allem eine bleierne Schwere. Sogar die Stimmen der Frauen kamen nicht in die Höhe. Überall Friedhöfe und Einschusslöcher. Draußen zogen das gelbe Holiday Inn, neunthässlichstes Hotel der Welt, das Parlament, Moscheen und Plattenbauten vorbei.

Am Flughafen parkten sie zwischen den Privattaxis, lauter VW Golf, und als der Kommissar gerade aussteigen wollte und das Gefühl hatte, hier inmitten einer tristen Hoffnungslosigkeit zu sein, sich eine Vorfreude auf Wien breitmachte, auf das Huhn mit Fenchel im Schmortopf, das ihm seine Frau versprochen hatte, sah er jemanden, mit dem er hier am allerwenigsten gerechnet hatte: Zdenek Kwiek! Der Verleger mit den dunklen Augenringen im irischen Gesicht. Grauer Anzug, dunkelblaues Hemd – ziemlich elegant für einen Kleinverleger. Was machte der hier? War ihm nicht verboten worden, Wien zu verlassen? Allem Anschein nach war er gerade angekommen. Er wirkte unsicher, wandte sich ein paarmal um, ging zu einem Auto und lud seinen Koffer ein.

Dragana reichte dem mit offenem Mund dasitzenden Kommissar die Hand. Sie hatte ein Gesicht, als ob sie glücklich sei, diese Bürde wieder los zu sein. Groschen ignorierte die ausgestreckte Hand und sagte:

– Ich muss hierbleiben, und wir müssen diesen Mann verfolgen.

– Wir?

– Jawohl, Schatzi. Wir! Fahr ihm nach. Der Kommissar sah, wie Kwiek dabei war, aus dem Flughafengelände zu fahren.

– Ich … niemals, sagte die Bosnierin mit tiefer Stimme. Sie

nahm ihren Hut ab und drückte ihn sich an die Brust. Ich … Jetzt sah Groschen nicht nur ihre blondgefärbten Haare, sondern auch noch dichte Augenbrauen, die beinahe etwas Animalisches hatten. Am höchsten Punkt ihrer Kurve teilten sie sich, und während der eine Teil abwärts lief, um den Rand der Augenhöhle zu markieren, ging ein kleiner Spitz nach oben, was an Teufelshörner oder Hühnerzehen erinnerte. Solche Brauen hatte der Kommissar noch nie gesehen. Aber da das Auto Kwieks immer kleiner wurde, blieb ihm keine Zeit, sich damit aufzuhalten.

– Bitte, flötete er mit weicher Stimme. Fahren wir ihm nach.

– Niemals. Wenn Blicke durchbohren könnten, hätte Groschen jetzt zwei pupillengroße Löcher gehabt.

– Bitte. Es ist wichtig. Okay? – auch er betonte das e am Schluss. Weniger, weil er sie imitieren wollte, mehr, weil er sich bereits daran gewöhnt hatte.

– Na schön, Schatzi, äffte auch Dragana ihn nach, startete den Motor und heftete sich an das Fahrzeug, in das Kwiek gestiegen war und das sie anhand der Aufkleber als Mietwagen identifizierte.

– Da bin ich ja gespannt, wo der hinfährt.

DIE TRINKERSONNE

Zdenek Kwiek saß in einem neuen VW Golf. An seiner vorsichtigen Fahrweise zeigte sich der ungeübte Lenker. Dragana konnte ihm problemlos folgen. Zuerst ging es zurück ins Zentrum von Sarajevo, vorbei an den Plattenbauten, am Holiday Inn, der Ali-Pascha-Moschee, dem dazugehörigen Friedhof mit den neuen kalkweißen Gräbern aus dem Krieg. Dann fuhr er aber nicht in Richtung Innenstadt, sondern wieder hinaus, vorbei am Friedhof mit dem Gavrilo-Princip-Denkmal. *Der hat den ollen Habsburger erschossen.* Groschen sah den Markt mit den Brathuhnstationen, wo ihn die Alte mit ihrer Prophezeiung überrascht hatte, *Bürschele, du rennst dem Falschen hinterher,* später das Olympiastadion, den Turm, auf dem 1984 das olympische Feuer gebrannt hatte. Alles sah verfallen aus, traurig, als hätte die ganze Stadt hier Tränen in den Augen.

Dragana schwieg, und Groschen blickte zum Fenster hinaus. Sie fuhren durch Siedlungen mit Hochhäusern. Überall Ruinen, Ziegelfragmente von Einfamilienhäusern, ohne Fenster oder Dächer, angekokelte Wände. Der Himmel war dunkelgrau. Ein paar Tropfen fielen auf die Windschutzscheibe, und an den Innenseiten der Fenster rann Schwitzwasser hinunter.

Was wollte dieser Zdenek Kwiek hier? Wohin fuhr er? In den Norden? Oder nach Mostar, Tusla, Belgrad? Groschen hatte eine dunkle Ahnung, wie die Anwesenheit des Verlegers mit dem Mord zusammenhängen könnte, aber er wagte nicht, sie zu Ende zu denken. Draußen zogen die Einfamilienhäuser vorbei, kahle verkrüppelte Obstbäume, saftig grüne Wiesen, umgeackerte Gärten. Die Erde war dunkel, fast schwarz, als ob auch sie Trauer trüge. Überall Hühnerställe, angebundene Ziegen, freilaufende Hunde. *Okay. Hier muss man nicht leben.* Die meisten Häuser waren unverputzt und zeigten graue Ziegelsteine. Dafür gab es eine Vorliebe für Balkone mit bauchigen Gipsbalustraden. Es war eine Mischung aus Armut, Perspektivlosigkeit und vereinzeltem Protzertum. Man sah, die Leute hier hatten Zeit, viel zu viel Zeit – und dennoch keine Zukunft.

– Wo haben Sie eigentlich den Sedlacek, äh, das Fräulein Schäfer kennengelernt?, fragte der Wiener Kommissar.

– Bei einer Tagung für Menschenrechte. Dragana zündete sich eine ihrer dünnen Zigaretten an. Meine Organisation arbeitet für Gleichberechtigung, Emanzipation, für die Rechte der Homosexuellen und für Kultur und Frieden. Aber Geld gibt es nur noch für die Menschenrechte.

Oje, eine Lesbe, dachte Groschen. Deshalb dieser scheußliche Hut. Na ja, wenigstens erwartet sie nichts von mir.

– Julia ist eine sehr engagierte Frau.

– So? Ja, bestimmt, lächelte Groschen. Zumindest hängt sie auf der Toilette Plakate für das Sitzpinkeln auf. Und dann ihre Marotte, ständig die Fenster aufzureißen. Aber so sind sie nun mal, die Nordösterreicher …

– Nordösterreicher?

– Aber ja, Deutschland ist der Wasserkopf Österreichs.

– Okay. Manche würden es als Wurmfortsatz bezeichnen. Dragana befand sich in schlechter Stimmung. Auf Groschens Ausfälle gegen die sprachliche Gleichberechtigung ging sie gar nicht ein.

– Dieses Binnen-I, sagte der Kommissar, ist eine Schnapsidee. Dann müsste es auch Menschinnen heißen. Gaunerinnen, Nationalsozialistinnen. Und bald wird man (und frau) jedes *man* durch *frau* ersetzen, dann heißt es nicht mehr Mantel, sondern Frautel, nicht mehr Mandarine, sondern Fraudarine, Fraudoline, Fraudat, sogar die Mandschurei wird sich in Fraudschurei umbenennen müssen. Es wird nicht mehr Erschießung heißen, sondern Sieschießung, nicht mehr Erde, sondern Siede.

Die Zahnlücke rollte ihre Augäpfel nach oben und wirkte ziemlich genervt, als sie sagte:

– Jetzt verstehe ich, was Julia meint, wenn sie sagt, die Österreicher haben etwas Ungelüftetes, Stickiges.

Groschen gab auf. Er lehnte sich zurück und überlegte, was Kwiek in Bosnien wollen konnte. Normalerweise gab es bei jeder Ermittlung einen Punkt, an dem man den Hebel ansetzen und alles umstürzen konnte, um die Wahrheit ans Tageslicht zu bringen. War dieser Zdenek Kwiek so ein Ansatz? Je länger sich der Kommissar mit dem Fall der toten Papouschek beschäftigte, desto ungreifbarer erschien ihm alles. Kaum erwischte er wo einen Halt, rutschte er schon wieder weg. Zu viele Fragen verstellten ihm den Blick aufs Wesentliche.

Während sich vom Innenspiegel eine kleine Spinne hinunterließ, zogen draußen die Häuser vorbei. Keine protzigen Gehöfte mit Balkonen aus Zirbenholz wie in Bayern oder Tirol, keine an Trutzburgen gemahnenden Vierkanter wie in Oberösterreich, keine Villen oder Bungalows, sondern schlichte, einstöckige Häuser. Die wenigsten verputzt und wenn, dann mintgrün, blassgelb oder fahlblau. Groschen ging seine Verdächtigen durch. Da war Todic, dem er hinterhergereist war und der ihm unschuldig erschien, ein Nachbar, der plötzlich Anschaffungen tätigte, ein Sohn, der unstet lebte, ein kalauernder General, und nun auch noch der Verleger. Außerdem gab es den Bettler mit den Papieren. Wo waren die eigentlich? Hatte er sie noch bei sich? Nein. Dann lagen sie in der Vorlaufstraße. Man müsste sie auf Fingerabdrücke überprüfen, mit dem Bettler sprechen. Und was machte der Kommissar? Fuhr durch Bosnien. *Trostlose Gegend.* Er müsste Martin oder Gordon anrufen, sie bitten, die Dokumente ins Labor zu bringen. Irgendwo auf seinem Schreibtisch mussten die Papiere sein, wahrscheinlich in der obersten Lade, aber Moment, waren da nicht auch die Drohbriefe? Da würde er einiges zu hören bekommen, wenn man diese Schmierereien fände und erführe, dass er sie nicht einmal gemeldet hatte. »Leichtsinn« und »verantwortungslos« wäre wohl noch das Harmloseste. Und was, wenn die Papiere gar nicht da waren? Er sie verloren hatte? Dann hätte er, wie man in Wien zu sagen pflegte, den Scherben auf. Dann konnte er sich nicht damit herauswinden, wegen eines eigenartigen Geruchs in der Nase in letzter Zeit etwas zerstreut zu sein. Nein, besser kümmerte er sich nach seiner Rückkehr selbst darum.

Groschen sah die kleine Spinne, die sich mittlerweile auf dem Armaturenbrett niedergelassen hatte. Seine Hand griff danach.

– Nein, schrie Dragana, aber da war es schon zu spät. Der Kommissar hatte das Tier zerquetscht.

– Wissen Sie nicht, dass das Regen bringt? Die Blondine warf ihm einen vernichtenden Blick zu.

– Aberglaube, lächelte der Kommissar. Außerdem regnet es so oder so.

Dicke Wolkenungetüme hingen in der Luft. Die Landschaft war hügelig und schimmerte in den Farben des Herbstes. Wälder bildeten enge Talketten, und die Felswände wirkten zur Straße hin ungesichert und gefährlich. Selbst die Wiesen waren urtümlich, ja wild. Dazwischen immer wieder zerschossene, ausgebrannte Häuser mit verkohlten Dachstühlen, zerschlagenen Türen, kaputten Fenstern. Wo waren die Menschen, die darin gelebt hatten? Wo waren die, die dafür gespart und sie erbaut hatten? In Asyllagern? Auf Friedhöfen?

Als sich Groschen allmählich an die Fahrt gewöhnte, erreichten sie eine Kleinstadt namens Travnik. Der weinrote Golf mit Zdenek Kwiek verließ die Hauptstraße und hielt kurz darauf vor einem einstöckigen Haus mit Fachwerkfassade und flachem Ziegeldach. Der Kommissar sah Dragana fragend an.

– Das Geburtshaus von Ivo Andrić, sagte sie mit ihrer Reibeisenstimme. Unser einziger Literaturnobelpreisträger. Ich war einmal mit der Schule hier … Ein rotgesichtiger Mann mit schwarzer Lederjacke und krausem Haar, das an Zuckerwatte erinnerte, tauchte auf, gab dem Verleger die Hand und verschwand mit ihm im Haus.

– Ist das Ivo Andrić?

– Nein, ein Verwalter. Die Blondine schüttelte den Kopf und setzte ein mitleidiges Lächeln auf. Ivo Andrić ist in den siebziger Jahren gestorben.

Woher soll ich das wissen? Ich lese nicht. Und meine Frau? Nur Ian McEwan und Martin Suter.

– Als Verleger weiß der Kwiek, was sich gehört, murmelte Groschen. Sollte er hergeflogen sein, um sich ein Geburtshaus anzusehen? Um Rechte zu erwerben?

– Sie versäumen nichts, das Haus ist eine Rekonstruktion. Drinnen gibt es eine nachgebaute bosnische Wohnstube, ein paar Erstausgaben und Fotos von der Nobelpreisverleihung. Haben Sie von Andrić was gelesen? »Die Brücke über die Drina«?

– Nein. Ich habe keine Zeit für schöngeistige Literatur.

– Das müssen Sie nachholen. Besonders die Beschreibung einer Pfählung …

Pfählung? Na, ich weiß nicht. Da reichen mir die Drohbriefe.

– Wie viele Geburtshäuser ich schon gesehen habe, sinnierte Groschen. In Nischni Nowgorod das von Maxim Gorki, in Argentinien das von Che Guevara und in der Steiermark den Waldbauernhof von Peter Rosegger. In Valparaiso war ich im Wohnhaus von Pablo Neruda und in Ohlsdorf bei Thomas Bernhard. Lauter lächerliche Museen. Bei Oslo hat man mir das Komponierhäuschen von Edvard Grieg gezeigt, auf Island war ich im Haus von Halldór Laxness, in Salzburg im Geburtshaus Mozarts.

– Okay. Da haben Sie schon viel gesehen. Ich hätte nicht gedacht, dass Sie so kulturbeflissen sind.

– Bin ich nicht, aber meine Frau … Wenn es nach mir ginge, würde ich mich auf Brauereien beschränken. Es waren Zufälle, die mich dorthin geführt haben. Mir kam auch alles unecht vor. Beeindruckt hat mich nur die Inspirationshütte von Gustav Mahler in Südtirol. Die steht mitten in einem Zoo und macht das, was alle diese Häuser machen sollten, sie verfällt. Man darf nicht zu sehr an den Toten hängen.

– Das sagen die Moslems auch. Deshalb lassen sie die Gräber ihrer Ahnen verfallen, bringen keine Blumen. Dragana warf ihre Zigarette beim Fenster hinaus. Sollten Sie noch Zeit haben, müssen Sie sich den jüdischen Friedhof in Sarajevo ansehen, den zweitgrößten Europas. Wenn Nebel über der Stadt hängt, ist es wie in Stonehenge, die verfallenen Grabsteine liegen wie große Steinwürfel in der Wiese. Das ist beeindruckend.

Bevor Groschen sagen konnte, dass ihn jüdische Friedhöfe genauso wenig interessierten wie Filmfestivals, er es zwar schrecklich fand, was während der Nazizeit mit den Juden passiert war, er aber dennoch diesen zu Friedhöfen und Ghettos pilgernden Wiedergutmachungstourismus nicht nachvollziehen konnte, kam Zdenek Kwiek wieder heraus, schüttelte dem rotgesichtigen Zuckerwattekopf die Hand. Man konnte sehen, wie er ihm Trinkgeld zusteckte, das der andere höflichkeitshalber erst ablehnte, schließlich aber doch in seine Tasche wandern ließ. Danach stieg der Verleger in sein Auto und fuhr weiter. Zurück nach Sarajevo? Nein, weiter Richtung Norden.

Groschen sah Dragana fragend an, die mit den Schultern zuckte.

– Okay. Vielleicht will er nach Banja Luka.

– Banja Luka?

– Die Hauptstadt der Republica Srpska.

– Was?

– Wie ich Ihnen gestern erklärt habe, ist Bosnien in zwei Entitäten geteilt. Hier die eine mit Sarajevo, da die Republika Srpska … Ehe sie das weiter ausführen konnte, vibrierte Groschens Handy. Es war Martin, der mit »Halten Sie sich fest, Chef« begann, ehe er dem Kommissar mitteilte, dass man die letzten Anrufe der Papouschek ausgewertet hatte. Die Alte besaß kein Mobiltelefon, weshalb man erst die Festnetzgesellschaft kontaktieren musste, was in den letzten Jahren immer unüblicher geworden war. Jedenfalls hatten sich gleich zwei ungewöhnliche Telefonate gefunden. Erwartbar waren die Gespräche mit dem General, die mit ihrem Verleger und die Anrufe von Fernsehstationen. Die Papouschek wurde seit Erscheinen ihres Buches von Talkshow zu Talkshow gereicht und als sexsüchtige Oma vorgeführt, was den Absatz ihrer »Rübenkönigin« enorm ankurbelte. Überraschend aber war, jetzt halten Sie sich fest, ein Anruf ihres Sohnes letzte Woche, Gesprächsdauer 34 Minuten, wo der doch Zerwürfnis und Funkstille zu Protokoll gegeben hat. Außerdem fand sich, nun kommt's, ein Anruf von Tode Todic. Martin machte nach dieser bemerkenswerten Mitteilung eine Pause, um die Reaktion des Kommissars abzuwarten. Groschen aber reagierte nicht, zu viele Gedanken eilten durch seinen Kopf. War er zu leichtgläubig gewesen? Einem geschickten Manipulator aufgesessen? Es war, als ob sich mehrere Ahnungen gleichzeitig aus den Löchern streckten und er nicht wusste, für welche er sich entscheiden sollte, an welcher die Lösung dieses Falles hing und welche Nieten waren.

Er sagte, er müsse nun doch länger in Bosnien bleiben, und beendete das Gespräch ziemlich abrupt. Der verdutzte Martin kam nicht einmal dazu zu fragen, ob und wann Todic nun zur Fahndung ausgeschrieben würde.

Dragana war auf das Telefonat nur insofern eingegangen, als sie das Radio, das die ganze Zeit gelaufen war, etwas leiser gestellt hatte. Nun, da Groschen fertig war, drehte sie wieder lauter auf und summte den Refrain, der für den Wiener Kommissar wie Pljeskavica, Bauchaufschlitzer, Einespritzer, hast an Sitzer, Kattowitzer, weißer Spritzer klang.

– Hari Mata Hari! So heißt die Gruppe, und ich liebe dieses

Lied, zündete sie sich wieder eine Zigarette an, während draußen die Berge schroffer wurden. Man sah rote Laubwälder, zerklüftete Felswände, die dem Gesicht eines Hundertjährigen glichen, und einen mäandernden Fluss. Nun begriff Groschen, wieso Hitlers Armee hier gegen die Partisanen nichts ausrichten konnte. Er konnte es sich lebhaft vorstellen, wie hier serbische Panzer durchfuhren und aus Wut und Bosheit auf die Häuser schossen.

– Na bitte, da haben wir's, sagte Draga, als erste Regentropfen auf der Windschutzscheibe platzten. Sie hätten die Spinne nicht zerdrücken dürfen. Groschen sah, das Tierchen oder vielmehr das, was von ihm übrig war, klebte immer noch am Armaturenbrett. Er kratzte es mit seinem Daumennagel ab und schnippte es beim Fenster hinaus. Der Regen wurde stärker.

Während sich der Wiener Kommissar über die glockenförmigen Heuschober wunderte, erreichten Sie die Republika Srpska. Noch immer schien es, als hätte der Verleger von der Verfolgung nichts bemerkt. Groschen lehnte sich zurück, Dragana stellte die Musik lauter, grölte Pljeskavica, Bauchaufschlitzer, Einespritzer, hast an Sitzer, Kattowitzer, weißer Spritzer … und eine Stunde später, der Regen hatte wieder aufgehört, fuhren sie in der einbrechenden Dämmerung an einem Ortsschild vorbei, auf dem »Banja Luka« stand.

– Banja Luka? Was bedeutet das?

– Banja ist das Bad und Luk der Zwiebel, aber Banja Luka heißt nicht Zwiebelbad. Außerdem ist Luka der Hafen. Zwei ältere Namen für die Stadt waren Castra und Vrbaški grad, Stadt der Trauerweiden. Banja könnte auch von Ban, wie man hier die Stadtverwalter nannte, kommen, oder vom ungarischen Banya – was Bergwerk bedeutet, oder doch von slawisch Banja – Banja Luka ist nämlich nicht nur als Erdbebengebiet bekannt, sondern auch für seine römischen Bäder – der

Name könnte also als »Herrscherhafen« oder »Königshafen« übersetzt werden …

Groschen sah ein Schild: »Sendvici« – das verstand er. Daneben ein Geschäft: »Pekara«, das war ein Bäcker. Er verkaufte Krosan, Kifle, Perece, Strudla, Pizza. Alles Dinge, die der Kommissar verstand. Dass Hljeb Brot hieß, wusste er von einer Russlandreise. War es die Autofahrt, seine Übermüdung oder beides zusammen, die ihn dazu brachten, plötzlich alles zu verstehen? Schaltar, Schublada, Aktentasna, Frizer, Spiglo, Ringiospil, Sarafciger, Rajfeslus, Fejrceig, Ofhänger, Mebelstof, Bierzuz und so weiter.

Mittlerweile war Kwiek in eine kleine Straße abgebogen und parkte vor einem unscheinbaren Haus. Dragana musste, um keinen Verdacht zu erregen, ein paar Meter weiter hinten halten.

– Das Geburtshaus eines Schriftstellers?

– Nicht, dass ich wüsste.

Groschen befahl ihr, hier auf ihn zu warten. Dragana zuckte mit den Achseln und murmelte zuerst ihr Okay und dann etwas auf Bosnisch. Der Kommissar selbst sprang aus dem Auto und schlich um das kleine gelbe Haus, das einen desolaten Eindruck machte. Im kleinen Garten lagen verrostete Werkzeuge auf einer braunmatschigen Wiese. *Gatsch.* Der Kommissar stieg auf eine morsche Bank und blickte durch ein schmutziges Fenster, von dessen verfaultem Rahmen der Lack blätterte. Im Inneren des Hauses brannte schwaches Licht. Er sah eine alte, hohlwangige Frau in einem Bett. Eine andere saß daneben und hielt ihre Hand. Auch Kwiek stand dabei und sprach mit jemandem, den Groschen nicht erkennen konnte. Der Kommissar musste sich auf die Lehne der Bank stellen, um mehr zu sehen. Er spürte, jetzt war er der Lösung dieses Falles nahe, jetzt war die Wahrheit dicht vor ihm. Als er sah, wer es war, mit dem Kwiek sprach, hielt er den Atem an. Nun war alles klar, der Fall so gut wie gelöst, der Hebel angesetzt. Durch Groschen fuhr eine Welle der Erleichterung, ein jähes Glücksgefühl, wie er es immer hatte, wenn er eine Arbeit zu Ende brachte. Da, just in diesem Augenblick, brach die Lehne unter Groschens Gewicht, landete er auf der Bank, taumelte, versuchte vergeblich, sich an etwas festzuhalten, dabei ging ein Blumentopf kaputt, auch die Regenrinne hielt nicht stand, und Groschen landete mit einem dumpfen Plumps am Boden, *verdammter Gatsch,* dem das laute Krachen der herabstürzenden Regenrinne folgte. Von diesem blechernen Lärm aufgeschreckt, liefen sowohl Kwiek als auch sein Gesprächspartner ins Freie und standen da, als ob sie ein Gespenst erblickten.

– Was machen Sie hier?, fragte ein entgeisterter Verleger. Wollen Sie das Haus abreißen? Neben ihm stand Todic, ja, richtig, er war es, der nun große Augen machte und den Kommissar wie eine Marienerscheinung angaffte.

– Nun, ich werde Sie verhaften, alle beide, rappelte sich Groschen hoch. Sie, weil Sie einen Mord in Auftrag gegeben haben, sagte er zu Kwiek, und Sie, weil Sie ihn ausgeführt haben. Der Kommissar hatte sich entschieden, welche seiner Ahnungen die richtige war. Er wischte sich feuchte Erde von der Hose, trat gegen ein Stück Regenrinne.

– Wie kommen Sie darauf? Das ist ja praktisch …, stammelte Kwiek. Warum? Ich … ich wollte gerade über die Persönlichkeitsrechte mit Herrn Todic verhandeln. Er stellt immerhin die Hauptperson in einem nicht unspektakulären Fall dar.

– Persönlichkeitsrechte? Lächerlich. Das ist doch … eine faule Ausrede. *Ja, ja, redet euch nur raus. Noch einmal falle ich darauf nicht rein. Ich werde …* Nein? Groschen sah, wie sich seine Ahnung als Niete erwies. Er spürte, er hatte sich zu früh gefreut. Weder Kwiek noch Todic reagierten so, wie es sich für einen Auftragskiller und seinen Anstifter gehörte. Beide blieben völlig gelassen. Der Verleger mit dem zerknautschten Gesicht lächelte sogar, während der Bosnier apathisch war.

– Warum haben Sie diese Rechte nicht in Österreich erworben?

– Nun, lehnte sich Kwiek an die Hauswand, ich habe dem Herrn Todic ins Gefängnis geschrieben, aber praktisch nie eine Antwort erhalten.

Wenn der noch einmal praktisch sagt …

– Ich wollte nicht, dass meine Geschichte verfilmt wird, hob das Pockengesicht die gebrochene Lehne auf. Ja, tut mir leid, dachte Groschen, wenn es sein muss, zahl ich das. Auch heute sprach Todic mit sanfter, angenehmer Stimme. Ich habe Ihnen von Camila, meiner zweiten Frau, erzählt, ich wollte ihre Geschichte nicht veröffentlichen, es erschien mir unmoralisch …

– Aber gestern, setzte Kwiek fort, habe ich ein Telegramm erhalten, in dem von Geldmangel die Rede war und dass ich praktisch die Rechte haben könnte, wenn ich nur bald genug in Banja Luka wäre.

– Haben Sie das Telegramm geschrieben? Groschen sah Tode Todic streng an, aber der starrte nur ins Leere, bevor er mit zusammengepressten Lippen sagte:

– Die Behandlung meiner Mutter ist kostspielig.

– Ich werde Sie nach Österreich bringen müssen.

– Das geht nicht, meine Mutter … ihre Behandlung …

– Und wie erklären Sie mir Ihren Anruf bei der Papouschek? *Sehr gut, Faltl. Jetzt hast du ihn.*

– Meinen Anruf? Keine Ahnung. Das Handy wurde mir gestohlen.

– Wann?

– Ist ein paar Tage her. Letzte Woche.

Der Kommissar ging nicht weiter darauf ein. Er hatte plötzlich das Gefühl, die fünfstündige Autofahrt völlig umsonst gemacht zu haben, sowohl Kwiek als auch Todic waren unschuldig, die Ahnung unsinnig. Außerdem hatte er Hunger, Durst und nicht die geringste Lust, jetzt noch nach Sarajevo zurückzufahren. Er wusste selbst nicht, was er sich erwartet hatte. Einen Lösungsansatz für den Fall Papouschek, einen Mörder. Aber nichts davon war eingetroffen. Als jetzt auch noch eine krächzende Frauenstimme erklang und wahrscheinlich fragte, was hier los sei, machte er kehrt und ging, ohne sich zu verabschieden. Wie ein geschlagener Hund schlich er zurück zum Auto, in dem Dragana saß und rauchte. Er bat sie, ein Hotel zu organisieren und ein Restaurant zu finden, in dem sie anständig essen konnten.

– Keine Verhaftung? Sind wir praktisch umsonst …? Dragana warf ihre Zigarette beim Fenster raus und zündete sich sofort eine neue an. Ihr Gesicht hatte verächtliche Züge angenommen – wie eine Hure, wenn der Freier ihn nicht hochbekam.

– Meine Arbeit ist es, Schuld zuzuweisen, damit man die Betreffenden dann wegsperrt … Aber hier ist nichts zuzuweisen. Es ist eigenartig, ich … *Und wenn du jetzt auch noch mit diesem praktisch anfängst, werde ich wahnsinnig* … Gehen wir etwas essen.

– Okay.

Keine Stunde später saßen sie in der kleinen Station, die man ihnen als In-Lokal empfohlen hatte. Dragana hatte ihren scheußlichen Hut abgenommen und ihre Jacke ausgezogen. Jetzt hatte sie nur noch eine dünne Seidenbluse an. Mit ihren wild wuchernden Augenbrauen sah sie verführerisch aus. Selbst die Schlüsselbeinknochen waren hinreißend. *Die Zahnlücke!* Wäre sie nicht eine Freundin von Fräulein Schäfer, Groschen hätte darüber nachgedacht, ob sie ihm gefallen könnte. So aber blieben ihm nur Ahnungen. Dieser ganze Fall erinnerte ihn an seine Frau, wenn sie ihm einen Wäschestapel gab und verlangte, er solle endlich die unnützen Sachen aussortieren. Er konnte sich nicht entscheiden, wollte sich von nichts trennen, räumte also Stück für Stück wieder in seinen Kleiderschrank.

Dragana deutete auf die Fotos an den Wänden. Alte Eisenbahngarnituren. Hier waren tatsächlich einmal Züge stehen geblieben. Auch der Kellner sah aus wie ein Stationsvorsteher. Er war bestimmt einmal ein Frauenliebling gewesen, jetzt war das Gesicht unter dem Mittelscheitel ziemlich zerknautscht.

Groschen aß ein Lammsteak und trank einen Roten. Dragana begnügte sich mit einem Salat.

– Ich werde dieses Bosnien nie verstehen, brummte er zwischen zwei Bissen.

– Ich auch nicht, lachte die Zahnlücke. Aber Österreich verstehe ich genauso wenig. Man hat dort alles und ist trotzdem unglücklich.

– Mehr wollen tut man aber auch nicht. Groschen bestellte noch eine Schwarzwälder Kirschtorte und einen Cognac. Man hat eine Mehr-geht-nicht-Mentalität.

– Mich irritiert vor allem, sagte Dragana, dass der österreichische Mann nichts spricht und dieses Schweigen für Charme hält. Da hätte sich Groschen fast an seiner Torte verschluckt, die ihm der zerknautschte Schönling gebracht hatte. Es war übrigens so ziemlich die fürchterlichste Schwarzwälder Kirschtorte, die er jemals gegessen hatte. *Schmeckt wie Schmierseife.* Als sie zwei Flaschen Rotwein und mehrere Cognacs später ins Hotel torkelten, war alles hell erleuchtet.

– Wir haben Trinkersonne, jauchzte die Blondine.

– Trinkersonne?

– Der Vollmond. Ich war mal Kellnerin, seither weiß ich, immer wenn Trinkersonne ist, saufen die Leute besonders viel.

– Morde gibt es auch mehr, heißt es wenigstens. Aber wahrscheinlich gilt das nur für die Kriminalliteratur. Ist die in

Bosnien auch so beliebt? In Österreich gibt es kein Kaff, keine Kellerstiege, keine Ackerfurche, wo nicht irgendein drittklassiger Krimischreiber seinen Kommissar hingeschickt hat. Und erst diese Regionalkrimis! Was ist die Definition eines Regionalkrimis? Ein Lederhosenträger ermordet einen Lederhosenträger mit einem Lederhosenträger.

BOTOX-BABY

Am nächsten Morgen lagen noch immer fette Wolken in der Luft. Groschen stand früh auf und begutachtete das Frühstücksbüfett. Da gab es farblosen Pressschinken, Mettwurst und Toastbrot. Ein rauchender Kellner brachte ihm Kaffee. Heute war Donnerstag, der 15. November. Vor drei Tagen hatte man die Leiche der Ernestine Papouschek gefunden, und der Kommissar hatte noch immer keine Spur. Den einzigen Verdächtigen, Tode Todic, hielt er für unschuldig. Alle anderen, Kwiek, der Nachbar, der Sohn und der General, waren zwar verdächtig, aber es mangelte an Beweisen. Und wie er so sinnierte, an die verstümmelte Leiche in der Gemeindebauwohnung dachte, erschien Dragana und drängte zum Aufbruch.

Die Fahrt zurück nach Sarajevo gestaltete sich wesentlich entspannter als die Hinfahrt. Diesmal mussten sie keinen Zdenko Kwiek verfolgen, diesmal wussten sie, wohin die Fahrt gehen würde. Das heißt, sie sollten es wissen, aber die Bosnierin verfuhr sich noch in Banja Luka, was Groschen mit einem Augenzwinkern kommentierte:

– Orientierungslosigkeit ist ein sekundäres Geschlechtsmerkmal von Frauen.

– Sie, sagte daraufhin die Zahnlücke, wenn ich mit Ihnen verheiratet wäre, würde ich Ihnen Gift ins Bier schütten.

– Und ich, wenn ich mit dir verheiratet wäre, würde es trinken.

Wieder ging es durch wilde Schluchten und schroffe Felswände, wieder sahen sie die zerschossenen Häuser und nichtssagenden Dörfer, aber diesmal kannte Groschen die Strecke schon. Und als sie gegen Mittag Sarajevo erreichten, erschien es ihm beinahe heimatlich.

Am Flughafen schlug dem Kommissar der berühmte Wiener Charme entgegen, er hörte Satzfetzen wie »kräul her da« oder »i drah di glei ham«. Dabei waren es durchwegs gutsituierte Geschäftsleute, Männer in schlecht sitzenden Designeranzügen, Maßschuhen und mit teuren Uhren. Während am Balkan den Reichen und Mächtigen ein leichter Hautgout des Kriminellen anhaftete, merkte man den österreichischen Geschäftsleuten und Politikern allen ihre Herkunft an. Sie hatten kein Benehmen, konnten nicht gehen, waren ohne Stil. Die dackelbeinigen Frauen hatten eine Vorliebe für unvorteilhafte Kleider, plissierte Röcke und schlechte Frisuren, so dass sie wie Landpomeranzen daherkamen, die Männer, oft gutmütige Bären, tendierten zu X-Beinen und ungekämmten Haaren. Allen sah man an, sie hatten ihre Kindheit in einem Gemeindebau in Bruck an der Mur, Attnang-Puchheim oder sonst einem Kleinstadtkaff verbracht. Wenn sie sprachen, hörte man den Tonfall einer Handelsschule in Leoben oder Knittelfeld heraus, sie kamen aus Treffen oder Werfen, Reifnitz oder Wampersdorf. Die österreichische Gesellschaft besaß kein gewachsenes Bürgertum und war daher extrem durchlässig, was Kindern aus Arbeiter- oder Bauernfamilien ermöglichte, an die Spitze der Gesellschaft zu kommen. Sie wurden Aufsichtsratsvorsitzende großer Banken, leiteten Bauunternehmen oder Krankenhäuser, was irgendwie dasselbe war – allerdings nur, wenn sie der richtigen Seilschaft angehörten, also ein Parteibuch hatten, Burschenschaftler oder Freimaurer waren.

Leute wie Answer Döblinger, die aus einer alten bürgerlichen Familie stammten, waren selten. Früher gehörte ja alles dem Adel und der Kirche, wovon noch alle älteren Gebäude zeugten, Schlösser oder Klöster, Burgen oder Stifte. Aber während sich die Geistlichen nur halblegitim vermehren konnten, wurden die Aristokraten infolge jahrhundertelanger Inzucht meist debil, was es dem Gesinde erst ermöglicht hatte, die Macht an sich zu reißen. In Österreich brauchte es keine Revolutionen, da führten sich die Herrschenden immer selbst ad absurdum. Auch Groschen stammte aus einfachen Verhältnissen, auch er hatte sich aus seiner ländlichen Herkunft emporgearbeitet – aus einer Arbeitersiedlung, in der das Bürgertum imitiert worden war. Hätte er auch noch einer Partei, einer Verbindung oder Freimaurerloge angehört, er wäre die Karriereleiter weit höher hinaufgeklettert. So aber war er einfacher Kommissar im Morddezernat, für einen ehemaligen Hauptschüler und Streifenpolizisten durchaus beachtlich.

– Heast, Oida. Da schenk ma uns nix. Was schaust denn so deppert?

So stieg er also in das Flugzeug, das die Österreicher »Flieger« oder »Vogel« nannten. Wieder saß der Geht's-scheißen-ehs-Arschlöcher-Expolitiker zwei Reihen vor ihm. Es gab nur eine einzige Flugbegleiterin, die alle Anweisungen durchsagte, um sie dann selbst auszuführen: »Cabin crew, please prepare for takeoff … Cabin crew, take your seats«, und so weiter, was ziemlich seltsam war.

Der Flug ging wieder über Zagreb, war diesmal aber ruhiger. In Wien war das Wetter noch diesiger als in Bosnien. Ein einziges Grau. Der Himmel glich dem Wasserglas eines

Aquarellmalers, eine graue Suppe. Zudem war der ehemals gemütliche Wiener Flughafen seit dem Umbau eine Katastrophe, unübersichtlich, schier unendliche Gänge, versteckte Toiletten … eine komplette Fehlkonstruktion.

Der Kommissar pfiff auf alle Sparvorgaben, nahm ein Taxi und ließ sich in die Vorlaufstraße bringen. Obwohl er nur zwei Tage weg gewesen war, erschien ihm alles neu, fast fremd. Hier waren viel weniger Menschen auf der Straße als in Bosnien, dafür waren die Autos größer. Ja, jetzt erschien ihm sein Sarajevo-Trip wie eine Zeitreise in die achtziger Jahre des vorigen Jahrhunderts. Gut, Wiener waren zwar meist genauso schwarz angezogen wie die Menschen am Balkan, aber die Gesichter waren hier feister, verbissener – und alle hielten ein Handy oder ein iPad in der Hand. Dafür genoss er es, die Aufschriften der Werbetafeln wieder zu verstehen – noch immer wurde für Fernreisen geworben. Nur auf die Selbstgespräche des Taxilenkers hätte er verzichten können. Der schimpfte unentwegt über andere Autofahrer, murmelte Sätze wie:

– Pass doch auf, Trottel. Wer hat denn dir ins Hirn gepfeffert. Hast du keine Augen im Kopf. Fahr schon, Depperter. Grüner wird's nicht. Was ist denn, gib Gas, Yeti!

In der Vorlaufstraße war wenig los. Die Gänge waren zwar nicht leer, aber Groschen kam es vor, als hätten alle Schlafpulver genommen. Die Menschen waren viel weniger angespannt als in Bosnien, wo man den Eindruck hatte, jeden Moment könnten Schüsse fallen, müsse man sich auf den Boden werfen und um sein Leben bangen.

Der Kommissar ging in sein Büro und überflog die Post, die sich auf dem Schreibtisch angesammelt hatte. Da waren Briefe von der Polizeigewerkschaft, Interviewanfragen von Studenten, Spendenaufrufe und der obligate Drohbrief. Lauter Dinge, die ihn jetzt nicht interessierten. Sein Büro erschien ihm fremd wie eine Wohnung, in der man vor langer Zeit einmal gewohnt hat. Dort, wo jahrelang das Plakat mit den Strumpfhosenmodels gehangen war, prangte jetzt ein Wiener Straßenschild. »Heldinnenplatz« stand darauf. Heldinnen? Das war sicher diese Deutsche, ärgerte sich der Kommissar. Und wo waren seine Inspektoren? Wo war Fräulein Schäfer? Dragana hatte ihm ein Geschenk für sie mitgegeben.

Er ging in den Flur, sah eine kleine Frau mit einem eigenartigen, von vielen Schönheitsoperationen entstellten Gesicht, eine Mischung aus Sex-Puppe und Greisin, ging weiter in das Zimmer seiner Inspektoren, trat ohne anzuklopfen ein.

Da waren sie. Inspektor Martin Zakravsky und Gordon Zwilling lehnten an ihren Schreibtischen, der Lange mit der Hornbrille und der kleine Impulsive, während Julia Schäfer zwischen beiden stand und Faxen machte. Der Kommissar merkte sofort, die drei amüsierten sich gerade prächtig. Sein Eintreten ließ sie verstummen.

– Der Kommissar, flüsterte Fräulein Schäfer, und seinen Inspektoren blieb das Lachen im Hals stecken. Wahrscheinlich waren sie eben dabei gewesen, sich über ihn lustig zu machen. Er spürte, die beiden Inspektoren buhlten um die Aushilfskraft. Die Blondine mit dem Marilyn-Monroe-Aussehen war auch wirklich eine Attraktion.

– Schon zurück? Wir haben Sie nicht so früh erwartet.

– Ein Brötchen? Gordon reichte ihm einen Karton, in dem sich Aufstrichbrötchen befanden. »Trześniewski« stand auf der Verpackung. Groschen kannte diese Firma und wusste um den Kultcharakter dieser Brötchen, die von vielen geradezu vergöttert wurden, was er nicht verstehen konnte, waren es doch recht gewöhnliche belegte Brötchen. Er nahm eines mit Leberaufstrich und hörte Martin zu, der mitteilte, dass im Hursi-Prozess bald ein Urteil zu erwarten sei. Während Groschen noch ein Brötchen nahm, diesmal eines mit Fischaufstrich, spürte er eine unbestimmte Wut in sich hochsteigen. Er konnte nicht verhindern, dass ein Unschuldiger zwanzig Jahre lang weggesperrt wurde.

Während Martin weitere Details des Prozesses anführte, aß er ein Eiaufstrichbrötchen und überlegte, was den Ellmander und die Papouschek verband? Was hatten ein 64-jähriger Prominentenschneider und eine drittklassige 82-jährige Schriftstellerin gemeinsam? Elmar Ellmander war schwul, ohne Familie. Er hatte ein katholisches Internat besucht, später ein paar Jahre im Ausland studiert. Sein gesamter Freundeskreis war im Schwulenmilieu, lauter »Schwestern« oder »Konvertierte«. Der Vater getürmt, die Mutter hatte ihn mit Näharbeiten durchgebracht. Dagegen die Papouschek? … aus einer Arbeiterfamilie, flüchtete mit über vierzig in die Schmalzl-Kommune, wurde später Buchhändlerin, begann zu schreiben. Hatten die beiden einen gemeinsamen Bekanntenkreis? Wer konnte einen derartigen Aufwand betreiben, zwei Unschuldige zu opfern, nämlich Hursi und Todic, um einen schwulen Schneider und eine betagte Pensionistin zu beseitigen? Oder standen die Morde in gar keinem Zusammenhang? War es Zufall, dass hier zweimal ein Täter quasi auf dem Tablett mitgeliefert wurde.

Groschen zermarterte sich so sehr den Kopf, dass er den Ausführungen Martins nicht folgen konnte und völlig gedankenlos drei weitere Brötchen verputzte.

– Nicht so schlecht, oder? Das kam von Gordon, der wieder vor animalischer Gesundheit strotzte, selbst aber nichts aß. Fasttag.

– Na ja, verzog Groschen die Mundwinkel, geht so, und griff zu einem mit Lachsersatz.

– Wie war es in Bosnien? Was ist mit Todic?

– Tja, schmatzte der Kommissar. Todic ist nicht der Mörder, dafür lege ich meine Hand ins Feuer. Statt ins Feuer griff er aber neuerlich in die Schachtel und holte ein Krabbenbrötchen heraus.

– Aber Sie wissen schon, der Staatsanwalt hat einen internationalen Haftbefehl gegen Todic ausgestellt?

– Das ist nicht wahr. Groschen schluckte. Wofür war ich dann …? Am Gesicht der Julia Schäfer erkannte er, es stimmte.

– Wie war es mit Dragana?

– Nett. *Okay*. Sie hat mir ein Geschenk mitgegeben, holte Groschen ein Päckchen aus seiner Jacke und gab es der Bürohilfskraft.

– Danke.

– Und? Wollen Sie es nicht aufmachen?

– Wozu? Ich weiß ja, was drinnen ist.

– Was denn?

– Das geht nur mich was an.

Okay. Wahrscheinlich eine Bibel für Feministinnen. Sekremöse!

Groschen nickte nur und griff nun auch zum letzten Brötchen, das er sich gierig in den Mund stopfte.

– Und das hier ist auch für Sie. Er gab der Blondine den Patronenhülsen-Kugelschreiber.

– Danke. Fräulein Schäfer schüttelte den Kopf. Sie wusste, aus dem Kommissar war jetzt nichts mehr herauszubekommen. Aber Dragana würde ihr alles erzählen. Übrigens wartet im Flur eine Schauspielerin darauf, zu Ihnen vorgelassen zu werden.

– Eine Schauspielerin? Wer denn? Die Brigitte Bardot? Senta Berger? Die Ingrid Steeger? Groschen hatte sich Schauspielerinnen noch nie merken können, daher fielen ihm meist nur Namen längst vergangener Filmgrößen ein.

– Die Wobisch.

– Sie soll sich einen Augenblick gedulden. Groschen trank den Kaffee, den ihm die Schäfer gebracht hatte, wieder war es Kaffe, und blätterte durch die Zeitung, die unter den Brötchen gelegen war. Österreichs Nationalmannschaft hatte gegen die der USA 0:4 verloren. *Null zu vier?* Die Wetteraussichten blieben trüb. In Israel soll wegen seiner inflationären Verwendung das Wort »Nazi« verboten werden, und am Ufer der Donau wurden sieben Schweinsköpfe gefunden – man vermutete, sie hätten der illegalen Aalfischerei gedient. Die Gesellschaftsnachrichten waren wie üblich belanglos und berichteten von schwangeren Prinzessinnen, prügelnden Rocksängern, dem Wiener Baumeister und anderen porösen Figuren. Die Regierung verkündete ein neues Sparprogramm, und im Lokalteil ging es um die Kupferkabeldiebe. *Null zu vier? Gut, die USA waren natürlich wesentlich größer als Österreich, aber dort war Fußball nur eine Randsportart.* Keine Meldung von dem Mord an Papouschek. Auch vom Prozess gegen Achmed Hursi stand da nur, dass alle aufgebotenen Entlastungszeugen abgewiesen worden waren. Neben dem Busenmädchen, das diese Zeitung seit Jahrzehnten brachte, nur während des Papstbesuches wurde kurz darauf verzichtet, stieß Groschen auf ein bekanntes Gesicht: Donatus Henkel von Germershausen. *Das Pimmelgesicht!* Der Prior gratulierte dem Vorstand seiner Kongregation Aribert Ginzburg zur Verleihung der Kardinalswürde. Wie der Papst bekanntgegeben hat, sollte die Inthronisierung noch in diesem Jahr stattfinden.

Groschen schlug die Zeitung zu, erhob sich und sah zum Gang hinaus. Da saß die Wobisch, ein kleines zierliches Persönchen mit operiertem Gesicht – sah aus, als ob sie darin die fünfte Dimension abbilden wollte. Straffe Wangen wie ein Babybauch, aufgespritzte Lippen, die an einen Pavianarsch erinnerten, und aschblonde Haare so natürlich wie Disneyland. Sie trug eine weiße Lederjacke, aus der blätterartige Formen ausgestanzt waren, eine schwarze Hose und weiße Mokassins. Eine riesige nietenbesetzte, weiße Handtasche stand auf ihrem Schoß. Bevor sie ihn sah, wich er zurück in sein Büro.

Kurz überlegte er, Döblinger zu bitten, den Haftbefehl rückgängig zu machen. *Todic ist unschuldig. Seine Mutter liegt im Sterben.* Aber Groschen wusste, wie das ablaufen würde. Der Staatsanwalt würde ihn abkanzeln, das fehlende Motiv für unwichtig erklären. Für ihn wäre dieser Todic einer von den Spinnern, die frei herumliefen und kein Motiv brauchten, weil sie einfach so mordeten. Groschen wusste, er würde nichts ausrichten, also ging er auf den Flur, sah zur Wobisch und räusperte sich.

– Das ist freundlich, Herr Doktor, dass Sie Zeit für mich haben, sagte die Schauspielerin mit tiefer und unendlich langsamer Stimme, die zwischen jeder Silbe eine Pause machte und einen leicht ordinären Klang hatte. In ihrem unnatürlichen Gesicht formte sich so etwas wie ein Lächeln – oder zumindest das, wozu ihre mit Nervengift abgetöteten Muskeln fähig waren. Das Ergebnis ihrer Schönheitsoperationen war beschämend. Groschen empfand Mitleid für diese kleine, zerbrechliche Person, die in ihrer Jugend einmal mollig gewesen war. *Hätte sie damals noch zehn Kilo zugenommen, Österreich wäre um ein zehntes Bundesland reicher gewesen.* Sie hatte sich Fettabsaugungen und Magenverkleinerungen unterzogen. Wahrscheinlich hätte sie sogar Bandwürmer geschluckt, um zu ihrer Traumfigur zu kommen. In ihrer Verzweiflung hätte die alles getan, um einem Idealbild zu entsprechen, um geliebt zu werden. Nun hatte sie die Figur eines Zehnjährigen mit exorbitanten Brüsten, die wie aufgepumpt wirkten. Ihr Gesicht sah aus, als hätte man immer wieder etwas weggeschnitten, so lange, bis nichts mehr übrig war. Mit dem strohigen Haar erinnerte sie an eine Mumie.

– Sie müssen mir helfen, Herr Doktor, sagte sie in derselben nervtötenden Langsamkeit, wahrscheinlich weil ihre gelähmten Gesichtsmuskeln nichts anderes zuließen. Darf man hier rauchen?

– Normalerweise nicht, holte der Kommissar einen Aschenbecher hervor. Also? Was kann ich für Sie tun?

– Ich werde verfolgt, kramte die Wobisch in ihrer Riesenhandtasche, fand, wonach sie suchte, und zündete sich mit ihren knochigen alten Händen eine lange dünne Zigarette an. *Sehen aus wie die Glimmstängel der Dragana.* Sie mochte um die siebzig sein, und Groschen konnte sich erinnern, sie vor fünfunddreißig Jahren als Sexbombe vergöttert zu haben. Nun stand sie da mit einem zierlichen Körper, beängstigenden Möpsen und einem viel zu großen Kopf, dessen völlig entstelltes Gesicht dem einer Bauchrednerpuppe glich, die zu lange auf einer heißen Herdplatte gelegen war.

– Ich hoffe, Sie halten mich nicht für verrückt, aber es ist so. Man ist hinter mir her, und ich habe Angst, Herr Doktor. Angst! Sie sprach noch immer sehr gedehnt.

– Haben Sie konkrete Verdachtsmomente?

– Das ist es eben.

– Haben Sie jemanden bemerkt?

– Das ist es eben.

– Hat man bei Ihnen eingebrochen? Hat sich in letzter Zeit etwas verändert?

– Das ist es eben.

– Was? Groschen sah sie an und wusste nicht, was er davon halten sollte. Wirklich gehetzt wirkte sie nicht, aber vielleicht waren ihre betäubten Gesichtsmuskeln einfach nicht mehr in der Lage, so etwas auszudrücken. Ihre Augen bewegten sich unruhig und schienen *schlag mich, schlag mich* zu rufen. Es waren die typischen Augen eines Opfers, in denen Unterwürfigkeit und Prügelszenen lagen, Augen, die eine gewisse Sorte von Männern anzogen, brutale Schläger.

– Na, das alles nicht, sagte sie, aber ich spüre es. Man ist mir hinterher. Man will mir etwas antun. Seit ich in einem Interview angekündigt habe, meine Memoiren zu schreiben, ist da ständig dieses Gefühl, verfolgt zu werden. Wissen Sie, Blicke haben ein Gewicht.

Groschen war sich nicht sicher, ob es sich um einen Mediengag handelte oder ob an der Sache etwas dran war. Es gab Täter und Opfer – und die Wobisch war ein Opfer. Eine, die als Kind von ihrem Stiefvater verprügelt und vergewaltigt worden war und nun zeit ihres Lebens mit diesem Gefühlskonglomerat aus Liebe und Hass nicht umzugehen wusste, sich unbewusst immer wieder Männer suchte, die auf das *schlag mich, schlag mich* in ihren Augen reagierten. Er wusste, die Wobisch war schon einmal in der Vorlaufstraße gewesen und hatte behauptet, sie schreibe eine Serie über Kinderpornos. Natürlich wussten damals alle, das war eine glatte Lüge, in Wahrheit ging es darum, ihren Geliebten, einen ziemlich widerlichen Gesellen, einer, der sie regelmäßig krankenhausreif schlug, freizubekommen. Bei ihm hatte man das ungustiöse Zeug gefunden, weshalb ihn in der Vorlaufstraße alle Gary Glibber nannten. Aber da sie es auf sich nahm, sagte, sie, die Wobisch, bräuchte diese Filme und Bilder zu Studienzwecken, musste man ihn laufenlassen. Zum Dank hat er sie verprügelt, ihren Schmuck und ihre Sparbücher genommen und sich verdünnisiert. Sie wollte trotzdem keine Anzeige erstatten.

– Worum geht es in der Biographie?

– Worum wird es gehen? Herr Doktor? Um Männer! Männer, die mich missbraucht haben, Männer, mit denen ich ins Bett gegangen bin. Männer. Helfen Sie mir, Herr Doktor? Sie sah ihn mit großen Augen an, verzog aber keine Miene, weil ihr mit Botox gedüngtes Gesicht dazu nicht fähig war.

– Kommissar, nicht Doktor. *Genau genommen Gruppeninspektor, aber die meisten sagen Kommissar, weil sie das vom*

Fernsehen kennen. Gut, ich komme morgen zu Ihnen, und wir gehen das Ganze einmal durch.

– Sie sind ein Schatz, Herr Doktor. Und ehe sichs der Kommissar versah, hatte er auch schon einen dicken Schmatz von zwei aufgespritzten Lippen auf die Wange gepresst bekommen, lächelte die Wobisch wie ein unschuldiges zwölfjähriges Mädchen.

Die hat mir gerade noch gefehlt. Hat sich die das ausgedacht, um ihr Buch zu promoten? Wer soll sie denn verfolgen? Hält sie die Polizei für eine Werbeagentur? Oder geht es ihr darum, einen Mann zu finden, der sie durchprügelt? Jedenfalls gibt es jetzt Wichtigeres als eine gestörte Schauspielerin.

Kaum war sie draußen, ließ sich Groschen in seinen Stuhl fallen und atmete tief durch. Er hatte den unangenehmen Geruch in der Nase und fühlte sich seltsam gefühllos, wie in Watte eingehüllt. Der ganze Fall bereitete ihm Kopfzerbrechen, vor allem, weil er den Ansatz einer Lösung noch nicht einmal erahnte. Alles, was er wusste, war, dass Todic genauso wenig als Täter in Frage kam wie Hursi im Fall des toten Scheiders. Aber wer konnte die Kaulquappe Papouschek erdrosselt und mit dem Kreuz versehen haben? Und wer hatte die Möglichkeiten, den Verdacht auf Todic zu lenken?

Der Kommissar ging die Verdächtigen durch und ließ sie in seinem Kopf kreisen. Der General, der Sohn, der Nachbar? Und was war mit diesem Prior? Donatus Henkel von Germershausen. Groschen hatte keine Spur, oder vielmehr hatte er drei oder vier oder sechs. Er spielte verschiedene Motive durch und landete immer wieder bei einem, dem Nachbarn der Papouschek. Sturmwart Zsack. Ja, so hieß der, Sturmwart. Was für ein monströser Name, in den dieser Mensch hineingewachsen war. Namen, war Groschen überzeugt, verkündeten ja immer das, was aus einem Menschen über kurz oder lang auch wurde. Erst recht in Österreich, da gab es eine Wetteransagerin namens Kummer, einen Sportreporter namens Prüller, und ein Kriegsberichterstatter trug den Namen Wehrschütz. Die Vorturnerin der Nation hieß Ilse Buck, hatte also das Bücken im Namen, während sich der Verteidigungsminister Klug nannte. Außerdem gab es einen Außenminister Kurz, einen Finanzminister Schilling, nein, Schelling, und eine Nachrichtensprecherin Fenderl, die wie ein kleiner Puffer (Fender) zwischen Fernsehpublikum und Nachrichtenwirklichkeit fungierte. Aber Sturmwart Zsack? Und wie der Kommissar an diesen tätowierten Glatzkopf mit seinem Ungetüm von Hund dachte, kam Martin in sein Büro und sagte freudestrahlend:

– Detmold ist geklärt, Chef. Es waren Drogendealer, die in der Ignaz-Weigl-Gasse ein Labor für Crystal Meth hatten. Ein Junkie, der aussieht wie Michel Houellebecq, hat gestanden, sie wurden von den Touristen überrascht, und in Panik hat einer geschossen. Die Deutschen sollen sehr hartnäckig gewesen sein, wollten unbedingt ein Zimmer, ließen auch nach mehrmaligen Drohungen nicht locker, sie hätten reserviert, seien von der langen Reise müde, bräuchten Ruhe …

– Tja, rümpfte der Kommissar die Nase, die haben sie nun auch. *Und alles nur, weil sie in der falschen Weiglgasse waren.*

– Wollen Sie den Junkie sehen?

– Jetzt nicht.

– Aber zum Staatsanwalt müssen Sie, der verlangt nach Ihnen.

Groschen nickte. Er schlug die Beine übereinander, versank in seinem Stuhl und starrte an die Decke, als ob er in den Wasserflecken, die sich dort befanden, eine Lösung vermutete. Dann erhob er sich schwerfällig, stöhnte und schleppte sich in Döblingers Büro, das nur ein Stockwerk höher lag und doch eine andere Anschrift hatte.

Answer Döblinger saß an seinem aufgeräumten Schreibtisch. Ohne von den Papieren aufzusehen, befahl er Groschen, Platz zu nehmen. Der Kommissar sah ein kleines weißes Schächtelchen auf der lackierten Schreibtischplatte. Bestimmt war darin das Silberne Ehrenzeichen der Stadt Wien, bestimmt öffnete es der Staatsanwalt, wenn er alleine war, ergötzte sich am Inhalt, küsste es womöglich gar. Bestimmt steckte er es sich an, stakste damit stolz durchs Zimmer und bekam dabei einen Steifen.

Döblinger ließ den Kommissar warten, bis er ihm Aufmerksamkeit schenkte. Er trug ein weißes Hemd samt einer dunklen, silbern schimmernden Krawatte, die wie ein toter Fisch über seinen Bauch hing. Sein Gesicht war rot wie Surfleisch, und obwohl das Licht flach war, sah man einige graue Härchen aus seinem Bürstenhaarschnitt hervorleuchten.

– Ich bin sehr unglücklich, kam aus seinen wulstigen Lippen. Die Stimme klang sanft und doch gepresst, so als stünde ein cholerischer Anfall unmittelbar bevor. Sehr unglücklich, Groschen. Wozu fliegen Sie nach Bosnien, wenn Sie den Verdächtigen dann laufenlassen? Was glauben Sie? Nun sah er den Kommissar an, der schweigend dasaß und keine Regung zeigte. Glauben Sie, wir können Ihre Vergnügungsreisen finanzieren? Die Augen Döblingers begannen nun, wie immer, wenn er aufgeregt war, wild zu zwinkern. Was haben Sie sich dabei gedacht? Je mehr sich der Staatsanwalt aufregte, desto ruhiger wurde Groschen. Er war wie ein unbewegter Fels, dem die hereinbrechende Sturmflut nichts anhaben konnte. Sein Blick war ruhig auf sein Gegenüber gewandt, und in seinem Gesicht lag nicht die geringste Regung, nicht das leiseste Anzeichen eines Schuldbewusstseins. Diese stoische Ruhe brachte Döblinger zur Weißglut, er stammelte Wörter wie »Geldverschwendung«, »Kompetenzüberschreitung«, »eigenmächtig« und so weiter.

Kompetenzüberschreitung? Was zum Teufel sollte das heißen?

– Ich bleibe dabei, Todic ist nicht der Mörder, sagte Groschen mit ruhiger Stimme, als würde er in einem Restaurant eine Bestellung aufgeben.

– So? Ist nicht der Mörder? Döblinger stammelte. Er nahm das weiße Schächtelchen in die Hand, als wollte er sagen, wer hat hier das Silberne Ehrenzeichen bekommen, Sie oder ich? Da werden Sie wissen, wer der Mörder ist? Und das Whiskyglas? Die goldene Uhr? Die ganze Auffindsituation?

– Er ist nicht der Mörder, weil er kein Motiv hat, weil das keinen Sinn ergibt, weil ich ihm in die Augen gesehen habe, weil … Der Kommissar wollte sagen, weil sich ein seriöser Ermittler nicht von der öffentlichen Meinung lenken lässt, aber das wäre ihm untergriffig erschienen.

– Schön, beruhigte sich Döblinger. Das ist Ihre Ansicht, aber solange Sie mir keinen anderen bringen, werden wir uns auf Todic konzentrieren. Er ist bereits zur internationalen Fahndung ausgeschrieben. Sobald er verhaftet ist, wird ihm der Prozess gemacht.

– Aber, wir haben … Groschen merkte, jeder Einwand war zwecklos.

– Und noch etwas. Döblinger zog einen Brief hervor, und Groschen erkannte sofort, worum es sich handelte, um einen jener Drohbriefe, die er dauernd erhielt.

– Sie wissen, was das ist?

– Das ist lächerlich, murrte Groschen, nicht der Rede wert. Ein Verrückter.

– So, ein Verrückter, nicht der Rede wert? Döblinger nahm den Brief aus dem Kuvert und las: »Du Sau. Jetzt lebst du noch. Aber warte nur, auch dein Schicksal wird sich bald erfüllen, ich habe dich gewarnt, deine Bestimmung wird bald eintreffen … und wenn du erst gepfählt, am ganzen Körper mit

Honig eingeschmiert und über einem Ameisenhaufen steckst …« So etwas nimmt man nicht auf die leichte Schulter. Stellen Sie sich vor, was los ist, wenn Ihnen etwas zustößt. Das fällt auf mich zurück. Auf mich, Groschen! Er klopfte mit dem Schächtelchen auf den Schreibtisch, so fest, dass es aufsprang und das Ehrenzeichen raussprang und vom Schreibtisch auf den Boden hoppelte. Es landete direkt vor Groschen Füßen.

– Na, willst du zu mir? Der Kommissar griff lächelnd nach dem Ehrenzeichen, warf es in die Luft, fing es auf und ließ es wie einen Eishockeypuck über den Schreibtisch gleiten. Dann erhob er sich, schlug den Kragen seiner Jacke hoch, steckte die Hände in die ausgebeulten Hosentaschen und ging ohne Gruß hinaus. Kaum hatte er hinter sich die Tür geschlossen, hörte er dumpfe Geräusche, wie wenn jemand gegen einen Schrank trat.

Apathisch und ziellos ging Groschen durch den Flur. In seiner Nase war der seltsame Geruch, und an sein Ohr drangen die typischen Geräusche der Vorlaufstraße. Er kannte diese Orchestrierung, diese wirre Komposition eines Neutöners, eine Abfolge aus Gesprächsfetzen, pfeifenden Kaffeemaschinen, hysterischen Schreien, Tassenklirren, Türenschlagen. Groschen überlegte, ob er einen seiner Inspektoren holen sollte, entschied sich dann aber dagegen. Für das, was er nun vorhatte, blieb er besser alleine. Er verspürte ein leichtes Unbehagen, wie er es immer hatte, wenn es um die Verhaftung eines Mörders ging.

Auf der Straße herrschte geschäftiges Treiben. Genau in dem Moment, als Groschen aus dem Tor trat, wurde eine Touristengruppe durch die Vorlaufstraße getrieben. Der Kommissar war plötzlich inmitten lauter Menschen, die alle Angst hatten, den Anschluss zu verlieren. Bestand nicht für die meisten Leute das Reisen wie auch das Leben selbst vor allem aus dem verzweifelten Versuch, nicht den Anschluss zu verlieren, nicht ausgesetzt zu sein in einer fremden, unbekannten Welt, in der man nichts verstand, nicht wusste, wo das nächste Klo war?

Groschen verstand vieles nicht, nicht den aktuellen Fall, nicht seine Frau und am wenigsten das Leben. Aber er hatte nie einen Anschluss gesucht, war ein Einzelgänger, ohne Freunde. Seine Frau warf ihm das manchmal vor. Du führst überhaupt kein soziales Leben, sagte sie dann. Das, was du Freunde nennst, sind Berufskollegen. Wenn du keine Arbeit hättest, würdest du mit überhaupt niemandem reden. Tja, dachte er, sie hatte recht, er neigte zum Autismus, war schweigsam und die meiste Zeit so sehr mit seinen Gedanken beschäftigt, dass er gar nicht merkte, was um ihn herum vorging.

Kaum hatten ihn die massentouristischen Horden wieder freigegeben, schlenderte er zum Donaukanal und weiter bis zum Schwedenplatz. Dort stieg er in ein Taxi und nannte die Wurlitzergasse als Ziel.

– Soll ich durch die Stadt fahren oder über den Ring? Über die Zweierlinie oder beim Schwarzenbergplatz hinauf zum Gürtel? Über die Hernalser Hauptstraße oder durch Ottakring? Am kürzesten ist es durch die Stadt, nur können wir da leicht in einen Stau geraten …

– Fahren Sie, wie Sie glauben, wollte Groschen davon gar nichts hören. Er lehnte sich zurück und genoss es, Wien aus dieser bequemen Position zu betrachten. Die Bäume am Ring, der Fahrer hatte sich für diese Route entschieden, waren kahl. Gemeindebedienstete wirbelten mit föhnartigen Maschinen Blätter auf. Ein Radfahrer in kurzer Hose wollte nicht einsehen, dass es mit dem milden Wetter längst vorbei war, fuhr, wahrscheinlich weil er wegen der Kälte wie von Sinnen war, fast gegen eine alte Dame. Obdachlose, die sich über Warmluftschächten wärmten, wurden von Geschäftsinhabern vertrieben. Der Taxifahrer hustete erbärmlich, und Groschen hoffte, sich nicht anzustecken.

– Was sagen Sie zum Spiel gestern?

– Fußball, murrte Groschen, interessiert mich nicht.

– Verloren, gegen die USA. Null zu vier! Der Taxifahrer hustete. Dabei verstehen die Amis nichts davon. Bejubeln jeden weiten Ausschuss, weil sie glauben, es geht um Raumgewinn. Bei einem Eckball kreischen sie Touchdown, und den Strafraum nennen die Endzone. Eierköpfe!

Je weiter sie stadtauswärts kamen, desto schmuckloser wurden die Häuser. In den Geschäftslokalen befanden sich bald keine Boutiquen oder Bioläden mehr, keine Juweliere, Käseläden oder teure Restaurants, sondern Wettcafés, Sonnenstudios und Ein-Euro-Shops. Die Menschen hier waren zu sehr mit dem Überlebenskampf beschäftigt, als dass sie auf ihr Äußeres achten konnten. Fahle Haut, dunkle Augenringe, abgestumpfte Gesichter. Man sah ihnen an, sie mussten von früh bis spät arbeiten, um ihre Kinder durchzubringen. Kinder, die es ihnen selten dankten. Schon die Jugendlichen sahen aus wie Zombies, waren mit Tätowierungen und Piercings übersät und trugen dicke Lederjacken, Nietengürtel, schwere Soldatenstiefel. Eines Tages würden auch sie Kinder bekommen und vom Alltag stumpfgeschliffen werden, sich abstrampeln müssen, um den Nachwuchs durchzubringen.

Der Taxifahrer hustete, und Groschen zahlte. Die Wurlitzergasse erschien ihm heute noch trostloser als beim ersten Mal. Er ging zu dem Gemeindebau, in welchem Ernestine Papouschek vergangenen Sonntag mit einem Verlängerungskabel erdrosselt worden war. Das Haustor, eine rotlackierte Glastür mit geripptem Milchglas, stand offen. Am Gang hing ein Plakat der sozialdemokratischen Partei. Es hing da wie eine Mahnung an die Mieter, bei der nächsten Wahl an die zu denken, der sie ihre Wohnung verdankten. Daneben ein

Schaukasten mit der Hausordnung. Der Kommissar zwängte sich an Kinderwägen vorbei und gelangte in den Hof, der recht bescheiden war. An der Betonwand standen Mülltonnen, daneben Fahrräder. Dem Gemeindebau gehörte nur ein kleines Stück von dem großen Innenhof. Die Gärten mit den hohen Bäumen waren Teil der anderen Häuser, die das Viereck bildeten. Praktisch alle hatten Balkone. Auf einem stand eine Alte und sprach mit ihrem Kanarienvogel, auf einem anderen wurde ein Teppich geklopft, und dann war da noch eine rauchende Rothaarige im roten Bademantel. Es sah aus, als ob sie grüne Strapse trug. Da Groschen seinen Blick nicht von ihr lösen konnte, hob sie die Hand und winkte.

– Was ist, Burschi, kommst auf ein Reiberl rauf, erklang eine raue Stimme, die Groschen irgendwie vertraut vorkam.

– Vielleicht später, murmelte der Kommissar, ging zurück ins Stiegenhaus und hoch zur Papouschek-Wohnung. An der weißlackierten Tür klebte das Amtssiegel, das, wie sich Groschen überzeugte, unversehrt war. Er betrachte gerade den Türspion und das Namensschild, als ein Hecheln und Schnaufen näher kam. *Was ist denn jetzt los?* Er nahm einen Schatten wahr, spürte Gefahr. *Duck dich! Schütze deinen Kopf.* Im selben Augenblick stürzte sich eine schwarze Masse auf ihn, bohrte sich in ihn hinein, warf ihn um. *Um Gottes willen. Was ist das? Bricht das Haus zusammen?* Etwas gackerte. Es war, als hätte man einen Hühnerstall über ihn gestülpt. Jetzt erkannt er den jungen Rottweiler des Nachbarn.

– Adolf! Aus!, schrie Herr Zsack. Der Glatzkopf mit dem langen Kinnbart beeilte sich, das Ungeheuer zu bändigen.

– Brav, Adolf. Brav.

Brav? Was soll da brav sein? Verzogenes Kalb.

– Das trifft sich gut, rappelte sich Groschen hoch. Zu Ihnen wollte ich.

– Zu mir? Auf mein Klo? Dringende Geschäfte? Der Nachbar hatte nur eine schwarze Lederhose und ein gleichfarbiges T-Shirt an, »Pitbull« stand darauf. Außerdem hing ihm eine massive Silberkette mit einem Totenkopf im Wehrmachtshelm um den Hals. *Hardcore Biker*. Er nahm den Hund an die Leine und sperrte seine Wohnung auf. Dann kommen Sie. Wenn Sie wieder die Schuhe ausziehen … Im Vorzimmer standen jede Menge großer Schachteln, auf denen Elektronikgeräte abgebildet waren. Verstärker, Mischpult, Synthesizer.

– Bei Ihnen ist der Reichtum ausgebrochen?

– Ach was. Reichtum? Ich habe mir nur ein paar längst fällige Anschaffungen geleistet. Alles für die Mavpo, die Moral auf verlorenem Posten. Wollen Sie heute ein Bier? Der Rocker ging zum Kühlschrank und entnahm zwei Flaschen. Groschen nickte, und der Glatzkopf öffnete das Bier mit seinen Zähnen.

– Um es gleich zu sagen, begann der Kommissar, nachdem er einen Schluck aus der Flasche genommen hatte – *Ablaufdatum? War in Ordnung* –, wir haben uns gewundert, woher Sie plötzlich das Geld für diese Einkäufe haben.

– Ersparnisse, zündete sich der Rocker eine Zigarette an. Sein Gesicht wirkte weich, fast kindlich. Er hatte traurige, etwas ängstliche Augen, und auch die Lippen waren teigig, alles andere denn verhärmt. Sein massives Äußeres, die schwarze Kleidung, Bart, Bauch und Glatze, Tätowierungen und das Metalllager im Gesicht waren wohl nur eine Rüstung, ein, wie man in der Großen Freiheit gesagt hätte, Panzer.

– Sie sind nicht der Typ, der Geld unter der Matratze bunkert. Es wird Ihnen also nichts ausmachen, wenn wir Ihre Konten überprüfen. Groschen schaute auf ein Foto, das die Band bei einem Auftritt zeigte. Auf die Trommel war ein großes Kreuz gemalt, dasselbe, wie es die Leiche im Rücken hatte. *Wahrscheinlich ist der innerlich ganz weich, ein Sensibelchen. Vielleicht reicht das schon, und er fällt um, gesteht?*

Der Rocker verschränkte die Arme, hob das Kinn:

– Warum? Kann man heutzutage nichts mehr kaufen, ohne in Verdacht zu geraten? *Nein, so schnell gesteht der nicht.*

– Normalerweise gehen uns Ihre Einkäufe nichts an, aber das ändert sich, sobald in der Nachbarwohnung ein Mord geschehen ist.

– Sie verdächtigen mich immer noch? Passt Ihnen wohl nicht, dass jemand wie ich nicht der Täter ist. Aber haben Sie den Mörder denn nicht längst gefasst? Ist nicht in der Zeitung gestanden, der Bosnier ist's gewesen.

– Der war es nicht.

– So ist das also. Die Stimme des Herrn Zsack wurde nun aggressiver. Sie wollen mir einen Hut aufsetzen, der mir nicht passt.

– Wenn Sie nachweisen können, das Geld schon länger besessen zu haben, gibt es keinerlei Probleme.

– Na schön, stöhnte der Rocker, trank sein Bier aus und nahm sich gleich noch eine Flasche. Wie ich Ihnen schon sagte, war ich in der Wohnung. Aber ich habe die Alte nicht umgebracht. Ehrenwort. Bin nur dem Hund nachgerannt, der ein zu Verfolgender ist, und der Adolf ist natürlich gleich zur Leiche, hat an ihr geschnuppert. Mich hat fast der Schlag getroffen. Ich habe sofort gesehen, da ist nichts mehr zu machen. Mit der ist es vorbei.

– Und? Weiter.

– Nun habe ich natürlich die Polizei rufen wollen, dieser Anblick war nichts für einen nüchternen Magen. Ich bin nämlich, auch wenn ich nicht so aussehe, zartbesaitet. Aber wie ich zum Telefon gehe, die Alte hatte ja noch einen Festnetzanschluss, fällt mir ihre Kommode ein, in der sie immer etwas Bargeld hatte. Ich habe ihr manchmal die Einkäufe besorgt, und da hat sie das Knödel immer aus dieser Kommode rausgenommen.

– Sie wussten, wo die Papouschek ihr Geld hatte?

– Sag ich doch. Das Knödel ist ein zu Versteckendes. Und wie ich telefonieren will, kommt mir plötzlich die Idee, da ist vielleicht noch etwas da, und die Alte kann jetzt sowieso nichts mehr damit anfangen … bevor es verkommt … Ich widerspreche mir natürlich, sage mir, nein, Sturmi, das kannst du nicht machen, das ist Diebstahl. Aber reinschauen kostet nichts, reinschauen ist nicht strafbar. Jedenfalls öffne ich die oberste Lade der Kommode und sehe, da liegt ein Kuvert, und als ich es nehme und hineinsehen will, weil hineinsehen kostet nichts, höre ich von hinten plötzlich eine Stimme. Zuerst denke ich, das ist mein Gewissen. Aber nein, dafür ist die Stimme zu real.

– Was? Eine Stimme? Wieso haben Sie das nicht gleich gesagt?

– Damit man mich anzeigt? Bin ich blöd?

– Wer war das? Groschen trank von seinem Bier und betrachtete die kleinen Luftbläschen, die die Flasche hochkrochen.

– Sie können das Geld ruhig behalten, sagt die Stimme. Sie dürfen nur niemandem erzählen, dass Sie mich hier gesehen haben. Dafür sage ich keinem, Sie dabei ertappt zu haben, wie Sie Geld gestohlen haben. Ich drehe mich um und sehe … Der Rocker machte eine Pause, um die Spannung zu erhöhen … Na, was glauben Sie? … Den General! Er hat beteuert, nur zufällig hier zu sein, mit dem Mord nichts zu tun zu haben. Aber ich weiß nicht recht … Ich hatte ehrlich gesagt etwas Angst, gut, das ist ein alter Zausel, aber ich war mir sicher, der hat die kaltgemacht. Also stecke ich das Kuvert ein und zerr den Adolf raus. Sturmi, sage ich zu mir, schau, dass du wegkommst, bevor der es sich anders überlegt. Sie glauben mir doch, oder?

– Ich glaube gar nichts, brummte der Kommissar, trank das Bier aus und ging ins Vorzimmer, sich seine Schuhe anzuziehen. Er war hergekommen mit dem festen Vorsatz, diesen

Rocker des Mordes zu überführen. Und nun sah alles völlig anders aus.

– Aber Sie müssen mir glauben. Gut, ich habe das Geld gefunden, bevor es verlorengegangen ist. Es waren zehntausend. Mehr nicht. Aber mit dem Mord habe ich nichts zu tun. Das war der General.

– Gut, Herr Zsack. *Sturmi.* Groschen streichelte den Hund, der mit seinem kupierten Schwanz wedelte und vogelartige Geräusche von sich gab.

– Werden Sie mich jetzt verhaften?

– Vorläufig nicht. Aber ich muss Sie bitten, verfügbar zu bleiben. Groschen war von dieser neuen Wendung einigermaßen überrascht. Aber sagte der Nachbar die Wahrheit? Oder war er nach dem Mord an der Papouschek vom General ertappt worden? Nur, warum hatte dann der General nichts gesagt? Weil er der Mörder war? In Groschen machte sich ein seltsames Gefühl breit, das ihm sagte, hier stimmte etwas nicht.

Von diesen Gedanken umwölkt, ging er das Treppenhaus hinunter, öffnete die Tür, sah durch die Milchglasscheibe einen Schatten, wich instinktiv zur Seite und stand, in dem Moment, als die Tür aufging, einem bekannten Menschen gegenüber. Jens Kowalek. Der Sohn der Ermordeten, das Jenseblümchen.

– Sie!? Beide starrten sich an. Kowalek hatte seinen zerknitterten erdnussfarbenen Anzug an und eine Schirmkappe auf dem Kopf, »San Francisco 49ers« stand darauf. Der Anblick des Kommissars schien ihn zu verwirren. Er ließ einen Schlüsselbund fallen. Groschen bückte sich und sah einen Krebsanhänger.

– Glauben Sie an Astrologie?, sagte der San-Francisco-Fan. Manche Dinge werden so verständlicher. Manchmal fallen in Wien an einem Tag drei Kinder von Balkonen, oder in der Steiermark gibt es vier Hausbrände innerhalb weniger Stunden, zwei Messer-Attentate in Tirol. Böllerunfälle im Burgenland. Fünf Geisterfahrer in Kärnten. Astrologie! Oder es gibt Linien quer durch eine Stadt, an denen überall Baustellen sind, in einem Haus kommt es zu lauter Trennungen … Astrologie!

– Ist das Ihrer? Der Kommissar deutete auf den vanillefarbenen Ford Mustang, der vor dem Haus parkte.

– Ja, sagte der Sohn verlegen. Heute erschien sein Gesicht nicht ganz so aufgedunsen. Die Haare im Nacken waren immer noch gelockt, die Lippen wundgebissen. Er machte einen fahrigen, gehetzten Eindruck, wie jemand, der soeben sein ganzes Vermögen verspielt hatte.

– Tolles Gefährt. Groschen, der von Autos nichts verstand, gefiel dieser tiefergelegte Sportwagen mit den breiten Reifen. Er betrachtete die geschwungenen Formen, die verchromte Stoßstange. Wie hatte einmal ein kluger Mensch gesagt? Der Sportwagen ist ein Symptom für die Wechseljahre des Mannes.

– Wir wollten eine Ausfahrt machen. Wir? Ja, auf dem Beifahrersitz saß eine dunkelhaarige Dame mit einer großen braunen Sonnenbrille, die aussah wie zwei aneinandergeklebte Flaschenböden. Und obwohl man nur wenig vom Gesicht sehen konnte, war klar, diese Person war ziemlich betagt – wie eine gealterte Filmdiva sah sie aus.

– Eine Bekannte, quietschte Jens.

Der Kommissar, verwundert, dass der Sohn so eine alte Freundin hatte, lief zum Auto und klopfte an das Seitenfenster.

– Ja, bitte? Die Alte drehte die Scheibe hinunter, schob ihre riesige Sonnenbrille nach oben und sofort wieder nach unten. Dem Kommissar lief ein unangenehmes Gefühl durch den Körper.

– Entschuldigen Sie, wenn ich Sie belästige, gnädige Frau …

– Stulpnagel, krächzte die Alte mit heiserer Stimme.

– Kriminalpolizei. Ich habe nur eine Frage, sagte der verunsicherte Kommissar: Kannten Sie Ernestine Papouschek?

– Jenschens Mutter? Die Alte schien einen Augenblick zu zögern, bevor sie verkündete: Leider nein.

– Schade. Der Kommissar machte eine leichte Verbeugung und wandte sich dem Sohn zu. Sie gehen in die Wohnung ihrer Mutter?

– Nun, ich wollte nur einen …, stammelte der Sohn … äh, ein Fotoalbum holen.

– Die Wohnung ist versiegelt, sagte der Kommissar.

– Versiegelt? Das heißt?

– Keine Sorge. Wenn Sie wollen, gehen wir gemeinsam.

– Das wäre sehr freundlich, murmelte der Sohn, und Groschen sah, wie er versuchte, seiner Bekannten etwas zu deuten.

– Ihre Freundin kann natürlich mitkommen.

– Ich denke, sie wird lieber im Auto warten. Ich brauche nicht lang.

Sie gingen in die Wohnung hinauf, und Jens Kowalek öffnete die Tür, indem er etwas von »Zweitschlüssel« und »Notfälle« murmelte. Die Versiegelung wurde einfach aufgerissen. Das Vorzimmer wirkte überraschend aufgeräumt. Da hingen immer noch die grauen und beigen Staubmäntel, standen immer noch die Schuhe. Daneben ein Kratzbaum und ein Katzenklo. *Wo war eigentlich der Kater? Wie hieß der schnell? Kachelmann?* Ein abgestandener Geruch lag über allem. Groschen folgte einem Instinkt und sah ins Schlafzimmer. Natürlich war die Leiche weg, sie lag im Gerichtsmedizinischen Institut und wurde von Professor Bangerl nach allen Regeln der Kunst untersucht. Aber die blutige Bettwäsche lag unverändert da, sogar die Whiskyflasche stand noch an ihrem Platz, nur das Glas war weg.

Der Sohn ging in den Wohnraum, öffnete die oberste Lade der Kommode, das war die, in der das Geldkuvert gelegen sein musste, griff sich ein Fotoalbum und sagte:

– So, das wär's.

Der Kommissar konnte die Unsicherheit des Mannes fast mit Händen greifen. Es war, als würde er irgendetwas nehmen, nur um schnell wieder von hier wegzukommen.

– Moment bitte. Ich darf doch? Groschen nahm das Album, schlug es auf und sah Bilder der Schmalzl-Kommune. Glatzköpfige Nackedeis bei Bauarbeiten, bei der Gemüseernte, beim Malen. Nackte Kinder. Stillende Mütter. Schmalzl am Klavier, Schmalzl mit Gitarre, Schmalzl mit nackten Kindern. Nackte Mädchen mit Busenknospen.

– Und das brauchen Sie?

– Ich wollte … ich … Das sind Erinnerungen … Sehen Sie einmal, er zeigte auf einen kleinen blonden Knaben, das bin ich …

– Ganz wie Sie meinen, schlug der Kommissar das Album zu und überreichte es dem Sohn, der zur Tür drängte.

– Gehen Sie nur, sagte der Kommissar. Ich will mich hier noch etwas umsehen.

– Haben Sie einen Schlüssel?, fragte Kowalek.

– Nein, erklärte der Kommissar, aber wenn ich gehe, werfe ich die Tür zu.

– Wie Sie meinen. Jens Kowalek hob die Hand zum Abschied, und man konnte seine Erleichterung spüren, als er hinausging.

Der Kommissar hatte das unbestimmte Gefühl, dass der Sohn wegen etwas anderem gekommen war. Bestimmt würde er in ein paar Stunden wiederkommen, um es sich zu holen. So lange wollte er warten. Er inspizierte die kleine Kochnische, in der das abgewaschene Geschirr stand. Im Regal lagen Spiralnudeln, eine offene Packung Kekse, Mehl, etwas Zucker, Kägifret-Schokowaffeln, Katzenfutter und weißer Honig. Weißer Honig? Von Albinobienen? Der Kühlschrank war beinahe leer. Eine angebrochene Milchpackung, ein kleines Stück Butter. Alles wirkte aufgeräumt, so als ob die Wohnungsinhaberin mit ihrem Ende gerechnet hätte und alles geordnet hinterlassen wollte. Auf dem kleinen Tisch lagen immer noch ein paar Exemplare der »Rübenkönigin«. Daneben die roten Rosen im Packpapier, ziemlich verdorrt. *Eine Frau, die Blumen liebt, tötet man nicht.* Der Kommissar öffnete ein paar Laden und sah alte Bettwäsche, Blusen, Röcke. Alles wirkte alt und abgetragen. Auch die Schreibtischfächer waren nur halbvoll. Es war, als hätte jemand die wichtigsten Gegenstände mitgenommen. Groschen ging auf den Balkon und sah die grüne Gießkanne, schob sie von sich. Auf der braunen Wiese im Innenhof staksten ein paar Krähen, in der mächtigen kahlen Buche hing ein Spielzeughubschrauber. Er sah einen verrosteten Griller und ein zugedecktes Motorrad. Die Teppichklopferin war immer noch am Werk, und die Rothaarige im Bademantel rauchte. Bevor sie den Kommissar entdeckte und ihn wieder zu einem Reiberl einlud, ging er zurück in die Wohnung, ins Schlafzimmer. Er schob die blutige Bettdecke zur Seite, wunderte sich, weshalb die nicht auf DNA-Spuren untersucht wurde, und legte sich mitsamt seinen Schuhen und seiner braunen Lederjacke ins Bett. Erst jetzt fiel ihm auf, wie kalt es hier war. Er schloss die Augen und spürte, wie sich alles in ihm drehte. Bilder aus Sarajevo blitzten auf, Dragana, ihre Augenbrauen, die Autofahrt durch wilde Täler auf einer Straße so dünn wie ihre Zigaretten. Okay. Er versuchte sich auf seinen Fall zu konzentrieren, wollte das Gespräch mit dem Nachbarn nochmals durchgehen, aber je mehr er sich auf den Glatzkopf konzentrierte, Sturmi, doch kein zu Verhaftender, desto öfter scherten seine Gedanken aus, setzten sich in den Ford Mustang des Sohnes, sprachen mit der Bekannten, fuhren nach Banja Luka, sahen Todic, den Verleger und die San Francisco 49ers. Plötzlich war er in der Großen Freiheit, sah er die makellosen Körper junger Mädchen, sah, wie sie mit dem alten Schmalzl ins Bett gingen, wofür der Udo später sieben Jahre im Gefängnis brummte. Die »Tagespresse« hatte damals Stimmung gegen ihn gemacht. *Aber war es denn für eine Kommune, die eine neue Form des Zusammenlebens erprobte, alle gesellschaftlichen Normen über Bord warf, Privatbesitz und Zweierbeziehungen ablehnte, war es für so eine Gesellschaft denn nicht normal, mit Dreizehnjährigen ins Bett zu gehen? Ist das nicht in allen archaischen Gesellschaften so? Die Naturvölker möchte ich sehen, die die besten Jahre einfach herschenken. Nur in der westlichen bürgerlichen Gesellschaft wird gewartet, bis die Menschen sechzehn oder achtzehn sind, eine Ausbildung haben und das Wort »Familienplanung« aussprechen können, ohne dabei rot zu werden. Aber in so einer Kommune? War das überhaupt ein Missbrauch? So etwas ließ sich doch gar nicht vergleichen mit einem, der seine vierjährige Tochter missbrauchte, die dann einen lebenslangen Schaden hatte.* Nein! Das stimmt nicht, tauchte nun in diesem Dämmerzustand seine Frau auf und widersprach energisch. Missbrauch ist Missbrauch. Es ist auch eine Frechheit, dass man aus dem Gut der Großen Freiheit heute ein Museum macht. Stell dir vor, du bist eines dieser Kinder. Aber, wollte Groschen widersprechen, doch er wusste, wenn es um Fragen der politischen Korrektheit ging, um die Schwulenehe, die Emanzipation der Frau oder Wörter wie »Neger« oder »Eskimo«, zog er gegen seine Frau stets den Kürzeren. Am Ende musste er ihr immer recht geben, auch wenn sein Bauchgefühl nur selten überzeugt war. Groschen fiel in einen tiefen Schlaf. Er träumte, dass er nicht einschlafen könne. Sobald es gelang, wachte er auf.

DAS TABASCO-NIRWANA

Als Groschen die Augen öffnete, wusste er erst nicht, wo er war. Stumpfes Licht hüllte ihn ein, und er hörte leise Geräusche. Erst allmählich kam er zu sich, wusste wieder, er lag im Bett der toten Ernestine Papouschek, in einem Bett, in dem sich die ärgsten Szenen der »Rübenkönigin« abgespielt hatten, Stellen, in denen sie sich unten Kirschen oder Trauben hineinsteckte, die einer herausholte und aß. Szenen, in denen Kabelbinder und Hundeleinen zum Einsatz kamen, »Fifty Shades of Grey« auf Wienerisch. Der Kommissar empfand plötzlich einen Widerwillen, wollte diese Bettwäsche nicht berühren. Ganz egal, ob diese Szenen nun tatsächlich stattgefunden hatten oder erfunden waren, ihn ekelte.

Am liebsten wäre er aufgesprungen, aber seine Beine waren taub. Um die Blutzirkulation wieder in Gang zu bekommen, begann er, seine Füße zu drehen und die Zehen zu bewegen. Außerdem waren da Geräusche. Er sagte sich, es sind die typischen Geräusche in einem Gemeindebau. Schritte. Türen. Ein knarzender Türstock, Scharren. Nein, plötzlich war er sich sicher, jemand kramte herum. *Hier! In der Wohnung!* Man konnte deutlich hören, wie Laden auf und zu geschoben wurden, jemand die Kommode verrutschte, Schranktüren öffnete. War das der Sohn? Das Jenseblümchen?

Groschen wollte sich so lange still verhalten, bis der Eindringling gefunden hatte, wonach er suchte. Er versuchte flach zu atmen. Hatte er nicht eben noch im Schlaf einen langgedehnten Laut von sich gegeben? An seinem Kinn und am Kopfpolster waren dünne Speichelfäden. Nun machte er keinen Mucks, hörte er seinen eigenen Atem, sah zur Whiskyflasche, zum weißen Wandschrank, zur Tür. Alles war in feuchtes Nachmittagslicht getaucht. Da hörte er sich nähernde Schritte, jemand drückte die Türschnalle, öffnete. Sein Herz begann zu rasen, schlug an der Grenze zur Tachykardie. Die Türschnalle ging langsam nach unten, die Tür ging auf, und er lag hier völlig wehrlos, unbewaffnet. *Im Notfall kannst du nach der Flasche greifen, du kannst sie am Nachtkästchen zerschlagen und hast eine Waffe.*

Im Spalt tauchte ein Gesicht auf. Groschen rührte sich nicht, lag da wie tot und schien ein Teil der Einrichtung zu sein. Nur seine Augen glänzten. Als das der Eindringling sah, der sich erst völlig unbeschwert bewegt hatte, plötzlich aber die Last eines Blickes auf sich spürte, den Kommissar wohl erst für einen Toten hielt, dann für ein Gespenst, erstarrte er zu einem Eisblock.

In der Tür stand Otto Öttinger, der General. *Hier hinkts nach Stund.* Sein Gesichtsausdruck war eine Mischung aus Verzweiflung und Angst. Ein Schrei des Entsetzens steckte in seinem Mund. Ihm war, als würde er den Leibhaftigen sehen.

– Sie, griff er sich ans Herz. Wollen Sie mich zu Tode erschrecken. Sie. Sie Geist.

Wenn ein Mann in Panik gerät, kommt ihm die Logik abhanden. Und in Panik war Öttinger. Es verschwamm ihm alles vor den Augen, aber er hatte gar keine Zeit zusammenzubrechen oder vor Schreck in Ohnmacht zu fallen. Groschen war aufgesprungen und hatte sich auf seinen nun wieder wachen Beinen vor dem General aufgebaut. Er musterte ihn mit verächtlichem Blick. *Na? Überrascht?* Der General trug einen weißen Trenchcoat und hielt seinen Spazierstock mit Elfenbeinknauf in der Hand. Sein lichtes graues Haar war penibel gescheitelt. Ein Muster an Rechtschaffenheit.

– Und Sie, sagte der Kommissar. Was haben Sie hier verloren? Dann stimmt es also, was der Nachbar erzählt hat. Sie haben Ihre Freundin umgebracht und sind nachher von ihm ertappt worden.

– Nein. Das stimmt nicht, rang der General um Fassung. Ich … Er war so perplex, nicht einmal Kalauer fielen ihm jetzt ein. Stattdessen wich er zurück in die Garderobe und begann, Katzenhaare vom Kratzbaum zu klauben. *Typische Übersprungshandlung.*

– Ihre Labors werden herausfinden, dass die Puppi bereits tot war, als ich Montag früh in der Wohnung war, was ich gar nicht leugne. Es stimmt, ich war hier, und dieser tätowierte Rocker hat mich gesehen, wie ich auch ihn gesehen habe.

– Was hatten Sie hier zu suchen?

– Ja? Was eigentlich? … Ihr kleines Büchlein, sagte Öttinger mit brüchiger, stockender Stimme. Er hatte schon ein ganzes Büschel weicher Katzenhaare in der Hand und starrte den Kommissar nun an, als blicke er durch ihn hindurch. Die Worte kamen nur langsam aus ihm heraus. Ihre Abrechnungen. Sie müssen wissen, die Puppi … war eine penible Person, jemand, der alles verzeichnet, Ausgaben, Einnahmen, überaus korrekt. Und ich hatte sie … im Verdacht, sie unterschlägt mir etwas … Geld. In dem kleinen Büchlein ist alles verzeichnet. Leider konnte ich es nicht finden.

– Und da sind Sie rein zufällig kurz nach ihrer Ermordung hier gewesen?

– Ich wollte sehen, was los ist. Wieder klaubte er wie besessen Katzenhaare, was ihn wie einen Baumwollpflücker aussehen ließ.

– Wissen Sie, ich habe sie am Sonntagabend angerufen, wollte sie sehen, aber die Puppi, während sie wahrscheinlich mit ihrem Mörder zusammengesessen ist, hat mich abgekanzelt. Und da sie sich Montagfrüh nicht gemeldet hat, dachte ich, schaue ich einmal nach, was los ist. … Ich … Wie ich sie da auf dem Bett gesehen habe, ohne Augen, mit dem Kreuz im Rücken, hatte ich einen Anfall, Unterzucker, brauchte etwas Süßes, Zaubendrucker, ging zum Küchenregal, aß ein Kägi fret, da kam der Hund herein, dieses gackernde Monstrum, Adolf!, der Nachbar hinterher. Der hat mich gar nicht bemerkt, als er zur Kommode ging.

– Das soll ich glauben?

– Sie müssen!

– Haben nicht Sie die Puppi, die Ernestine Papouschek, umgebracht und das kuriose Bild der Leiche inszeniert, um den Verdacht auf andere zu lenken? Am nächsten Tag sind Sie dann zurückgekommen, weil Sie irgendetwas vergessen hatten, weil sie Spuren beseitigen wollten. *Mörder kommen immer zurück zum Tatort. Ein Klischee, aber es stimmt. Ein Kommissar weiß das – so wie das Krokodil weiß, dass die Antilopen zurück zur Wasserstelle kommen.* Und heute sind Sie noch einmal hergefahren, weil sie am Montag vom Nachbarn überrascht worden sind. Ist es nicht so?

– Tja, stöhnte der General. Dann werden Sie mich jetzt verhaften. Bitte. Er warf die Katzenhaare zurück auf den Kratzbaum und hielt dem Kommissar beide Hände hin, aber Groschen machte keine Anstalten, ihm Handschellen anzulegen.

– Sie legen ein Geständnis ab?

– Geständnis? Was denn noch? Warum sollte ich die Puppi umbringen? Warum sollte ich, wenn ich tatsächlich der Mörder wäre, die Tür offen lassen?

– Sie hatten einen Schlüssel?

– Ja, aber die Tür war offen … Überlegen Sie, Herr Kommissar, ich war an ihren Einnahmen beteiligt, auch wenn sie mich übers Ohr gehauen hat, war das immer noch recht einträglich.

– Weil Sie eine teure Leidenschaft haben, Herr Öttinger. Das Casino. Sie haben, wie unsere Recherchen ergeben haben, Unsummen verspielt. Sie hatten also ein Motiv.

– Tja, das stimmt leider, rollte der General mit den Augen und begann sich wieder mit den Haaren auf dem Kratzbaum zu beschäftigen. Spielen ist meine größte Freude. Dieser elektrisierende Kitzel, wenn … Also nehmen Sie mich fest?

– Vorläufig nicht, gähnte Groschen.

– Nicht? Er ließ alle Katzenhaare fallen. Trauen Sie mir keinen Mord zu? Der Alte war fast beleidigt, zog eine verspiegelte Sonnenbrille aus seinem Trenchcoat, setzte sie auf und glich plötzlich einem Kriegsverbrecher, der sich vor einem Tribunal zu verantworten hat.

– Das weiß ich nicht, unterdrückte Groschen ein weiteres Gähnen. Ich traue jedem einen Mord zu, auch mir selbst. Aber ich weiß nicht, ob Sie der Mörder sind. Der Kommissar konnte sich nicht helfen, aber er glaubte dem Alten, so wie er auch Todic und dem Nachbarn glaubte. Was war los mit ihm? Wurde er zu einem Menschenversteher? Jedenfalls irritierte ihn etwas, das er bei seinen bisherigen Überlegungen völlig außer Acht gelassen hatte, die Tür. Ein einfacher Schnappmechanismus, aber der Mörder hatte sie offen gelassen. Entweder weil er plötzlich in großer Eile war, oder weil er wollte, dass die Leiche bald gefunden würde. Auch das war höchst ungewöhnlich.

– Dann kann ich gehen? Der General trippelte unruhig von einem Bein auf das andere.

– Würden Sie mich zum Essen begleiten?, sagte Groschen. Ich habe heute noch nicht viel gegessen und würde mich gerne mit Ihnen unterhalten. Dass er erst vor zwei Stunden elf Brötchen verputzt hatte, schien er vergessen zu haben.

– Unterhalten? Der General hatte Schweißperlen auf der Stirn. Man sah ihm an, er hätte sich lieber 24 Stunden lang mit dem Kratzbaum beschäftigt, als sich mit dem Kommissar zu unterhalten, aber was blieb ihm übrig. Also sagte er:

– Schön. Um die Ecke ist ein exzellenter Inder.

– Ein Inder? Na ja, wieso nicht.

Einmal etwas anderes als der ewige Chinese.

Sie verließen den trostlosen Gemeindebau und gingen in ein kleines Lokal namens Nirwana. Im Inneren sah dieses Nirwana aus wie ein typisches Wiener Beisel mit groben, gedrechselten Holzmöbeln, ausgeschnittenen Herzen in den Lehnen, und einer kleinen Theke. An den Wänden hingen bunte Reklametafeln von Brauereien und alte Plattencovers: Little Richard, Chuck Berry, Muddy Waters, John Lee Hooker. B.B. King, Mississippi Fred McDowell. Die Lamperie war lasiert. Wären nicht ein paar verschweißte Bilder mit indischen Gerichten herumgelegen, man hätte glauben können, in einem typischen Wiener Tschecherl zu sein. Wahrscheinlich hatte der Inder das Lokal vom Vorbesitzer übernommen und alles so belassen, wie es war.

Eine hübsche junge Inderin brachte Speisekarten. Der General bestellte ein Glas Weißwein und ein Currygericht. Der Kommissar nahm dasselbe mit Bier.

– Aber das ist scharf, sagte Öttinger, der nun seine Sicherheit wiedergefunden hatte. Sehr scharf.

– Ich werde schon nicht sterben, schnalzte Groschen mit der Zunge.

– Aber das ist richtig scharf. Sagen Sie später nicht, ich hätte Sie nicht gewarnt. Ich bin das gewohnt, habe mal in Indien gelebt.

– Wollen Sie europäisch scharf oder indisch scharf, mischte sich nun auch die Kellnerin ein.

– Wenn schon, dann indisch, wollte Groschen der hübschen Dame, die mit einem hennafarbenen Sari bekleidet war und einen roten Punkt an der Stirn trug, imponieren.

– Wussten Sie, dass man neuerdings Chili ins Vogelfutter gibt?, sagte der General, während er in seiner Bauchtasche herumkramte. Das macht man, weil die Schmerzrezeptoren der Vögel auf Capsaicin nicht reagieren. Die können so viel Chili essen, wie sie wollen. Während alle anderen Tiere, zum

Beispiel Eichhörnchen, einmal vom Vogelfutter kosten und dann nie wieder. Er hatte eine kleine Nadel ausgepackt, mit der er sich in den Finger stach, und während er den Blutstropfen mit einem Messstreifen auffing, führte er weiter aus: Ich habe früher selbst Chilis gezüchtet, den Habanero, der ist auf der Scoville-Skala tausendmal so scharf wie zum Bleistift eine Tabascosauce. Mit einem Bruchteil dieser Schärfe macht man Pfefferspray. Chilis kann ich essen, so viel ich will, sagte der General, entblößte seinen weißen Bauch und drückte eine kleine präparierte Insulinspritze in das weiche Fleisch. Dafür muss ich wie alle Diabetiker mit dem Zucker aufpassen. Außerdem vertrage ich keine Pilze.

Die Kellnerin brachte die Getränke, und die beiden Gäste, sie waren die einzigen in dem Lokal, tranken ohne anzustoßen.

– Und? Glauben Sie, ich bin der Mörder? Der General, er hatte sich seine Sonnenbrille auf die Stirn geschoben, sah ihn mit starren Augen an.

– Ich weiß wirklich nicht, was ich von der Sache halten soll.

– Was ist mit dem Verdächtigen, diesem Bosnier?

– Todic? Der war es nicht.

– Was macht sie da so sicher?

– Mein Instinkt.

– Ohoho, lachte der General, ein Instinktschnüffler. Um eines möchte ich Sie bitten, der Alte sprach nun mit leiser Stimme: Weil es sowieso irgendwann herauskommt, ich habe nicht nur die Spielsucht, sondern auch sonst noch ein kleines Laster … Seine knochige Hand, aus der sich dicke Adern absetzten, zeichnete eine Kurve in die Luft.

– Eine Freundin?

Der General nickte.

– Die Swintha. Ich wollte Sie bitten, lassen Sie die in Ruhe, die hat mit der Sache nichts zu tun. Meinetwegen krempeln

Sie mein bisheriges Leben um, aber bitte lassen Sie die Swintha raus.

Da brachte die Kellnerin das Essen, eine große Platte mit Reis und diversen Curry-Saucen, in denen Fleischstücke schwammen. Öttinger löffelte das Zeug sofort in sich hinein und gab schmatzende Beifallskundgebungen von sich. Groschen wollte vorsichtshalber nur einen kleinen Bissen probieren, führte einen halbvollen Löffel zum Mund, aß ihn und wusste plötzlich, was die Inder unter scharf verstanden. Es trieb ihm das Wasser aus den Augen, er wollte schreien vor Schmerzen, aber seine Kehle war bis in den Magen wie verätzt. *Bist du wahnsinnig! Das ist. Das ist. Hölle!* Es war, als hätte man ihm einen Flammenwerfer in den Mund gesteckt, grauenvoll. Die Speiseröhre fühlte sich verätzt an. Jetzt fing es auch in seinem Magen an zu stechen, als würde dort ein mit Messern und Motorsägen bewaffneter Tausendfüßler wüten. Groschen trank das Bier, hatte aber das Gefühl, damit verteile sich der Schmerz nur noch mehr, gelange so ins Blut und damit unter seine Haut. Ein einziges Brennen füllte ihn aus, als wäre jedes einzelne Molekül seines Körpers in einem Hochofen gelandet. Er hatte den Mund offen und hechelte. Durch die verheulten Augen sah er, wie die Kellnerin angerannt kam und versuchte, ihn mit Milch und Brot zu trösten.

– Sehen Sie, sagte der General, das ist scharf. Ein Freund von mir hat einmal gewettet, eine ganze Tabascoflasche trinken zu können … wäre fast gestorben, fiel in Ohnmacht … musste wiederbelebt werden.

Hhhhhhhhhhhhhhhhhhhh!

Der Kommissar spürte sein Herz rasen. Er musste sich auf den Boden legen und glaubte zu sterben. *Bist du wahnsinnig! Das hast du notwendig gehabt.* Hätte er etwas sagen können, sein erster Ruf wäre »Hilfe! Rettung!« gewesen.

Hhhhhhhhhhhhhhhhhhhh!

– Ach, das wird schon wieder, aß Öttinger ungerührt weiter. Jedes Eichhörnchen, das Vogelfutter isst, macht das durch.

Aber nichts wurde wieder, Groschen glaubte, seine Augen würden aus ihren Höhlen hüpfen. Halbblind, wie er war, ließ er sich von der Inderin auf die Toilette führen und spülte eine halbe Stunde lang die Augen. *Die sind verrückt! Ich bin verrückt! Das müsste man verbieten. Da regt man sich über Witwenverbrennungen auf, aber das … ist viel, viel schlimmer.* Als sich alles wieder etwas beruhigt hatte, verrichtete er sein kleines Geschäft, was sich als weiterer grober Fehler herausstellte, kamen doch dadurch seine intimsten Schleimhäute mit irgendwelchen Chilipartikeln in Berührung, er glaubte, sein Penis würde verbrennen. Burning man. *Ahhhhhhh!* In seiner Not wickelte er ein feuchtes Handtuch herum. Genau in dem Moment kam die Kellnerin und fragte, ob alles in Ordnung sei. Als sie den Turban zwischen Groschens Beinen sah, musste sie lachen. Der Kommissar aber war wie von Sinnen. *Was gibt es da zu lachen? Die hält mich wohl für einen Fakir.*

Als er eine weitere Viertelstunde später zurück in das Lokal tapste, war der General bereits gegangen. Groschen bemühte sich zu lächeln und verlangte seine Rechnung. Während die Inderin umständlich auf einen Block kritzelte, betrachtete er die Plattencovers und dachte, jetzt erstmals in seinem Leben verstand er den Blues, den undefinierbaren, aber schier unendlichen Schmerz, der die Menschen in finstere Katakomben ihres Daseins flüchten ließ, um eine Ahnung von Mond anzuheulen.

Draußen war es kalt, windig und finster. Das schwache orange Licht der Straßenbeleuchtung verlieh der menschenleeren Straße eine melancholische Stimmung. Groschen schwitzte und fror zugleich. Die von seinen Gedärmen bis in den Kopf gespannten Saiten einer Bluesgitarre wurden geschlagen.

You gotta move. Er hatte das Gefühl, dass es hier vor hundert, zweihundert Jahren nicht anders gewesen war, und auch in hundert Jahren würde es so sein, trostlos. *You gotta move*. Er ging noch einmal zum Gemeindebau und sah, wie gerade jemand aus der Tür kam. *Schau einer an. Das gibt es nicht*. Jens Kowalek! Er hatte einen schweren Pelzmantel in der Hand.

– Für meine Bekannte, wissen Sie, stammelte der Ertappte. Hat ja sonst niemand Verwendung, und die Stulpnagel … Er sah den Kommissar an und bemerkte die roten Augen. Chili, kam wie aus der Pistole geschossen. Das Jenseblümchen blühte auf:

– Sie waren beim Inder. Ich habe auch einmal Chilis gezüchtet, die schärfsten Chilis der Welt, das war ein gutes Geschäftsmodell, jetzt, wo es Chilischokolade und Chilibier und Chilifrühstücksflocken gibt, aber leider habe ich die Gewürzmafia unterschätzt. Chili verdirbt ja nicht, wenn man ihn trocknet. Habe Wettessen veranstaltet und eine Miss Chili gekürt, leider ist die Firma bankrottgegangen, bevor ich mein Chilieis auf den Markt bringen konnte. Das hätte eingeschlagen wie eine Bombe … besser als Viagra!

– Schon recht, sagte Groschen und dachte, das war es also. Einen Pelzmantel wollte er ergattern. Diese Menschen! Kaum ist einer unter der Erde oder in der Gefriertruhe, wird auch schon sein Hab und Gut verteilt. *You gotta move*.

Da er kein Taxi sah, ging der Kommissar zur nächsten Straßenbahnstation. Auf der Verkehrsinsel standen einige schwarzgekleidete Menschen, deren Gesichter bleich und missmutig wirkten. Der einzig farbige Punkt war ein dunkelhäutiger Zeitungsverkäufer, dessen Lachen alles erhellte. »Tagespresse« stand in weißen Lettern auf dem roten Quadrat seiner knallgelben Jacke. Der Kommissar hatte es immer befremdlich gefunden, dass ausgerechnet jene Zeitung, die am meisten gegen Fremde und Immigranten polemisierte, ausschließlich von dunkelhäutigen Kolporteuren angepriesen wurde, von Indern, Pakistanis oder Ägyptern. Das war so, als würde ein zu Tode Verurteilter den über ihn gefällten Schuldspruch unter die Leute bringen.

Groschen kaufte eine Abendausgabe und stieg in die gerade einfahrende Straßenbahn. Die Schlagzeilen sprachen von Korruptionsskandalen, von der Wirtschaftskrise und von Bankenpleiten. Der Trainer der Nationalmannschaft war zurückgetreten, die heilende Wirkung von Zitronenschalen wurde propagiert, und Prominente verrieten ihre Punschrezepte. Im Chronikteil war die Rede von einem Banküberfall in Margareten, die Mörder der Detmolder Touristen waren abgebildet, typische Junkies mit greisenhaften Crystal-Meth-Gesichtern, und dann, Groschen blätterte um und erschauderte: Er blickte sich selbst entgegen. Ein äußerst unvorteilhaftes Bild, das ihn wesentlich dicker zeigte, als er war. *Außerdem von unten. So ein Doppelkinn habe ich doch gar nicht.* »Todic narrt die Polizei« stand als Überschrift zu lesen. Weiters hieß es: »So wird unser Steuergeld verschleudert. Kommissar Groschen fliegt zu seinem Privatvergnügen nach Sarajevo, hält es aber nicht für notwendig, den gesuchten Frauenmörder Tode Todic festzunehmen.« *Privatvergnügen? So ein Unsinn.* »Die Wiener Polizei versagt auf ganzer Linie. Staatsanwalt Döblinger, eben erst mit dem Silbernen Ehrenzeichen der Stadt Wien ausgezeichnet, tobt. Wie wir aus gut unterrichteten Kreisen wissen, hat sich der zuständige Kommissar Falt Groschen von dem des Mordes verdächtigten Todic übers Ohr hauen lassen. Dabei ist falsches Mitleid fehl am Platz. Wir fragen, wie lange können wir uns Kommissar Groschen noch leisten?«

Das schlug ein wie der Blitz. Groschen zuckte zusammen. Es wurde also an seinem Stuhl gesägt. Lang würde es nicht mehr dauern, bis man ihn von diesem Fall abzog. Der Kommissar blickte sich um. Er hatte das Gefühl, die anderen

Straßenbahnpassagiere würden ihn feindselig beobachten. Bestimmt kannten alle diesen reißerischen Artikel und fragten sich nun ebenso wie der Artikelschreiber, wie lange er noch tragbar war. Am liebsten wäre er aufgesprungen und hätte gebrüllt: »Hier bin ich, sägt mich ab, schickt mich in die Wüste!«, aber er beherrschte sich und vergrub sich in der Zeitung. *Es ist aus. Man wird mit dem Finger auf mich zeigen. Mütter werden ihren Kindern sagen, Schau, das ist der, der unser Steuergeld verprasst. Man braucht ja immer Schuldige, und wenn die Verantwortlichen der Bankenskandale, Firmenpleiten und Wirtschaftskrisen nicht zu fassen sind, muss eben ein kleiner Kommissar herhalten. Dann spielt es keine Rolle, ob es um Milliarden geht oder um einen Billigflug nach Sarajevo. Dann geht es ums Prinzip. Schau, da ist dieser asoziale Polizist, der uns betrogen hat. Spuck ihn an. Wirf einen Stein auf ihn.*

Er stellte den Kragen seiner Jacke auf und vergrub sich darin bis zur Nase. Am Schottentor stieg er aus und kaufte sich bei einem Maronibrater eine Portion heißer Edelkastanien, die er gleichgültig verschlang, während er über seine düstere Zukunft sinnierte. Die Presse würde keine Ruhe geben, ehe er nicht von dem Fall abgezogen war. Man würde ihn aus der Schusslinie nehmen müssen, ihn beurlauben oder gleich in Frühpension schicken. In jedem Fall war seine glänzende Karriere damit zu Ende. Nun war er endgültig im Blues.

Trübsinnig ging er in Richtung zweiter Bezirk, vorbei am Juridikum und der Börse. Im ehemaligen Fetzenviertel, da, wo früher jüdische Tuchhändler ihre Geschäfte hatten, hörte er Schritte hinter sich, spürte sie näher kommen. Ein Verfolger? War an den Drohbriefen doch etwas dran? Gab es schon Menschen, die, aufgehetzt von diesem Artikel, ihm an den Kragen wollten? Nein, bestimmt nicht. Der Österreicher ist bequem und friedlich, neigt nicht zur Gewalt. Und der Drohbriefschreiber war nur ein Verrückter, der ein Ventil suchte. Wien war eine sichere Stadt, hier war die Gewalt heimtückischer, hinterfotziger. Die Schritte kamen aber näher. Groschen spürte, wie ihm jemand dicht auf den Fersen war, wie ihm die Kehle enger wurde, er sah einen Schatten, wollte sich umdrehen, blieb stehen, wandte seinen Kopf, da machte es Rmmmms. Ein dumpfer Schlag, ein Stich. Schmerz war in seiner Stirn, breitete sich aus, füllte den Kopf, den Körper, Schmerz! Anders als beim Inder. Ein Glockenschlag, nur dass er der Klöppel war. Alles in ihm tönte. Die Beine wurden schwach, er sank zusammen und hörte das Geräusch eines hölzernen Gegenstandes, der zu Boden fiel, dann folgte etwas Größeres, ein Plumps, er selbst fiel auf das Pflaster. Langsam. Es dauerte eine Ewigkeit, bis er aufschlug. Er hatte Zeit, sich jeden Kieselstein und jeden Zigarettenstummel einzuprägen, während er darauf zuflog. Er hatte Zeit, einen im Asphalt eingelassenen »Stolperstein« zu bewundern. Das waren kleine Gedenksteine mit quadratischer Messingtafel, worauf Namen ehemaliger Bewohner standen, die im Nazireich deportiert, vertrieben oder getötet worden waren. Er las einen Namen, »Hein Sensenmann« stand da auf der Tafel, und Groschen konnte nur noch einen Gedanken fassen: Aus. Man hatte ihn erschossen. Der Sensenmann hatte ihn geholt. So also war das Sterben – wie ein Eintauchen in Wasser, ein langsames Versinken. Kein dumpfes Entsetzen, keine Panik, nur eine unendlich gedehnte Langsamkeit. Plötzlich war alles unglaublich träge und wie in Zeitlupe ... Die Sinne schwanden, er ging unter. Eine wohlige Wärme hüllte ihn ein.

Als er wieder zu sich kam, fror er. Weit entfernte Stimmen waren zu hören. *You gotta move.* Verschwommene Bilder, wie wenn man beim Augenarzt durch falsche Linsen blickt. Sie wurden klarer, schärfer. Jetzt sah er, Menschen eilten vorbei, hielten ihn für einen Obdachlosen, der hier schlief. *Hallo. Ich.*

In manchen Städten kümmert man sich um Verletzte, Wien gehört nicht dazu. Hier kann man verbluten, und niemand schert sich darum. Groschen fühlte sich wie erschlagen. Er rappelte sich hoch, immer noch den dumpfen Schmerz im Kopf. Dann war er also nicht erschossen worden. Er griff sich an die Stirn, sah Tomatensaft an seinen Fingern, Tomatensaft auf seiner Jacke, Tomatensaft auf dem Boden. *Das heißt Paradeiser, nicht Tomaten. Aber. Das ist etwas anderes. Blut! Mein Blut.* Da lag noch etwas, ein blutverschmierter Schnitzelklopfer. Damit hatte man ihn also außer Gefecht gesetzt. Nur gut, dass seine Wohnung nicht sehr weit entfernt war.

Zu Hause öffnete ihm seine Frau. Sie trug eine Art Hosenanzug und strahlte über das ganze Gesicht. Also wusste sie noch nichts von dem Artikel.

– Hello, sagte sie, ohne ihn anzusehen.

– Sprich Deutsch, entgegnete der Kommissar.

Als sie Groschens missmutige Stimme hörte, wusste sie sofort um seine schlechte Laune.

– Gibt es das Huhn mit Fenchel, das du mir versprochen hast?

– Nein, weißt du, ich habe ein paar Freundinnen eingeladen. Es gibt eine kalte Jause, ich war am Markt und habe …

– Du hast was? Freundinnen? Hierher? Groschen war wie vor den Kopf geschlagen, noch einmal. Wenn er jetzt etwas gar nicht brauchen konnte, dann Besuch.

– Nur weil du dich wie ein Autist benimmst, war die Laune seiner Frau sofort ins Gegenteil umgeschlagen, muss ich nicht auch wie ein Einsiedler leben. Nur weil du menschenscheu bist, keifte sie ihn an, muss ich nicht mein ganzes soziales Leben einstellen. Nur weil du das Phlegma einer gemütskranken Tiefseequalle hast … Aber was hast du da in der Hand? Einen Schnitzelklopfer? Willst du kochen? Und da? Was ist denn mit dir los? Bist ja ganz blutig. Hast du dich geschlagen?

– Nur ein Kratzer, winkte Groschen ab, sah in den Spiegel, bemerkte rostrote Blutkrusten in seinem Gesicht. Nachdem er sie abgewaschen hatte, blieb nur eine kleine Platzwunde an der Stirn.

– Man wird dich noch umbringen.

Groschen wusste, es hatte keinen Sinn, mit ihr zu diskutieren. Er nahm sich ein Bier, setzte sich in seinen Fauteuil und sah seiner Frau zu, wie sie luftgetrockneten Schinken, eine Käseplatte, Pasteten und noch so einige Leckerbissen auf den Tisch stellte.

– Mach wenigstens den Wein auf, reichte sie ihm eine Flasche Roten. Und gib den Schnitzelklopfer weg. Der Kommissar machte ein missmutiges Gesicht. Er dachte an seinen Fall, das indische Essen, den heimtückischen Anschlag, den Zeitungsartikel und seine bevorstehende Degradierung. Heute war nicht sein Tag. Wie hatte der Sohn gesagt? Astrologie! Aber heute mussten die Sterne besonders ungünstig stehen.

Wenig später trudelten die Freundinnen seiner Frau ein. Da war Trixi, die Psychologin, Onka, die Schneiderin, und Ella, die einen reichen Arzt geheiratet hatte. Kaum waren sie in der Wohnung, begann ein aufgeregtes Geschnatter und Gekichere. Der Kommissar bemühte sich, freundlich zu sein, konnte aber seine schlechte Laune kaum verbergen. Die Damen schien das nicht zu stören. Sie aßen und tranken und lachten. Trixi, die, wie sie selbst sagte, von ihrer polnischen Putzfrau nur Drecksi genannt wurde, erzählte von einem Kochseminar, das sie kürzlich bei einem Haubenkoch belegt hatte, von Tafelspitz in Bärlauchkruste, flambierten Mürbteigschüsserln und selbstgemachten Bandnudeln, die ihr etwas zu wässrig gerieten und zusammenklebten, weshalb sie sie auf einen Wäschetrockner hängen musste.

– Und gebügelt hast du sie nicht? Das war Onka, die eigentlich Veronika hieß.

– Nein, lachte Trixi. Das nächste Seminar ist bei einem Asiaten. Da gibt es dann panierte Spinnweben, knusprige Schlangenköpfe und panierten Fischlaich.

– Mich interessiert nur, wie man einen Schweinsbraten richtig macht, damit das Schwartl nicht zu hart und trotzdem knusprig wird. Das kam von Ella, deren richtiger Name Michaela war.

Beim Wort »Schweinsbraten« erwachten Groschens Lebensgeister. Schweinsbraten war etwas, das man nur in Oberösterreich und Bayern beherrschte, vielleicht noch in Salzburg. Die Wiener machten ihn ohne Speckschwarte, wodurch das Wesentliche, nämlich die sagenumwobene Kruste, fehlte. Außerdem konnte kaum ein Wiener warmen Krautsalat zubereiten, schon gar nicht Groschens Frau, die zwar eine Vorliebe für Innereien hatte, für Leber, Nieren und Hirn, sonst aber am liebsten Gemüse mit Tom-Yum-Paste aß.

Schweinsbraten? Wenn ich den Schnitzelklopfer-Attentäter finde, werde ich Schweinsbraten aus ihm machen.

Er verließ seinen Fauteuil und nahm am Tisch inmitten der Damenrunde Platz, um vom Käse und den Pasteten zu kosten. *Zwar kein Schweinsbraten, aber nicht so schlecht.* Schon wenig später erzählte er von Sarajevo, Banja Luka und warum er Todic nicht verhaftet hatte. Er verglich die Arbeit eines Kriminalkommissars mit der des Netzknüpfens. Ständig greift man nach Fäden, von denen manche halten, während andere lose sind. Dauernd entdeckt man Löcher, durch die jede Wahrheit entschlüpfen kann, aber irgendwann ist das Netz so stark und dicht, dass man damit die Lösung unweigerlich an Land zieht. Er unterhielt nun die ganze Runde, ließ sich sogar hinreißen, von Prometheus Tinti, dem weißhaarigen Hautarzt, zu erzählen, der sich einbildete, seine Exfreundin wäre nicht mehr sie selbst.

– Erstaunlich, sagte Groschens Frau, welche Konstrukte der

Selbstbelügung manche erschaffen, um morgens in den Spiegel blicken zu können. Der Kommissar hörte an ihrem Unterton, das ging gegen ihn, gegen seine Launenhaftigkeit. Zuerst war er unleidlich und mürrisch, dann, wenn er genug geschmollt und einiges getrunken hatte, riss er die Unterhaltung an sich. Warum konnte er nicht normal sein? Warum musste sich immer alles um ihn drehen? Als er aber die Wobisch erwähnte, von ihren Verfolgungsängsten erzählte, brach es aus ihr, die ein erstaunliches Wissen über Menschen des öffentlichen Lebens hatte, förmlich heraus:

– Mignon Wobisch! Eigentlich heißt sie Irmgard, Mignon ist nur ihr Künstlername. Es heißt, sie hat sich hinaufgeschlafen. Aber das glaube ich nicht. Mit wem sollte die sich hinaufgeschlafen haben? Mit dem Herbert Prikopa? Alle lachten, weil sie sich die zierliche Schauspielerin und den beleibten Opernsänger vorstellten. Trixi wurde vom Lachen derart geschüttelt, dass ihr ein Fürzchen auskam.

– Drecksi, lachte Ella, und Onka zitierte Georg Friedrich Händel:

– Beruhigt euch, ihr Winde, seid still, weil meine Seele in Frieden sein will. Wieder glucksten alle, nur Frau Groschen war noch immer bei der Schauspielerin:

– Die Wobisch war eine Weile immer wieder in der Zeitung, weil sie ihr Freund verprügelt hatte. *Gary Glibber!* Blaue Augen, Knochenbrüche, ein verschwollenes Gesicht. Einmal musste sie deshalb sogar ihre Rolle bei den Salzburger Festspielen zurücklegen. Sie hätte die Buhlschaft im »Jedermann« spielen sollen, aber mit einem gebrochenen Kiefer und einer Halswirbelfraktur … Sie wäre die erste Buhlschaft mit Nackenstütze gewesen.

Die anderen glucksten, Groschen aber sah die Augen der Wobisch, Opferaugen, die *schlag mich, schlag mich* riefen, und dachte, gut, dass seine Frau einfacher gestrickt war. Die hatte zwar auch neurotische Züge und einen Hang zur Rechthaberei, aber Schläge als Liebesbeweis brauchte sie nun wirklich nicht. Noch immer war sie am Wort:

– Später hat die Mignon ihre Schönheitsoperationen öffentlich gemacht. Na ja, jetzt sieht sie aus, als ob sie ihre eigene Karikatur wäre. Habt ihr gewusst, dass sie in den siebziger Jahren in dieser Kommune gewesen ist?

– Beim Schmalzl?

– Die Wobisch?

Und während in Groschens Kopf diese Information erst einmal verarbeitet werden musste, debattierten die vier Damen über diese Schmalzl-Kommune, deren Gründer, Udo Schmalzl, durch die sogenannte Uni-Ferkelei berühmt geworden war. Damals, es musste 1968 oder 1969 gewesen sein, hatten einige Wiener Aktionisten im Audimax der Uni Wien eine Performance veranstaltet, bei der sich welche auspeitschen ließen, während andere Manifeste verlasen oder unter dem Absingen der Nationalhymne auf das Katheder koteten. Das gab nicht nur einen Riesenhaufen, sondern auch ein Riesenaufsehen. Vor allem die »Tagespresse« machte daraus einen Skandal und gab keine Ruhe, bis nicht allen Beteiligten der Prozess gemacht wurde. Ein Schock für die damaligen Bürger, ein Anschlag auf den guten Geschmack. Etwas später hatte Udo Schmalzl dann seine Kommune gegründet, die im Gegensatz zu den Berliner oder Pariser Kommunen aber nicht politisch war, sondern die freie Sexualität verkündete.

– Bald haben sie die Zweicrbeziehung und das Privateigentum abgeschafft. Das kam aus Drecksi, einer recht aparten Erscheinung, sofern sie nicht gerade furzte. Sie hatte sich mit diesem Gesellschaftsmodell eingehender beschäftigt. Ihre Augen funkelten, und sie konnte nicht verhehlen, eine gewisse Sympathie für die Schmalzl-Kommune zu empfinden.

Immerhin wollten die eine neue Form des Zusammenlebens: gewaltfrei, aggressionslos, kreativ.

– War das nicht eine Sekte? Onka, die Schneiderin, blieb skeptisch.

– Sie wollten ihre autoritäre Elterngeneration überwinden, sich von deren Nazi-Gedankengut befreien. Sie wollten frei sein, sich an keine Konventionen halten.

– Und haben gelebt wie ein archaischer Stamm in Papa-Neuguinea?

Wie ein archaischer Stamm, dachte es in Groschen. *Hast du das nicht heute schon einmal gehört? Nein, das war im Halbschlaf in dem Bett der Papouschek.*

– Abends fanden immer Selbstdarstellungsabende statt, ich habe das in einem Film gesehen. Da wurde geschrien und gesungen, getrommelt und getanzt. Am Ende waren immer alle nackt. So wollten sie ihren Panzer, wie sie das nannten, aufbrechen. Die Kinder wurden von allen erzogen, es gab keine Väter. Niemand wusste, wer der Erzeuger war.

– Verbrecher, sagte Groschens Frau mit zischender Stimme. Die haben die Kinder missbraucht.

Ich wusste es, das musste kommen.

– Na ja, missbraucht? Das ist übertrieben.

– Was denn sonst? Die Mädchen mussten mit dem Schmalzl schlafen und die Burschen mit der ersten Frau der Hierarchie. Widerlich.

– Interessant, hauchte Groschen und rechnete, ob nicht auch das Jenseblümchen, der Sohn der Papouschek, in dieser Kommunenzeit geboren war?

– Sie haben nach neuen Formen des Zusammenlebens gesucht. Drecksi-Trixi bemühte sich um Relativierung, aber Groschens Frau war in ihrem Urteil unerbittlich.

Na bitte. War ja klar.

– Schon die armen Kinder. Wenn sie nicht mitmachten,

wurden sie vor allen gedemütigt. Kaltes Wasser wurde ihnen über den Kopf geschüttet.

– Tja, gestand Drecksi-Trixi, irgendetwas ist falsch gelaufen. Man gab dem Udo zu viel Macht. Und er hat das ausgenutzt. Alle mussten sich anpassen, wurden zu Mitläufern erzogen.

– Noch einen Wein für die Damen? Groschen war aufgestanden und hatte eine Flasche Weißen geholt. Aber da die Gläser der anderen noch ziemlich voll waren, konnte er nur sich selbst einschenken. Der Rote ist leider aus, fügte er erklärend hinzu. Aber das ist ein Riesling aus Retz, dort hat man den Retsina erfunden. Er lachte, nahm einen kräftigen Schluck und ließ sich zurück in seinen Sitz fallen. Das Thema begann ihn zu interessieren. Aber die Konversation hatte sich bereits weiterbewegt, war bei irgendwelchen Tratschgeschichten angelangt. Und sosehr sich der Kommissar auch bemühte, die Rede wieder auf die Schmalzl-Kommune zu bringen, gelang es ihm bloß noch zu erfahren, dass gegen Ende, als die »Tagespresse« triumphierte, man nach wochenlanger Medienhetze Udo Schmalzl des sexuellen Missbrauchs Minderjähriger anklagte, alle Tagebücher eingesammelt, verbrannt und zu Aschebildern verarbeitet worden waren. Dann löste sich die Kommune auf, begannen die Vaterschaftstests, mussten die Kommunarden zurück in ein normales Leben finden. Gleichzeitig stiegen die Preise für Schmalzl-Bilder ins Unermessliche.

Die Gespräche aber waren mittlerweile bei Filmen und Vorabendserien angelangt, bei Büstenhaltermoden und Ausverkäufen, alles Themen, bei denen der Kommissar nicht mitreden konnte. Seine Augen begannen schwer zu werden, und während er Bilder von nackten Kommunarden sah, die am Feld arbeiteten oder eine Mischmaschine bedienten, hörte er Preisvergleiche und Filmkritiken. Als er wieder zu sich kam, waren Trixi, Ella und Onka schon gegangen. Seine Frau war dabei, den Tisch abzuräumen. Das Klirren der Teller und Gläser schien ihn geweckt zu haben. Als sie seine leicht geöffneten, blinzelnden Augen sah, lächelte sie und sagte:

– Na, alter Kommunarde, heute noch Lust auf sexuelle Befreiung?

DIE ASCHENFRAU

Als sich Groschen am nächsten Morgen die Augen rieb, war es draußen schon hell, aber nicht mehr verwaschen grau. Die Stadt strahlte wie eine Braut im neuen Kleid. Es hatte geschneit. Alles hatte etwas Frisches, Junges. Er sah zum Fenster hinaus und erkannte strahlende Gesichter. Schulkinder versuchten, aus dem bisschen Schnee Bälle zu formen, was kaum möglich war.

Der Kommissar lächelte. Ein süßlicher Geruch erfüllte seine Nase, und als er ihm nachging, kam er in die Küche, wo seine Frau völlig unbekleidet stand und Eier mit Speck brutzelte.

– Kaffee steht am Tisch. Daneben lag die Zeitung, aber so fröhlich wie seine Frau war, konnte sie unmöglich den Hetz-Artikel gelesen haben. Der Kommissar setzte sich, trank den frisch gepressten Orangensaft und sah zu, wie sie ihm Speck und Eier auf den Teller rutschen ließ. Sie gab ihm einen Kuss und sagte völlig unvermittelt:

– Ob wir uns Kommissar Groschen noch leisten können? Diese Idioten.

– Dann hast du es gelesen?

– Mach dir nichts daraus. Das ist morgen wieder vergessen.

– Morgen bin ich vielleicht auch schon …

– Blödsinn! Hau rein, sagte seine Frau. Und pass besser auf dich auf. Sie warf einen Blick auf den Schnitzelklopfer, der immer noch blutig auf dem Küchentisch lag.

– Und du?

– Ich habe schon gefrühstückt. Nackt, wie sie war, nein, sie hatte dicke bunte Socken an, sonst aber war sie vollkommen unbekleidet, begann sie, den Geschirrspüler auszuräumen. Sie liebte es, so in der Wohnung herumzulaufen, aber das hatte nichts mit sexueller Befreiung zu tun, sie fühlte sich so einfach wohl. Außerdem würde sie bestimmt bald wieder in die Badewanne steigen.

Groschen, dessen Hirn noch kalt war wie ein Motor, der nicht ansprang, aß gedankenlos sein Frühstück, zog seine Straßenkleidung an und hörte die wohlmeinenden Sätze seiner Frau, die davon sprach, dass nichts so heiß gegessen wie gekocht würde, man nicht auf ihn verzichten könne, er doch das Herz der Wiener Kriminalpolizei sei, höhere Beamte auf so dumme Zeitungskommentare nichts geben würden …

Du kennst den Döblinger nicht. Doch, du kennst ihn, aber du weißt nicht, wie sehr er mich verachtet.

Stumm machte er sich in Richtung Vorlaufstraße auf.

– Nimm einen Schal, rief sie ihm hinterher. Oder einen Hut. Aber er reagierte nicht.

Der mit dünner Schneeschicht bedeckte Boden war gefroren, und wenn man nicht aufpasste, lag man schneller, als einem lieb war. *Jetzt noch ein Beckenbruch, dann ist alles beisammen.* Groschen sah vergnügte Gemeindebedienstete, die mit Handkarren unterwegs waren und Salz streuten, sogar ein Schneepflug ratterte durch die Straße. Vom Himmel fielen dicke Schneeflocken, und der Donaukanal hatte sich in eine idyllische Winterlandschaft verwandelt. Allen Menschen schien der Schnee ein Lächeln ins Gesichter zu zaubern, wahrscheinlich weil sie sich an ihre Kindheit zurückerinnert fühlten. Nur Groschen war mürrisch, reagierte auf die Begrüßung des Portiers nur mit einem leisen Brummen, ließ sich auch von der heiteren Unbeschwertheit der Inspektoren und Bürodiener, die ihm in der Vorlaufstraße entgegenkamen, nicht anstecken, wollte sich sogleich in sein Büro zurückziehen. Aber da kam Gordon Zwilling angerannt. Er hatte ein Stück zusammengefaltete Pizza in der Hand. Der kleine cholerische Inspektor war aufgeregt, bat den Kommissar mitzukommen. Aber er zeigte ihm nicht etwa die Zeitung mit dem Artikel, auch nicht die Essensration für den heutigen Tag, sondern seinen Computer.

– Hier, Chef, sehen Sie sich das an.

Groschen sah ein Bild des österreichischen Bundespräsidenten und dachte einen Moment lang, der braucht keine Leibwächter, räumt mit seinen buschigen Augenbrauen alles zur Seite. Es war ein Bild des Staatsoberhauptes inmitten von Soldaten. »Bundeskriminalstelle für Internetkriminalität« stand darüber. Sie werden beschuldigt, illegale Filme angesehen zu haben, Kinderpornographie oder sonstige verbotene Inhalte. Es kann auch sein, dass von Ihrem Computer Spam-Mails versandt worden sind. Daher wurde er gesperrt ... Wenn Sie innerhalb von 48 Stunden hundert Euro bezahlen, sind wir bereit ... Der Kommissar musste lachen.

– Schaust du manchmal Pornos?

Gordon blickte verlegen zu Boden.

– Was machst du so ein Gesicht. Glaubst du im Ernst, der Präsident ... Das ist ein Virus.

– Ja, aber, wenn man draufkommt ... alleine bekomme ich das nicht mehr weg. Ich habe schon überlegt, die hundert Euro zu bezahlen ...

– Bist du verrückt? Deine Diät scheint schlecht fürs Hirn zu sein. Hier. Groschen schrieb eine Telefonnummer auf. Ülent

Bülent, ein türkischer Computerfreak am Urban-Loritz-Platz, der repariert das, ohne dass der Haustechniker davon Wind bekommt.

– Danke, machte sich Entspannung in Zwillings Gesicht breit. Vor Freude verschlang er ein riesiges Stück Pizza. Übrigens, Döblinger will Sie sehen, Chef.

– Schon wieder? Kann mir denken, warum. Groschen schnalzte mit der Zunge, griff zu einem Sack Knabbergebäck, der neben der Tastatur lag, und stopfte sich ein paar paprizierte Kartoffelluftknöpfe in den Mund. »Kelly's Zigeunerräder« stand auf der Verpackung. *Zigeunerräder? Ein Wunder, dass die noch nicht dem Wahn der politischen Korrektheit zum Opfer gefallen sind so wie die Mohrenköpfe, das Negerbrot, der Meinl-Mohr, die Negerküsse und all die anderen diskreditierten Speisen.*

– Pass auf, dass Fräulein Schäfer die nicht sieht. Du weißt, sie ist in solchen Dingen recht humorlos. Und wenn dich Pornos interessieren, lies die »Rübenkönigin«.

Zwilling zuckte mit den Achseln, während Groschen die letzten Zigeunerräder verschlang. Dann warf er die Verpackung weg und schritt nachdenklich durch den Gang, die Treppen rauf zum Büro des Staatsanwalts.

Auf der weißlackierten Türe klebte ein I-love-Döbling-Aufkleber. Groschen klopfte, wartete das Herein ab und betrat das Zimmer des Staatsanwalts. Der hatte die Hände über dem Kopf verschränkt, den Rücken durchgestreckt und machte ein selbstzufriedenes Gesicht. Vor ihm lag die Zeitung. Als er den Kommissar sah, zeigte er auf den betreffenden Artikel und sagte mit einer Stimme, in der eine gewisse Überheblichkeit lag:

– Sie werden das vermutlich gelesen haben, lieber Groschen. Gut, das ist nur eine Zeitung, aber Sie wissen selbst, welchen Einfluss die »Tagespresse« hat. Ich frage mich also ernsthaft, wie lange Sie noch tragbar sind. Natürlich weiß ich um Ihre Verdienste, mein Lieber, aber es ist meine Pflicht, den guten Ruf von Justiz und Polizei zu wahren … Ich selbst habe immer mein Bestes gegeben, also möchte ich auch mit den Besten zusammenarbeiten. Und an der Verbrechensbekämpfung arbeiten wir gemeinsam. Ist es nicht so? Ich weiß, Sie denken, ich mag Sie nicht, aber das ist nicht wahr, ich werfe Ihnen höchstens fehlende Demut vor. Demut, mein Lieber.

Groschens Gesicht blieb unbewegt, was den Staatsanwalt irritierte. So hatte er sich seinen Triumph nicht vorgestellt. Wahrscheinlich hatte er mit einem unterwürfigen, bittenden Kommissar gerechnet. Aber der saß nur da, als ob ihn die ganze Sache gar nichts anging. Und je länger Groschen schwieg, desto unsicherer wurde Döblinger in seiner Entscheidung.

– Jedenfalls, verkündete er, ist Todic bereits verhaftet und in einem Untersuchungsgefängnis in Sarajevo untergebracht. Ich werde Inspektor Zwilling hinunterschicken, die Überstellung vorzunehmen.

Den Pornoschauer? Groschen konnte ein leichtes Lächeln nicht unterdrücken. Ein Lächeln, das den Staatsanwalt wieder daran erinnerte, weshalb er den Kommissar nicht mochte, diese stoische, nicht aus der Ruhe zu bringende Art, diese scheinbare Gleichgültigkeit gegenüber allem, was ihn, Döblinger, zutiefst verunsicherte. Und sogar jetzt, in der Stunde seiner größten Niederlage, hatte dieser Kommissar nichts Besseres zu tun, als blödsinnig zu grinsen. Das war unglaublich.

– Ich habe mich also schweren Herzens dazu durchgerungen, Sie, mein lieber Groschen, aus der Schusslinie zu nehmen und dem Polizeidirektor vorzuschlagen, Sie vom Dienst zu sus…

Döblinger hatte das entscheidende Wort noch nicht ausgesprochen, als sein Telefon läutete. Läuten? Es war die Titelmelodie von »Bonanza«, die da erklang, das bekannte Damdaramdaramdamdam damdamdam … Während er der Stimme am anderen Ende der Leitung lauschte, brach das Lächeln in seinem Gesicht in sich zusammen. Ohne etwas anders als »ja« und »verstehe« gesagt zu haben, drückte der Staatsanwalt den Verbindungsknopf. Dann sah er Groschen an und verkündete mit großem Ernst:

– Da haben Sie noch einmal Glück gehabt, mein Lieber. In der Dommayergasse in Hietzing war diese Nacht ein Wohnungsbrand. Man hat eine verkohlte weibliche Leiche gefunden, wahrscheinlich die Wohnungsbesitzerin, die Schauspielerin Mignon Wobisch. Allem Anschein nach ist sie erschlagen worden.

– Die Wobisch? Der Kommissar sah die zierliche blonde Frau mit den aufgepumpten Brüsten und dem von zahlreichen Schönheitsoperationen entstellten Gesicht, die gestern seine Hilfe erbeten hatte, vor sich. Am Abend hatte er von ihrer Kommunenzeit erfahren. Und nun war sie tot? Verbrannt? Erschlagen? Groschen hatte ihre Ängste nicht ernst genommen. Menschen, die sich bedroht fühlten, sich etwas einbildeten, kamen immer wieder vor, aber die wenigsten davon waren gleich am nächsten Tage tot. Wenn der Staatsanwalt wüsste, dass sie ihn, Groschen, um Hilfe gebeten und er nichts anderes getan hatte, als sie zu vertrösten, der Kommissar wäre nicht zu retten. Dann wäre er wirklich nicht mehr zu halten. So aber hatte ihm dieser Fall den Kopf gerettet, wenigstens vorläufig.

Döblinger wusste nichts von den Ängsten der Wobisch. Sonst hätte er Groschen nicht gebeten, in die Dommayergasse zu fahren und sich des Falles anzunehmen.

– Wenn Sie sich beeilen, erwischen Sie den Gerichtsmediziner noch. Das ist Ihre letzte Chance, hier wird sich zeigen, ob wir Sie uns noch leisten können, rief er Groschen hinterher.

– Schon recht, mein Lieber, murmelte der Kommissar. Er hatte es nicht eilig, ging bedächtig in das Zimmer der Inspektoren, sah, wie Gordon gerade einen Döner-Kebab verdrückte und telefonierte. Wahrscheinlich erhielt er eben den Auftrag, nach Sarajevo zu fliegen. Martin Zakravsky schäkerte mit Fräulein Schäfer, die ein grün gepunktetes Kleid sowie eine Kette mit großen roten Holzperlen trug. Sie sah aus wie ein aufgeputzter Weihnachtsbaum – nur der Stern auf dem Kopf fehlte noch. Groschen winkte dem Inspektor und bat ihn mitzukommen.

Sie waren eben bei der Treppe, die zum Portier hinunterführte, als ihnen ein aufgeregter Mann entgegenstürzte. Dunkler Anzug, Überzieher, schwarze Lackschuhe.

– Sind Sie der Kommissar?

– Mhm, brummte Groschen.

– Gestatten, Grabher. Notariat Grabher und Grabher. Es tut mir leid, dass ich erst jetzt komme, aber ich war auf den Seychellen. Herbstferien. Kann ich nur empfehlen, geniale Strände, Palmen, Schildkröten, und jeden Abend große Oper – der Sonnenuntergang. Es gibt nichts Besseres, als dem tristen Wetter zu entfliehen. Seychellen! Kann ich nur empfehlen.

– Und? Groschen sah ihn fragend an. *Ist der im Zweitberuf Reiseveranstalter oder was?*

– Ich habe also erst heute von dem Unglück erfahren, dem Mord an der Papouschek, sonst wäre ich früher gekommen …

– Wieso?

– Sie hat vor zwei Wochen diesen Brief hier in unserer Kanzlei hinterlegt. Mit der Aufforderung, ihn, falls ihr etwas zustößt, der Polizei zu übergeben. Ich habe das für lächerlich gehalten, für die Schrulle einer alten Dame, aber nun … nun bin ich hier, da ist der Brief. Der Notar reichte Groschen ein Kuvert, sagte etwas von Terminen, Parteien und eilte davon.

An der Glastür beim Portier drehte er sich noch einmal um, hob seinen Zeigefinger und sagte: Seychellen!

Groschen öffnete das Kuvert, zog den Brief heraus und las: »Hiermit gebe ich, Ernestine Papouschek, bekannt, dass es im Falle meines unnatürlichen Ablebens nur einen Mörder geben kann: Professor Prometheus Tinti.« Unleserliche Unterschrift.

– Prometheus Tinti? Martin, der den Brief ebenfalls gelesen hatte, machte ein verwundertes Gesicht. Ist das nicht der, der immer wegen seiner Freundin kommt? Dieser dicke Hautarzt? Warum sollte der die Papouschek ermordet haben? Vielleicht erklärt das sein seltsames Verhalten? Er will sehen, wie der Stand der Ermittlungen ist.

– Sonderbar, sagte Groschen. Sehr sonderbar. Der Fall wird immer undurchsichtiger. Vielleicht sollte ich mir wirklich Urlaub nehmen und auf irgendwelche Atolle fliegen.

Draußen fuhr ihnen kalter Wind in die Gesichter. Der Schneefall hatte aufgehört. Die Straßen waren nass und glänzten, wie wenn sie von einer Riesenzunge abgeschleckt worden wären. Der Verkehr hatte den Schnee geschmolzen, und ein Vorgeschmack des unangenehmen nasskalten Wetters war zu spüren, das nun fünf Monate lang herrschen würde.

– Sauwetter! Um diese Jahreszeit müsste man in den Süden ziehen, sagte Martin. Es müssen ja nicht die Seychellen sein.

Groschen aber ging ein Detail der Unterredung mit dem Staatsanwalt durch den Kopf. Nicht die Wobisch und auch nicht der Zeitungsartikel, sondern die Demut, die ihm, dem Kommissar, angeblich fehlte. Stimmte das? Er kam aus einfachen Verhältnissen, vom sogenannten Land. Man hatte ihm immer gesagt, auf dich wird man gerade warten, bilde dir nichts ein. Er war dazu erzogen worden, unterwürfig und bescheiden zu sein, nicht aufzumucken. Aber irgendwann hatte er erkannt, damit kam man nicht weit, nicht in Wien, dieser liebenswürdigen, charmanten Stadt, die umso brutaler und gemeiner sein konnte, wenn es darum ging, jemanden zu vernichten, einen Schwachen zu zertreten. Döblinger hatte also recht, demütig war Groschen nicht.

Der Kommissar und sein Inspektor gingen zum Schwedenplatz und fuhren mit der U-Bahn nach Hietzing, von wo sie nur ein paar Minuten bis zur Dommayergasse brauchten. Die meisten Häuser hier waren zweistöckig, hatten große Fenster und stammten aus dem Biedermeier. Das Haus Nummer vier ragte heraus, ein typisches Wiener Gründerzeithaus mit Atlanten am Portal. Im feudalen Stiegenhaus lag ein rauchig-süßlicher Geruch, der Groschen an seinen gebratenen Frühstücksspeck erinnerte. Ansonsten war nichts Auffälliges festzustellen. Erst im zweiten Stock, als sie vor der Wohnung der Mignon Wobisch standen, sahen sie Brandspuren. Die Tür war rußgeschwärzt und eingeschlagen, der rotbraune Lack warf Blasen und war teilweise abgeschmolzen – wie Haut mit Pigmentstörung. An der Mauer rundherum klebte eine schwarze Rußschicht. Sie gingen hinein und … *riecht wie in einer Selchkammer* … erblickten ein völlig ausgebranntes Vorzimmer, verkohlte Möbel mit aufgesprungenem Furnier, graue Wände mit großen Flecken, wie wenn sich die Haut nach einem Sonnenbrand schälte. *Hier hat jemand gewütet. Eine Feuersbrunst.* Die Decke war schwarz. Sie sahen geschmolzene Klumpen, die wohl einmal Schuhe gewesen waren. Einen verkohlten Rahmen, Spiegelscherben steckten noch darin. Geschmolzene Kleiderhaken mit schwarzen Stoffresten. Einen von der Hitze absurd verbogenen Kleiderständer, daran hingen die Reste der ehemals weißen Lederjacke, zwei, drei ausgestanzte Blätter waren noch zu erkennen. Es war, als würden sie das Innere eines Räucherofens inspizieren. Überall standen kleine Wasserpfützen, die das Löschwasser hinterlassen hatte. So ähnlich musste es gestern nach dem indischen Essen in Groschens Magen ausgesehen haben, zumindest stellte er es sich so vor.

– Kommen Sie nur, meine Herren, immer nur hereinspaziert. Aber Vorsicht, steigen Sie nicht auf die Kunde. Professor Bangerl stand in der Küche und winkte. Der Gerichtsmediziner zeigte auf den Boden, wo etwas lag, das die beiden Polizisten für einen verkohlten Baumstamm gehalten hatten. Bei näherem Hinsehen erkannte man eine verbrannte Person. Kein schönes Bild. Von wegen innere Einkehr oder Frieden. *Ist das die Wobisch? Schau nicht hin, präg dir das nicht ein.* Doch die Neugierde zwang ihn, es doch zu tun: Das schwarze Fleisch war verklumpt, der kahle Schädel beinahe bis auf den Knochen abgebrannt, Bauchlage. Der rechte Arm war, wahrscheinlich von der Hitze, hochgereckt. Die Finger zeigten nach vorne – eine Mischung aus Kraulbewegung und Hitlergruß. Schwer zu sagen, ob es sich bei diesem schwarzen Torso um eine Frau, einen Mann oder eine Schaufensterpuppe gehandelt hatte. *Die Wobisch?* Aus dem Klumpen, der einmal ein Gesicht gewesen war, blitzten Zähne. Und die Brüste? Waren sie explodiert? *Jetzt hat sie keine Augen mehr, die »schlag mich, schlag mich« schreien. Jetzt hat auch sie, die ehemals erfolgreiche Schauspielerin, die alles getan hatte, um geliebt zu werden, die Rechnung präsentiert bekommen, jetzt war auch sie an Wien gescheitert.* Das Fleisch war teilweise abgebrannt, hatte sich verschmolzen, Blasen gebildet, verkohlte Krusten. Die Kleidung schien am Körper festgeschmolzen, war von diesem nicht zu unterscheiden. Um die Leiche herum war eine glänzende Schicht, in der sich das Tageslicht spiegelte. Geschmolzenes Silikon?

– Körperfett, sagte der Gerichtsmediziner, dessen graue Haare nach vorne gekämmt waren, um die beginnende Glatze zu verbergen.

Groschen hatte die Hände in seinen Taschen vergraben und

stand unbeweglich da. Sein Gesichtsausdruck verriet nicht die geringste Regung, dabei liefen ihm, wie immer, wenn er Bangerl sah, die Säfte im Mund zusammen, bekam er Lust auf eine fetttriefende Käsekrainer. Er hatte Professor Bangerl noch nie außerhalb des anatomischen Institutes gesehen, verband ihn mit Sägegeräuschen und großen Fettklumpen, die er aus den Leichen holte, mit dem Filetieren des Herzens, dem Ausbreiten der Gedärme oder dem Abtasten des Magens, um zu sehen, ob jemand eines natürlichen Todes gestorben war oder nicht. Einmal im Jahr mussten auch die Beamten der Kriminalpolizei einer Obduktion beiwohnen, um am Tatort keine Fehler zu begehen. Nicht selten begann Bangerl diese Sektionen mit den Worten: »Wenn man mir zeigt, wie man eine Weihnachtsgans zerlegt, kann ich trotzdem kein Herz transplantieren. Dennoch müssen Sie sehen, meine Herrschaften, worauf es in der forensischen Medizin ankommt, worauf bei den Kunden zu achten ist …«

Nicht selten liefen bei dem, was dann folgte, gerade die kräftigsten Kerle grün an und mussten sich übergeben. Bangerl machte bei dieser Gelegenheit Scherze, verglich beim Abklopfen die Schädeldecke mit einem Kaffeehäferl, sagte, das Leben lebt den Menschen, und das, was von ihm übrig bleibt, ist nur eine Hülle, ein Kokon, während der Schmetterling, den manche Seele nennen, davongeflogen ist. Groschen dachte an die Metallwannen, die lauten Knack- und Sägegeräusche beim Aufschneiden einer Leiche. Er hatte Bangerl noch nie ohne medizinische Handschuhe und blutverschmierte Schürze gesehen. Jetzt trug er einen feinen Tweedanzug samt Weste und Masche, worin er wie ein Dandy aussah. Auch seine eleganten braunen Schuhe passten nicht recht hierher in diese Räucherkammer.

– Holen Sie Ihre Kunden neuerdings selbst ab?, lächelte der Kommissar.

– Der Amtsarzt war verhindert. Bangerl zog einen Pinsel aus seinem Jackett und begann, damit behutsam über die Leiche zu streichen. Außerdem sind Brandopfer schwer zu transportieren, manche zerfallen regelrecht, andere glühen innerlich noch weiter.

Glühen noch? Der Kommissar musste unweigerlich denken, wie es wäre, diese verkohlte Gestalt mit einen Schürhaken zu berühren, darauf leicht herumzuhacken. *Würde sie auseinanderbrechen wie Grillkohle bei einem Barbecue? Würde eine helle Glut zum Vorschein kommen, auf der man eine Käsekrainer grillen konnte? Hör auf. Das ist ein Mensch. Etwas mehr Respekt.*

– Und?

– Die Leiche ist weiblich, von etwa 165 Zentimeter Körpergröße. Reduzierter Allgemein- und Ernährungszustand. Sehen Sie die Einbuchtung am Kopf? Bangerl deutete auf eine kleine Delle am Haupt der Leiche, die in diesem verklumpten Gebilde kaum auszunehmen war. Wenn ihr nicht ein Deckenbalken auf den Kopf gefallen ist, der sich dann in Luft aufgelöst hat, kann man davon ausgehen, dass sie von hinten erschlagen und anschließend mit einem Brandbeschleuniger, wahrscheinlich Spiritus oder Alkohol, übergossen und angezündet worden ist. Die Feuersachverständigen haben etwas Ähnliches festgestellt. Ich soll Ihnen Grüße bestellen, das Gutachten kommt am Nachmittag.

– Mord?

– Möglich. Bangerl nickte.

Siehst du, dachte Groschen, jetzt ist es vorbei mit *schlag mich, schlag mich*. Jetzt hat sich's ausgeschlagen. Das kommt dabei heraus.

Der Gerichtsmediziner ging in die relativ unversehrte Küche – nur über der Tür war eine schwarze Rauchspur. Der Boden war voll mit schwarzen Schuhabdrücken, die ein grobes Profil zeichneten, wie sie Arbeitsschuhe hatten. Das Fenster stand offen, konnte aber gegen den brandigen Geruch nichts ausrichten. Man sah, hier wohnte oder vielmehr hauste jemand, der nicht kochte. Einige Flaschen Alkohol standen herum, Inländer Rum und Wodka, Verpackungen von Fertiggerichten. Aufgetürmte Teller, schmutzige Gläser. Groschen dachte, so würde es bei ihm auch aussehen, wenn seine Frau nicht wäre, die in Haushaltsfragen immer meinte, es müsse »die Fleiß« und »der Faulheit« heißen. Er sah Plakate von Theaterinszenierungen, auf denen die blondgelockte, aber anorektische Wobisch noch recht attraktiv gewesen war. *Was für Brüste. Mit solchen Geräten müssen die Gebrüder Montgolfier gesäugt worden sein.* Leere Zigarettenschachteln, Feuerzeuge, teures Porzellan, ein paar Nippesfiguren und ein großes Glas mit Zuckersäckchen aus Lokalen – auf den meisten standen Horoskope.

Von der Küche führte eine Tür ins Wohnzimmer, das fast unversehrt geblieben war. Alte Barockmöbel standen neben modernen Bücherregalen. Am morschen Parkettboden, dessen Hölzer klapperten, sobald man darauf trat, lagen Perserteppiche. Ein Barockspiegel hing neben einer gerahmten Kinderzeichnung. Die ganze Wohnung hatte sowohl etwas Chaotisches als auch den Charme einer Künstlerbehausung.

– Sieht nicht so aus, als ob etwas gestohlen worden ist. Martin stand vor der Bücherwand und zog wahllos Krimis und Memoiren von Schauspielern heraus.

– Vielleicht hat man gewusst, was man suchte, meinte der Kommissar. Er öffnete die Schreibtischladen und sah Büromaterial, Zeitungsausschnitte mit Kritiken, Zeugnisse und einen riesigen Gummipenis, den er irritiert betrachtete. *Sapperlot. Mit diesem Ding kann man eine verstopfte Toilette richten.* Genau in dem Moment war ein leises Pfeifen zu hören, wie es eine undichte Heizung machte. Groschen und Martin sahen sich irritiert an, konnten das Fauchen aber nicht zuordnen. War noch jemand in der Wohnung? Der Mörder? Es war ein schreckliches, unheimliches Fauchen, das den beiden Polizisten Angst machte. Als es neuerlich erklang, sahen sie eine Tapetentür. Dahinter musste jemand sein. Der Kommissar und sein Inspektor zwangen sich, nicht die Fassung zu verlieren, ruhig zu bleiben. Sie postierten sich. Eine fast beängstigende Stille trat ein. Die Beamten versuchten, keinen Lärm zu machen, zählten leise bis drei, rissen dann die Tür auf und schrien. Sie schrien so sehr, dass im Vorzimmer ein paar verkohlte Gegenstände auseinanderbrachen. Als der Schrei verklungen war, sahen sie zuerst den Gerichtsmediziner Bangerl, der wegen des Lärms gekommen war, dann Augen, schwarz wie frischer Teer, die dem Urheber des Fauchens gehörten. Der Teufel selbst? Nein, es war nur ein alter, zerzauster Kater. Martin nahm ihn in den Arm, woraufhin das dicke Tier sofort zu schnurren anfing.

– Pass auf, gleich kratzt er dich. Der Kommissar mochte keine Katzen. Diese ganzen, sich als tierliebend gebenden Haustierhalter waren ihm suspekt. Die sperrten Vögel in Käfige, sterilisierten Katzen und banden Bänder um Hunde, an denen sie sie dann herumzerrten. Außerdem zwangen sie die armen Viecher, ihre Notdurft so lange zu unterdrücken, bis sie vor Schmerzen winselten und es ihnen, den tierliebenden Herrchen und Frauchen, gerade in den Kram passte, sie rauszulassen. *Aber eines ist schon merkwürdig, alle Toten waren Haustierhalter, der Ellmander hatte den Pudel Dame Edna, die Papouschek den Kater Kachelmann, und jetzt noch dieses Tier.*

Groschen schritt durch das Schlafzimmer, in das der Kater eingesperrt gewesen war. Er hatte einen Blick, als ob er etwas Bestimmtes suchte, öffnete den Kleiderschrank, sah in die Nachtkästchen und sogar unter das Bett, wo eingerollte Plakate lagen. Nachdem er sich ein paar Staubgeflechte von der Hose gewischt hatte, klopfte er Martin auf die Schulter und meinte:

– Ihr müsst hier alles auf den Kopf stellen und mir jeden elektronischen Speicherträger bringen, den ihr findet. Außerdem muss irgendwo eine weiße Lederhandtasche sein, groß, mit Nieten besetzt – die will ich auch.

– Wird gemacht, Chef. Und während Martin noch etwas ratlos herumstand, verabschiedete sich Groschen vom Gerichtsmediziner, der mit einem Finger im Ohr bohrte:

– Wenn Sie nächstes Mal so brüllen, warnen Sie mich vorher. Da bekommt man ja einen Hörsturz. Außerdem muss ich zurück ins Institut … wegen der Studenten. Früher studierte niemand forensische Pathologie, weil die meisten Mediziner wollen Leben retten, keine Leichen obduzieren, aber seit es diese amerikanischen Fernsehserien gibt, rennt man mir die Türen ein.

Groschen ging vorsichtig an der verkohlten Leiche vorbei und sah, wie der Kater, der sich von Martin losgerissen hatte, an zwei verklumpten Plastikschüsseln schnupperte, die wohl einmal seine Futtertröge gewesen waren. Enttäuscht wandte er sich ab, rieb seinen dicken Katzenkörper an der Toten und begann zu schnurren. War das Liebe, Trauer oder die späte Genugtuung eines zur Fettleibigkeit verdammten Eunuchen?

Im Treppenhaus stieß der Kommissar mit einem Pressefotografen zusammen, der sich nicht einmal entschuldigte. »Tagespresse« stand auf seiner Tasche. Arschgeige, dachte Groschen und trippelte leichtfüßig weiter. Er hatte das Gefühl, der Wahrheit ganz nahe zu sein. Es war, als würden die Toten wie Perlen vor ihm liegen, die es nur noch aufzufädeln galt. Er hielt einen Faden in der Hand, fand aber keine Öffnung, die Papouschek, den Ellmander und die Wobisch daran aufzufädeln. Sooft er diese Perlen auch drehte und dagegen stieß, er prallte immer wieder ab.

Auf der Straße hatten sich Pfützen gebildet. Es regnete leicht, und die Menschen kämpften mit ihren Schirmen. Manche gingen mit kleinen Hunden in Regenpelerinen, andere hatten Hüte tief ins Gesicht gezogen und die Krägen aufgestellt. Von einer nahen Baustelle kam der Geruch nach frischer Erde, und in der Luft lag die Geschäftigkeit eines Vormittages. Ein Briefträger im gelben Ölzeug machte ein missmutiges Gesicht, Handwerker verluden Werkzeuge und schimpften mit einem Lehrling, eine Pensionistin keifte mit ihrem Hund. Es war, als wären sämtliche Menschen schlechter Laune. Nur Groschen, der allen Grund dazu gehabt hätte, erst der Zeitungsartikel, dann das Schnitzelklopfer-Attentat, das unerfreuliche Gespräch mit Döblinger und zu allem Überfluss der Anblick einer verkohlten Leiche, hatte ein wohlig warmes Glücksgefühl in der Kehle. Lag es daran, dass er die Wahrheit ahnte? Oder war er glücklich, weil er noch lebte und nicht wie die Wobisch in einem zusammengeschmolzenen, verkohlten Körper sein Dasein ausgehaucht hatte? Bei einem Würstelstand blieb er stehen, bestellte ein Bier und, weil er nicht als Alkoholiker gelten wollte, eine Käseleberkäsesemmel, die er gedankenlos verschlang. Mit dem Finger zog er Linien in die mit Regentropfen benetzte Tischplatte.

Die Wobisch war ermordet worden, und er ahnte, warum. Todic kam als Täter diesmal nicht in Frage. Auch Gary Glibber nicht, der saß irgendwo in Asien wegen Kindesmissbrauchs ein. Aber wieso hatte sie den Mörder in die Wohnung gelassen, wenn sie Angst hatte? In welcher Beziehung standen Mignon Wobisch und Ernestine Papouschek? Und Prometheus Tinti? Konnte dieser sanftmütige Hautarzt, diese teigige Gestalt, ein Mörder sein? Einer, der erdrosselte, vielleicht auch noch erschlug und Sterbende anzündete? Der Kommissar drückte den Faden der Erkenntnis gegen seine Perlen, fand aber keine Öffnung. Dafür kam ihm ein Gedanke, der allmählich zu einer Idee heranwuchs. Er würde, das wusste er schon länger, eine Falle konstruieren, in die dann hoffentlich der Mörder tappte. Eine raffinierte Hinterlist. Und nun wusste er auch, wie. Am liebsten hätte er vor Freude noch ein zweites Bier getrunken, aber da zur Ausführung seiner Falle die Einwilligung Döblingers vonnöten war, ließ er es bleiben.

SANTO SPIRITO

In der Vorlaufstraße herrschte das übliche Treiben. Es roch nach Kaffee, Schweiß und Aktenstaub, nach diesem typischen Geruch von Amtsstuben. Pizzaboten brachten Mittagessen für die Beamten. In den Gängen saßen Zeugen, die auf ihre Vernehmung warteten. Rechtsanwälte stritten mit jungen Inspektoren, Bürodiener schoben ihre mit Akten beladenen Wägelchen von einem Zimmer ins andere, und Fräulein Schäfer war gerade dabei, etwas an die Korkwand im Flur zu pinnen. Der Kommissar las »Solidarität mit Frauen«, »Gleichberechtigung« und »Binnen-I«, als ihm etwas einfiel, worauf er ganz vergessen hatte, etwas, das den Mörder überführen würde, die Dokumente der Papouschek. Die mussten schleunigst auf Fingerabdrücke untersucht werden, er sollte mit dem Bettler sprechen … Heute in der Früh war der nicht an seinem angestammten Platz gewesen. Hoffentlich war er nicht bereits zurück in Rumänien, Moldawien, oder woher diese organisierten Schnorrer auch immer kamen … Groschen eilte zu seinem Schreibtisch, die Papiere holen, da traf ihn ein Blick, kalt und stechend wie ein Messer in die Brust. Eine Masse stürmte auf ihn zu. *Der Rottweiler Adolf? Nein, ein feister Mensch.*

– Sie wollten sich bei mir melden, Herr Kommissar. Sie haben es versprochen. Aber wenn der Prophet nicht zum Berg kommt, muss der Berg eben zum Propheten … Es war Prometheus Tinti, der für einen Verrückten einen recht gesetzten Eindruck machte. Unter einem kaffeebraunen Kaschmirmantel trug er ein weißes Hemd mit goldenen Manschettenknöpfen, eine graue Wollhose und weinrote Schuhe. Er wirkte heute noch massiver als am Flughafen. Das Gesicht war zwar noch immer krebsrot, aber auch verwittert, das weiße Haar zerzaust, die Lippen aufgebissen. Man sah ihm an, er hatte seit Tagen nicht geschlafen.

Ohne dass Groschen sich dagegen wehren konnte, zog er ihn nahe zu seinem Gesicht. Der Kommissar wunderte sich über den erstaunlich wohlriechenden Atem, der da herauskam. Wie konnte es sein, dass dieser gesetzte Hautarzt völlig die Nerven verlor, seiner Exfreundin hinterherschlich und ständig die Polizei belästigte.

– Sie ist aufs Land gefahren, raunte er. Ins Piestingtal. Und da Groschen nicht recht zu verstehen schien, ergänzte er: Muriel. Aufs Land. Und da auch diese Information vom Kommissar völlig regungslos aufgenommen wurde, ergänzte er: Ja, verstehen Sie denn nicht, Muriel hasst das Land, hat es immer gehasst, diese dumpfen Menschen, diese geistige Einöde. Natur! Sie hätten sie hören müssen. Niemand hat so sehr auf das Landleben geschimpft, niemand war so durch und durch ein Stadtmensch wie Muriel. Und nun fährt sie freiwillig? Ins Piestingtal! Ich sage Ihnen, da stimmt was nicht. Das geht nicht mit rechten Dingen zu.

– Mag sein, legte Groschen seine Stirn in Falten. Aber Herr Tinti, Sie sind doch ein vernünftiger Mensch, was glauben Sie, wo wir hinkämen, wenn wir jedem derartigen Verdacht nachgingen. Nur weil Ihre Muriel plötzlich zum Chinesen geht und aufs Land fährt, können wir nicht all unsere Mordfälle auf

Eis legen. Wir haben schon so zu wenig Personal … *Außerdem habe ich jetzt wirklich keine Zeit, muss mich um den Plan kümmern, die Falle.*

– Sie halten mich für verrückt? Tinti sah ihn mit großen ängstlichen Augen an. So als ob ihm erstmals eine schreckliche Erkenntnis ins Bewusstsein drängte. Dann besann er sich und sagte: Unter einem bestimmten Blickwinkel betrachtet, erscheinen alle Menschen als nicht ganz normal. Ich würde mich wahrscheinlich auch für verrückt halten. Aber ich schwöre Ihnen, mit Muriel stimmt was nicht, sie ist nicht mehr sie selbst. Es ist … unheimlich.

– Na schön, verkündete Groschen, sobald ich Zeit habe, spreche ich mit Ihrer Muriel. Aber momentan geht das wirklich nicht.

– Sie fahren mit mir ins Piestingtal? Wann?

– Sobald ich meinen Fall abgeschlossen habe, klopfte Groschen dem verstörten Hautarzt auf die Schulter. Oder, dachte er, wenn man mich suspendiert hat. Aber vorher muss ich wissen, wie Sie zu Ernestine Papouschek standen.

– Zu wem? Der Hautarzt machte ein gleichgültiges Gesicht.

– Die ermordete Schriftstellerin. Pa-pou-schek. Groschen betonte jede Silbe.

– Habe ich noch nie gehört, sagte Tinti, ohne die Fassung zu verlieren. War das Selbstbeherrschung? Oder wusste er wirklich nichts?

– Und was meinen Sie dazu? Der Kommissar überreichte ihm das Schreiben.

– Grabher und Grabher, las Tinti den Stempel auf dem Kuvert, zog den Brief heraus, las ihn und machte ein Gesicht wie jemand, der soeben erfuhr, dass er nur noch wenige Tage zu leben hatte. Alle Farbe verschwand aus seinem Antlitz. Er sah den Kommissar an, hoffte wohl, Opfer eines schlechten

Scherzes zu sein, dann wieder den Brief und schüttelte ungläubig den Kopf.

– Das … das muss eine Verwechslung sein. Ich kenne keine Papouschek … wirklich …

– Ihnen ist klar, ich muss Sie festnehmen.

– Ja, aber … was wird dann aus Muriel? Das ist ein Missverständnis … Es klärt sich bestimmt bald auf. Sie werden sehen, eines Tages amüsieren wir uns darüber … Ich … Er blickte um sich, als ob er Redakteure einer Satiresendung erwartete, Menschen, die ihm eine versteckte Kamera zeigten, ihn umarmten und mit ihm lachten. Aber niemand kam.

– Was sagen Ihnen die Namen Mignon Wobisch und Elmar Ellmander?

– Die Schauspielerin und der Prominentenschneider? Die kenne ich natürlich, nicht persönlich, aber … Muriel hat von ihnen mal gesprochen.

– Muriel. Immer diese Muriel.

– Darf ich mir noch meine Toilettensachen holen? Oder muss ich gleich hier bleiben?

– Vorläufig können Sie gehen, hob der Kommissar die Hand und machte eine Bewegung, wie wenn er Hühner verscheuchen wollte. *Na, was ist? Abmarsch.* Er wusste, dieses notariell beglaubigte Schreiben war zwar eine schwerwiegende Belastung, aber für einen Prozess reichte es nicht aus. Gordon Zwilling hätte ihn wahrscheinlich eingesperrt und ihn ordentlich, wie er sich ausdrückte, gegrillt. Aber das war nicht Groschens Art.

Tinti schlich davon. Er drehte sich noch ein paarmal um, so als ob er es nicht glauben konnte, jeden Moment ein »Halt! Dageblieben!« erwartete – oder zumindest Beamte, die sich auf ihn stürzten, ihm Handschellen anlegten. Aber nichts dergleichen geschah. Nichts. Da schüttelte er den roten Kopf und sagte:

– Papouschek, noch nie gehört.

Der Kommissar ging zu Fräulein Schäfer, die ihre Agitation in Sachen Gleichberechtigung inzwischen beendet hatte, und ließ sich einen Kaffee geben.

– Ein Kaffeetscherl. Bitte sehr, imitierte die deutsche Aushilfskraft das Wienerische und gab ihm doch die übliche dünne Brühe Kaffe.

– Ist Gordon schon in Sarajevo?

– Er sollte, die Blondine sah auf die Uhr, bald ankommen. Übrigens sitzt da noch jemand am Gang, der Sie sprechen will.

– Wer denn? Der? Groschen sah hinaus und erblickte hellbraune Timberland-Stiefel mit hoher Gummisohle, graue Cargohose, ein grünes Holzfällerhemd, roten Anorak und über allem ein bekanntes Gesicht, mehr eine Fratze: eingedepschte Nase, vorspringender Unterkiefer, leicht debiler Blick, die Haare lang, hinten zu einem Pferdeschwanz zusammengebunden und vorne, wie ein Visier in das Gesicht geklappt, gelockte Strähnen. Dazu ein grüner Filzhut mit einer Feder, Wanderabzeichen und einem Rapid-Wien-Button dran, noch scheußlicher als der von Dragana, einer, wie ihn Deppen in den Alpentälern trugen. Es war der Gänseschlächter aus dem Kloster. Als er den Kommissar erblickte, zuckte er zusammen, sprang auf, zog den Hut und verbeugte sich.

– Was kann ich für Sie tun? Groschen ging auf ihn zu, der andere hatte längst die Hand zur Begrüßung ausgestreckt. Es waren grobe, knochige Finger mit Schwielen dran. Dem Kommissar fielen die Wörter »Klaue« und »Debiler« ein. Er hatte Mühe, in dieses entstellte Gesicht zu sehen, in dem so gar nichts zu passen schien. Die Nase glich der eines Boxers, der Unterkiefer stand gut zwei Fingerbreit vor, dafür waren die dunklen Augen erstaunlich lebhaft. *Der, der den zusammengesetzt hat, muss ein ziemlich starkes Zeug geraucht haben.*

– Herr Kommissar? Der Pferdeschwanz sprach langsam und gedehnt. Außerdem kamen zwischen den Wörtern immer wieder Zischlaute hervor.

– Bitte. Kommen Sie. Groschen hatte Abscheu vor diesem Gänseschlächter, dem Speichel von der Unterlippe tropfte, dennoch bat er ihn in sein Büro. Männer wie dieser hier waren ihm schon mehrmals begegnet, und nicht wenige davon waren Mörder gewesen.

– Ich muss Ihnen etwas mitteilen, sagte der andere und holte tief Luft, was sich anhörte, wie wenn ein Verschnupfter schnarchte. Wir haben uns schon einmal gesehen, im Klosterhof. Ein langes, kleine Maiskörner entblößendes Grinsen folgte, das erst endete, als der Kommissar nickte. Wally Fisch. Mein Name ist Wally Fisch, ich, ich wollte Ihnen nur sagen, ich war am Sonntag im Hof der Ermordeten. Bei der da. Er fischte einen Zeitungsbericht aus der Brusttasche seines Holzfällerhemdes und zeigte ein Bild der Papouschek.

– Was haben Sie dort gemacht? Groschen war misstrauisch. Dieser ganze Wally Fisch war seltsam. Bestimmt hatte er keinen Schulabschluss, höchstens ein paar Jahre Sonderschule. Ein geistig Minderbemittelter, einer, der entweder bei der Geburt zu wenig Sauerstoff bekommen hatte oder nachher zu viel Schnaps, einer der zu wenig behindert war, um in ein Heim abgeschoben zu werden, und doch nur als Knecht oder Arbeitssklave sein Auslangen fand. Einer, der aus Mitleid in einem Kloster leben durfte. *Armer Kerl, da sieht man erst, wie gut man es selbst getroffen hat.*

Um ihn nicht ständig ansehen zu müssen, öffnete Groschen seine Schreibtischlade, sah Pass und Führerschein der Papouschek, da waren sie also. Später würde er die Dokumente zum Erkennungsdienst bringen, wo man binnen weniger Minuten die Fingerabdrücke lesen und mit sämtlichen Dateien vergleichen konnte. Groschen wusste noch, wie mühsam man früher mit Seidenpapier, Pinsel und Grafitstaub hantieren musste, um die Ergebnisse mit den Karteien vergleichen zu können. Dabei war ihm diese Methode stets suspekt gewesen. Er hatte sich immer geweigert, an die Einzigartigkeit von Fingerabdrücken zu glauben. Wie sollte das funktionieren? Bei acht Milliarden Menschen? Hatte er die Dokumente deshalb noch nicht überprüfen lassen? Weil sich innerlich dagegen etwas sträubte? Ein langer zischender Schnarchlaut riss den Kommissar aus seinen Gedanken.

– Bin spazieren gegangen, sagte Wally Fisch.

– Im sechzehnten Bezirk? Im Hof eines Gemeindebaus? Groschen glaubte ihm kein Wort. Wer sollte in dieser Gegend freiwillig spazieren gehen?

Wally Fisch zuckte mit den Achseln und lächelte. Ein blödsinniges Lächeln. Jedenfalls habe ich Schreie gehört und dann jemanden auf dem Balkon gesehen. Habe ich.

– Und wen?

– Einen gutangezogenen Menschen. Anzug. Hmm. Sakko.

– Den da? Groschen zeigte ihm ein Bild vom General.

– Nein. Nicht so alt. Jung. Viel jünger.

– Den da? Nun legte er ihm ein Bild des Nachbarn hin.

– Der? Nein. Wally grinste. Besser angezogen. Viel besser. Kein Türsteher.

– Wie ist es mit dem?

Wally Fisch nahm das Bild mit dem Verleger Zdenek Kwiek und betrachtete es lange und eingehend. Er drehte es, variierte den Abstand zu seinen Augen, dann, als Groschen schon glaubte, er hätte den richtigen gefunden, schüttelte er den Kopf und sagte mit gedehnter Stimme, dem ein neuerlicher Schnarchlaut folgte: Auch nicht. Nein.

– Tja, dann weiß ich nicht, zuckte der Kommissar mit den Achseln. Er wollte diesen unglaubwürdigen Zeugen rasch wieder loswerden.

– War er vielleicht dick, mit weißem Haar?

– Wie der Weihnachtsmann? Der Debile grinste und gab ein grunzendes Geräusch von sich, dann schüttelte er den Kopf.

– Und was ist mit dem da? Er zeigte ihm ein Foto von Todic und war sich sicher, jetzt würde der andere nicken. Er war nur hier, war Groschen überzeugt, um Todic zu belasten. Irgendjemand hatte ihn hergeschickt. Aber Wally schüttelte sofort den Kopf und sonderte einen langgedehnten Laut ab, der sich irgendwann zu einem Nein formte.

– Hmm, brummte der Kommissar, dann haben Sie einen anderen gesehen, einen, den ich nicht auf meiner Rechnung habe. Er maß der Aussage dieses Zeugen keinerlei Bedeutung bei. Wahrscheinlich könnte er ihm hundert Bilder zeigen, und der Trottel würde immer nur den Kopf schütteln. *Spazieren? In einem Gemeindebau in Ottakring?* Diese ganze Geschichte war so haarsträubend unglaubwürdig, dass sie schon wieder verdächtig war. Er reichte dem anderen die Hand, bemühte sich zu lächeln und sagte: Trotzdem danke.

Wally Fisch verstand nicht, wollte nicht gehen, bevor er dem Kommissar den Richtigen gezeigt hatte. Er blickte sich verzweifelt im Büro um, als ob er doch noch irgendwo jemanden finden würde, der zu seiner Aussage passte, aber er konnte nichts entdecken.

– Sie glauben mir nicht. Sie glauben, ich bin ein debiler Halbtrottel, sagte Wally Fisch.

– Aber nein, wie kommen Sie darauf. Groschen fühlte sich durchschaut.

– Ich weiß, wie ich auf Menschen wirke, sagte der Pferdeschwanz nun sehr bestimmt. Bin hässlich, habe einen Sprachfehler, habe ich, aber ich bin kein Idiot. Abendschule, verkündete er stolz. Ich studiere technische Physik.

Ach du Scheiße. Groschen spürte, wie er rot wurde. Er hatte sich in diesem Wally Fisch komplett getäuscht. Seine Frau hatte recht, wenn sie meinte, sein Weltbild sei heillos überholt. *Dabei hat dieser Gänseschlächter doch wirklich wie ein Trottel ausgesehen. Fehlt nur noch, dass er sagt, ich weiß nicht, ob wir uns so einen Kommissar noch leisten können.*

– Sie können mir glauben, wenn ich sage, ich habe wen auf dem Balkon gesehen. Schöner Anzug, dunkelblonde Haare, aufgedunsenes Gesicht. Ein Schnarchlaut folgte.

– Tja, verzog der Kommissar die Mundwinkel, da gibt es viele.

– Wollte es Ihnen nur gesagt haben, zischte Wally Fisch. Vielleicht hilft es, den Mörder zu erwischen.

– Vielleicht, murmelte Groschen und sah, wie sich dieser Wally Fisch den Gang entlang mühte. *Armer Kerl.* Er humpelte ein wenig. Bei Julia Schäfers Aufruf für mehr Gleichberechtigung blieb er stehen. Nachdem er ihn gelesen hatte, spuckte er darauf, drehte sich zu Groschen um und sagte:

– Weil es wahr ist. Gleichberechtigung? Was denn noch? Reichen nicht die Quotentürken im Fernsehen? Quotenschwule, Quotenneger, Quotenjuden. Und unsereiner? Unsereiner bleibt auf der Strecke, bleibt er.

Der Kommissar blickte noch in den schmalen Korridor, als von Wally Fisch längst nichts mehr zu sehen war. Ihm stand ein schwerer Weg bevor, ein Gespräch, das über Erfolg und Misserfolg in diesem Fall entscheiden würde. Er ging also schweren Herzens ein Stockwerk höher und klopfte an die Tür von Döblinger.

– Wer stört?, war die gepresste Stimme des Staatsanwalts zu vernehmen. Groschen trat ein und sah Answer Döblinger an seinem Schreibtisch. Der Staatsanwalt wirkte unruhig wie ein Kind, das bei etwas Verbotenem ertappt worden war. Wahrscheinlich hatte er seinen Orden bewundert und ihn nun schnell in der Lade des Schreibtisches verschwinden lassen.

– Und? Was wissen wir über die Wobisch, lieber Groschen? Einige graue Härchen funkelten in Döblingers Bürstenhaarschnitt. Er blinzelte, und seine weichen weißen Hände, die von dicken blauen Adern durchzogen waren, fuhren unruhig über den Schreibtisch.

– Die Wobisch wurde umgebracht, setzte sich Groschen, ohne eine Aufforderung abzuwarten. Erschlagen und nachher angezündet. *Jetzt schaut sie aus wie ein verkohlter Baumstamm.* Ich denke, sowohl die Wobisch als auch die Papouschek und der Ellmander sind demselben Täter zum Opfer gefallen. Wenn wir nicht aufpassen, braut sich was zusammen.

– So? Sie denken also? Und es braut sich was zusammen? Der Staatsanwalt trommelte mit seinen Fingern auf die Schreibtischplatte. Von diesem schwulen Schneider will ich nichts mehr hören. Und warum sollen die Wobisch und die Papouschek demselben Mörder zum Opfer gefallen sein? Wie kommen Sie darauf? Lieber Groschen … Gibt es Beweise? Nein, gibt es nicht. Sie folgen also wieder einmal nur Ihrem Instinkt, verlassen sich auf Ihr Bauchgefühl. Er zog die Augenbrauen hoch und setzte ein Gesicht auf, als wollte er sagen, Sie sind nicht ganz bei Trost.

– Daher, ließ sich der Kommissar nicht aus der Ruhe bringen, kommt Todic als Täter nicht in Frage.

– Nun, mein Lieber, allmählich muss ich mich wirklich fragen, wie lange wir Sie uns noch leisten können. Die beiden Morde haben nichts gemeinsam. Todic hat die Papouschek auf dem Gewissen, kann aber, da er in Sarajevo war, unmöglich für das Ableben der Wobisch verantwortlich sein.

– Das scheint nur so, Groschen bemühte sich, nicht die Fassung zu verlieren und mit Bedacht zu sprechen. Es ist eine schreckliche Geschichte. Je länger ich mich damit befasse, desto ungeheuerlicher erscheint sie mir. Beide Male wurden ältere Damen umgebracht. Einmal erdrosselt, einmal erschlagen. Beide Male wurde versucht, die Tat zu vertuschen. Bei der Papouschek durch die ausgestochenen Augen, die auf Todic hinweisen sollten, bei der Wobisch durch die Brandlegung. Beide Male wurde vermeintlich nichts gestohlen, was doch bei Morden an älteren Damen gemeinhin das Hauptmotiv ist. Es steckt also etwas anderes dahinter, etwas, das wir noch ergründen müssen. Etwas …

– Und was sollen wir Ihrer Meinung nach jetzt tun? Hatte der Staatsanwalt angebissen? Oder ließ er sich nur versuchsweise auf Groschens Gedankengänge ein?

– Also ich an Ihrer Stelle – Groschen hatte im Laufe seiner beruflichen Karriere gelernt, Vorschläge immer so zu formulieren, dass seine Vorgesetzten glauben konnten, sie wären selbst darauf gekommen – ich an Ihrer Stelle würde der Presse mitteilen, Todic kommt als Mörder nicht mehr in Betracht, weilt aber als wichtiger Zeuge in Wien und ist im Hotel Minerva untergebracht – und zwar in der Suite.

Die wulstige Lippe des Staatsanwalts vibrierte, aber er sagte nichts, sah den Kommissar nur an wie ein Autokäufer ein verbilligtes Modell. Die Stille hatte etwas Abwartendes, Spannungsgeladenes. Endlich sagte er:

– Untergebracht in einer Suite? Im Minerva? Ist das nicht übertrieben? Außerdem, wenn wir sowas machen … Döblinger rang nach einem Einwand, sein großer geschwollener Schädel drehte sich hilfesuchend nach allen Richtungen.

– Die Presse wird mit dieser Exklusivmeldung zufrieden sein.

– Sie schreibt seit Tagen von der Bestie Todic, vom rückfällig gewordenen Augentäter. Ich selbst habe im Rathaus verkündet … Und jetzt sollen wir auf einmal eine Kehrtwendung vollführen? Wie stehe ich dann da? Sehen Sie sich hier einmal um. Sehen Sie sich mein Büro an. Alles auf dem neuesten Stand, fast protzig. Und trotzdem, seine Stimme wurde etwas lauter, trotzdem kann ich nicht einmal die einfachsten Anordnungen durchsetzen, weil Leute wie Sie mit ihren Instinkten kommen. Aber wir sind keine Hunde, lieber Groschen. Wir haben gelernt, unseren Verstand zu gebrauchen. Sapere aude.

– Wichtig ist der Plan, ließ sich der Kommissar nicht aus der Ruhe bringen. Sein Vorhaben war wohldurchdacht (glaubte er zumindest) und wurde nun dem Staatsanwalt einfach übergestülpt. Ich an Ihrer Stelle würde die Presse dazu bringen, noch heute einen Lageplan des Hotels zu veröffentlichen. Man muss sehen, wie die Suite im Minerva zu erreichen ist, nämlich ohne am Portier vorbeizumüssen. Das ist entscheidend. Sagen Sie den Reportern, sie sollen schreiben: Luxusunterkunft für Todic. Von der Zelle zur Suite … Na, Ihnen fällt schon etwas ein. Auch muss erwähnt werden, dass er morgen aussagt, dass er den Mörder kennt.

– Und in der Suite sind natürlich Sie? Döblinger sah den Kommissar an, als ob der nicht mehr alle Tassen im Schrank hätte. Etwas Feindseliges lag in seinem Blick. Wahrscheinlich dachte er etwas wie »Emporkömmling« und »Proletarier«. Etwas wie: Dieser Kommissar wird zu keinen Jagden eingeladen, um mit den Spitzen aus Politik und Wirtschaft auf gekaufte Wild-Kontingente zu ballern, der wird in keine Nobelbars mitgenommen, um Havannas zu rauchen und teure Rotweine zu schlürfen, der bekommt auch keinen Orden. Und trotzdem glaubt er, hier mit Ideen ankommen zu müssen. Trotzdem glaubt er, wenn er sich ins Minerva hockt, läuft ihm der Mörder direkt in die Arme.

– Was ist, wenn es schiefgeht? Wenn kein Mörder kommt? Wenn Todic … Wie stehe ich dann da? … Dann sind Sie weg, mein lieber Groschen, weg. Ist Ihnen das klar?

Der Kommissar ging darauf nicht ein. Diese Möglichkeit schien für ihn nicht zu existieren.

– Wir müssen nur die Meldung in die Medien bringen. Alles Weitere wird sich fügen.

Der Staatsanwalt hob sein Kinn und sah den Kommissar abschätzig an. Dann sagte er mit seiner unterdrückten Stimme:

– Sie haben übrigens recht, Groschen, der Bosnier ist nicht der Mörder.

– Das sage ich ja die ganze Zeit, aber woher kommt Ihre plötzliche Erkenntnis?

– Nun, ich weiß natürlich um die Qualität Ihrer Spürnase, lieber Herr Groschen. Außerdem habe ich das erhalten. Döblinger zog einen Brief hervor. Der stammt … Kenne ich, wollte der Kommissar sagen, Notariatskanzlei Grabher und Grabher, aber da sah er, das Schreiben, das Döblinger in Händen hielt, sah anders aus. Wie eine Hochzeitseinladung. Büttenpapier.

– Ist heute abgegeben worden, überreichte ihm Döblinger den Brief. Wieder war es ein notarielles Schreiben, diesmal aber von der Kanzlei Birngruber und Söhne. Wieder handelte es sich um eine Verfügung der Papouschek für den Fall eines unnatürlichen Ablebens, neuerlich wurde ein einziger möglicher Mörder genannt, diesmal aber nicht Prometheus Tinti und auch nicht Todic, sondern ein anderer. Was hatte das zu bedeuten, war Groschen sprachlos. Wurden diese Schreiben jetzt inflationär? War eines von beiden gefälscht? Oder beide? Warum? Wollte sich die Papouschek rächen? *Ernestine Puppi Papouschek.* Er musste feststellen, von dieser Toten noch nicht viel zu wissen. Waren ihr solche Scherze zuzutrauen? War sie ein Mensch gewesen, der sich Ketchup auf die Brust spritzte und dann »Hilfe! Hilfe! Man hat auf mich geschossen!« brüllte? Oder jemand, der im Zug, wenn er gebeten wurde, auf fremde Sachen aufzupassen, diese versteckte, um sich dann an der Reaktion des vermeintlich Bestohlenen zu erfreuen?

Für den Staatsanwalt, der den bei Grabher und Grabher

hinterlegten Brief nicht kannte, war dagegen alles klar. Für ihn war es wie mit der Darstellung des Don Vito Corleone in »The Godfather«. Wenn man einmal wusste, dass sich Marlon Brando für die Rolle des Paten die Backen mit weichgekautem Brot ausgestopft hatte, konnte man ihn nicht mehr sehen, ohne sich zu denken, spuck es endlich aus. Jede einzelne Szene bekam dadurch etwas Lächerliches. Und auch Döblinger konnte den Fall Papouschek nun nur noch mit diesem Mörder sehen. Weil irgendein drittklassiger Maskenbildner den Mund nicht halten konnte und Brandos Trick verriet, war ein normales Betrachten des Streifens nicht mehr möglich. Und wer war hier der drittklassige Maskenbildner? Ein Notar. Birngruber und Söhne. Ein Betrachten des Falles ohne diesen Mörder schien dem Staatsanwalt unmöglich – der passte auch zum Kreuz im Rücken der Leiche. Plötzlich war die Geschichte so gut wie gelöst, erschien alles ganz einfach, zumindest für Döblinger.

– Dann ist die Sache erledigt, klatschte er sich vor Freude auf die Schenkel und lachte. Wenn der Mörder heute Nacht ins Minerva kommt, wovon auszugehen ist … Wir könnten ihn auch gleich verhaften, aber diesen Spaß sollten wir uns nicht entgehen lassen … Na, was meinen Sie? Aber da Groschen nichts sagte, fuhr er einfach fort:

– Seien Sie aber behutsam. Das gibt ein Aufsehen bis in die höchsten politischen Kreise. … Der Mörder hat mit Medien zu tun, ist gut vernetzt. Kann sein, dass er damit droht, diese unleidliche Geschichte mit dem Minister öffentlich zu machen. Haben Sie bestimmt gehört. Der Minister soll einer neunzehnjährigen Winzerkönigin ein Kind angehängt haben. Aber das ist ein Gerücht, mein lieber Groschen. Eine böswillige Unterstellung. Ein Minister würde nie … Hören Sie, da ist nichts dran. Trotzdem darf das nicht an die große Glocke. Sie verstehen? Gewisse Dinge müssen verschwiegen werden, um das gesellschaftliche Gefüge nicht zu gefährden. Niemand darf sagen, dass eine systemerhaltende Bank kurz vor dem Kollaps steht, weil man sich bei der Osterweiterung übernommen hat, man nur nach der Einwohnerzahl vorgegangen ist, vom Land selbst aber nichts anderes gesehen hat als die Bars in den Fünf-Sterne-Hotels. Systemerhalter! Wissen Sie, was das bedeutet, Groschen? Das betrifft uns alle. Und auch so ein Minister ist ein Systemerhalter. Darum darf die Öffentlichkeit vom Kind der Winzerkönigin nichts erfahren ... auch wenn der Täter droht, es in die Welt hinauszuschreien. Gewisse Dinge müssen ... vertuscht werden. Döblinger machte eine kleine Pause, bevor er fortfuhr: Und was machen wir mit Todic? Wollen Sie sich die Suite mit ihm teilen?

– Natürlich nicht. In einem anderen Hotelzimmer können wir ihn nicht unterbringen, zu riskant, schon wegen dem Personal, irgendjemand plaudert immer – und sei es nur ein drittklassiger Maskenbildner. *Oder ein Polizist der Spezialeinheit wie im Falle des Ministers.* Und jetzt ... Wissen Sie was, er bleibt bei mir.

– Bei Ihnen? Sie meinen? In Ihrer Wohnung? Diese Idee war so abwegig, dass der Staatsanwalt sofort Gefallen daran fand. Man konnte seine Gedanken förmlich greifen. Sollte dieser verrückte Kommissar doch sein Vergnügen haben. Sollte er sich diesen Todic doch ins Haus holen.

– Und Ihre Frau?

– Die kann bei ihrer Mutter übernachten.

– Mhm. Döblinger runzelte die Stirn. Er wog das Für und Wider dieser Aktion ab. Einerseits riskierte man eine Blamage, andererseits wäre es ein genialer Schachzug. Seine Entscheidung ging einmal in die eine, einmal in die andere Richtung. Würde die Aktion scheitern, hätte er mit Groschen einen Schuldigen, während, wenn sie Erfolg haben würde, er selbst, der Träger des Silbernen Ehrenzeichens, als Urheber dieses genialen Plans … Wer weiß, vielleicht war ja noch ein Orden drin. Gut stünde er dann da, sehr gut.

– Also meinetwegen, sagte er schließlich. Probieren wir es. Gordon soll den Untersuchungshäftling gleich zu Ihnen bringen. Sie bereiten im Minerva alles vor, und ich widme mich der Presse.

Niemand hatte behauptet, dieser Fall sei einfach, aber dass er nun plötzlich so eine abrupte Lösung finden sollte, irritierte den Kommissar. Er fühlte eine entgegengesetzte Kraft, einen Mörder, der ihm sehr ähnlich war, der nur in die andere Richtung arbeitete – wie die gleichrangige Schachfigur der anderen Farbe. Aber es gab auch Dinge, die sich nicht erklären ließen. Zumindest nicht, solange er das Motiv des Täters nicht kannte. Und wer sagte, dass der Name auf dem zweiten Notariatsschreiben richtiger war als der erste? Das alles erschien ihm vertrackt und ausweglos – trotzdem war er sich sicher, heute Nacht den Mörder zu fassen. *Heute Nacht bin ich am Zug, wird der andere mattgesetzt.*

Groschen ging in sein Büro und stierte in die Luft. Irgendwie war er mit dem Mörder, der ihm da mit diesem Notariatsschreiben quasi frei Haus geliefert wurde, genauso wenig glücklich wie mit Tinti und Todic, hatte er doch das unbestimmte Gefühl, seine ganze Arbeit sei umsonst gewesen.

Studierte er deshalb das gerichtsmedizinische Gutachten von Professor Bangerl, das er bislang nur überflogen hatte? Suchte er nach Ungereimtheiten? Aber da war nichts, das nicht zur Verfügung des Opfers gepasst hätte. Der Todeszeitpunkt war mit Sonntag gegen 19 Uhr bestimmt. Strangulation. Keine Kampfspuren. Interessant war bestenfalls der Mageninhalt der Toten, Knackwurst mit Spinat.

Wie weit der Fall Wobisch damit zusammenhing, war dem Kommissar jetzt noch schleierhaft. Er las das Gutachten des Brandsachverständigen, das im Wesentlichen Professor Bangerls Theorie bestätigte. Brandstiftung mit Spiritus und Alkohol. Keine Rauchpartikel in Bronchien und Lunge, die Wobisch war also schon tot, als das Feuer gelegt wurde. Aber was verband den Mörder mit dieser gealterten Diva?

Groschen rief das Hotel Minerva an und traf einige Vorkehrungen, außerdem bat er Martin, ein paar Informationen zu beschaffen. Am Gang stieß er auf Fräulein Schäfer, die den leeren Sack Zigeunerräder in der Hand hielt.

– Ist das nicht eine Frechheit, fauchte die Blondine. Irgendjemand hier kauft so etwas. Wie soll die Welt besser werden, wie soll sich die Menschheit weiterentwickeln, wenn man diesen Rassismus unterstützt? Zigeunerräder! Zigeunerspieß! Negerbrot! Aber ihr Österreicher, schrie sie in Groschens verdutztes Gesicht, seid völlige Hinterwäldler und Rassisten. Ihr habt nicht einmal ein Schuldbewusstsein, wenn ihr euch im Karneval mit Schuhpasta schwarz anmalt.

– Fasching heißt das bei uns, murmelte Groschen und machte ein unschuldiges Gesicht. *Geht mich nichts an.* Dann verließ er die Vorlaufstraße und schlenderte nach Hause. Sein Handy vibrierte, und ein Blick auf das Display brachte eine Überraschung: sein Vater! *Was will der jetzt? Ist etwas passiert? Ein Unfall?*

– Papa? Obwohl Groschen Mitte vierzig war, nannte er seinen Vater immer noch so wie vor vier Jahrzehnten.

– Hallo Falti, sagte die brüchige Stimme seines alten Herrn. Hast du gesehen, du bist in der »Tagespresse«. Ich verstehe ja nicht, was du machst, aber du bist in der Zeitung. Hauptsache Foto. Wollte ich dir nur mitteilen. Schau's dir an. Also dann, mach's gut.

– Bei dir? Alles in Ordnung? Bist du gesund? Aber da hatte sein Vater bereits aufgelegt.

Irritiert ging Groschen weiter. *Ja, ich bin in der Zeitung.*

Aber wie? Bei der Marienbrücke, dort, wo normalerweise sein Bettler stand, war ein anderer. Nicht der ausgezehrte, stoppelbärtige Mann mit den traurigen Augen, sondern ein kleiner Dicker mit Schnauzbart und dem Gehabe eines Zirkusdirektors. Ein Zigeuner? Früher hätte man ihn so genannt. Der Kommissar schenkte ihm einen Euro, woraufhin sich der Bettler verbeugte und sagte:

– Alles Gute, Gesundheit, auch für Familie.

– Wie? Was soll denn gut sein, schrie Groschen. Gesundheit? Nicht gut. Nase. Verstehen Sie? Geruch! Unangenehm. Und Stechen in Bauch. Hier. Gar nichts ist gut. Der Döblinger bekommt einen Orden, der Zwilling schaut Pornos, und die Schäfer flippt wegen Zigeunerrädern aus. Außerdem habe ich schon wieder die Papiere der Papouschek vergessen, dabei müssen die auf Fingerabdrücke untersucht werden. Verstehen Sie? Ich vergessen. Nicht gut. Ich Idiot.

Der Bettler sah ihn verständnislos an und grinste. Groschen ging weiter in die Hollandstraße und sah das hässlichste Gebäude der Stadt, das Collegium Hungaricum. Mit seinen schiefen Wänden, rot bemalten Fensterumrahmungen und applizierten Metallstangen, einer Mischung aus verbogenen Feuerleitern und Antennen, war es noch scheußlicher als das Holiday Inn in Sarajevo.

– Du bist schon da? Seine Frau saß vor dem Fernseher und schrieb das Rezept einer Kochsendung auf. Sie begleitete ihr Tun mit Sätzen wie:

– Zimt, das hätte ich nicht gedacht. Natürlich nicht zu viel Zucker beim Glacieren und mit Essig löschen, weiß man doch. Safran? Schau einer an, hätte ich nicht geglaubt …

– Was machst du da?, setzte sich Groschen rücklings auf einen Stuhl. Du isst doch eh am liebsten Nudeln mit Maggi oder Reis mit Tom-Yum-Paste.

– Pst, stör mich nicht. Fleisch abtupfen und dann mit Senf einschmieren. Währenddessen einen Suppenfond … Die tun so, als ob man immer eine Suppe hätte … Weißt du, wie die Rindsuppe machen? Mit Klärfleisch, einem Kilo Faschiertem, das dann weggeworfen wird … so eine Verschwendung …

– Hast du schon gegessen? In Groschen begann sich Hunger breitzumachen.

– Ich habe gestern zu viel gegessen, legte seine Frau Block und Stift zur Seite. Außerdem bin ich zu dick.

– Blödsinn, du bist gar nicht dick.

– Und mein Arsch? Aber Vorsicht, was du sagst. Eine falsche Bemerkung über den Hintern einer Frau kann einen Weltkrieg auslösen.

– Ich hätte dich ins Le Loft eingeladen.

– Ins Le Loft? Nein! Da wollte ich schon immer hin. Gibt es was zu feiern? Ist dein Fall abgeschlossen?

– Mehr oder weniger, verdrehte Groschen die Augen.

– Gut, dann gehen wir. Ich muss mich nur schnell herrichten. Seine Frau wusste ganz genau, ihr Mann wollte etwas. Sie konnte mehr oder weniger seine Gedanken lesen und ahnte, diesmal musste es etwas Schwerwiegendes sein, sonst würde er sie nicht in dieses neue Nobelrestaurant ausführen, das sich im Obergeschoß einer der hohen Glasröhren befand, die man neuerdings am Donaukanal errichtet hatte.

Groschen ahnte, was unter »nur schnell herrichten« zu verstehen war, eine Generalsanierung samt Anprobe aller Kleidungsvarianten. Also ging er in die Küche, öffnete ein Bier und schaltete das Radio an, in dem gerade die Nachrichten liefen. In Japan war eine Fähre mit Schulkindern gesunken, die Regierung verkündete ein neues Sparpaket, die Angeklagten im Korruptionsskandal wurden aus Mangel an Beweisen freigesprochen, und das Urteil im Fall Ellmander wurde verkündet. Wie nicht anders zu erwarten gewesen war, wurde

Achmed Mohamed Hursi, wie er mit vollem Namen hieß, schuldig gesprochen und zu lebenslanger Haft verurteilt.

Groschen schlug verärgert auf den Tisch. Wieder ein Unschuldiger mehr im Gefängnis. Aber solange er nicht wusste, was der Mörder der Ernestine Papouschek mit dem Schneider Ellmander zu tun gehabt hatte, musste der Ägypter ins Gefängnis. *Bauernopfer.*

– Wie findest du das? Seine Frau hatte ein gelbes Kleid angezogen, die Haare trug sie offen.

– Sehr schön, erhob sich Groschen von seinem Stuhl und wollte gehen.

– Sehr schön? Sehe ich darin nicht dick aus?

– Aber nein.

– Warte. Ich möchte noch was anderes probieren.

– So viel Zeit haben wir nicht.

– So viel Zeit muss sein. It's a woman's privilege to change her mind. Wenig später trug sie ein weißes Hemd, eine auberginefarbene Hose und breite Hosenträger.

– Interessant. Groschen schnalzte mit der Zunge. Natürlich reichte das nicht. Es war von vornherein klar, dass sie in diesem Aufzug nicht mit ihm essen gehen würde, vielleicht zum Chinesen, aber nicht ins Le Loft. Es folgte eine Kombination aus buntem Rock und roter Lena-Hoschek-Jacke, aber das war ihr selbst zu auffällig. Als Nächstes wurde ein grünes Seidenkleid von Hörl probiert, das aber als zu elegant empfunden wurde. Die Verbindung von grauem Rollkragenpulli, kurzem Rock und grauer Strumpfhose erwies sich als zu unauffällig, auch die Idee mit der Latzhose setzte sich nicht durch, ebenso wenig das malvenfarbene Tüllkleid. Am Ende, Groschen drängte bereits, schließlich hatte er noch einiges zu erledigen, entschied sie sich doch wieder für das gelbe Kleid vom Anfang.

ALLES NACH PLAN

Die Aussicht im Le Loft war gigantisch. Trotz des trüben Wetters sah man den Leopoldsberg, den Kahlenberg, der gar nicht kahl war, den Bisamberg, der gar kein richtiger Berg war. Die hässliche, rattengraue Stadt wirkte plötzlich anheimelnd und niedlich. Die Gründerzeithäuser am Kanal glichen denen einer Modelleisenbahn. Zwischen den klassizistischen Gebäuden der Jahrhundertwende fanden sich vereinzelte Bausünden aus der Nachkriegszeit, aber auf allen waren moderne Dachwohnungen mit futuristisch anmutenden Glasfassaden. Von hier oben konnte man die Innenhöfe sehen. Dazu die Wahrzeichen der Stadt: Stephansdom, Riesenrad, Karlskirche, die beiden Bettentürme des Allgemeines Krankenhauses, den Hundertwasserschlot des Fernwärmewerks, der aussah wie eine Mischung aus Moschee und Raumschiff.

Die Einrichtung des Lokals war sachlich und erinnerte an ein modernes Hotel. Nur die bunte Decke, das Werk einer Schweizer Künstlerin, verlieh dem Lokal eine besondere Note. Nachts leuchtete sie sogar und sah aus wie das Bild einer Wärmebildkamera.

Die Groschens bekamen einen Tisch am Fenster zugewiesen und bestellten trockenen Martini als Aperitif. Der Kellner brachte die Karte, und Groschen schluckte, als sein Blick auf die kleingedruckten Preise fiel. *Na bumm.* Sein Manöver mit der Todic-Beherbergung ging ganz schön zu Lasten des Budgets. Aber egal, seine Frau, die immer sagte, man lebt nur einmal, strahlte. Sie bestellte Wiener Schnecken mit Wachtelei als Vorspeise und gebratenen Wildhasenrücken mit hausgemachter Blutwurst, Selleriepüree und Quitte als Hauptgang. Der Kommissar, weit weniger entschlussfreudig, schwankte bei der Vorspeise zwischen Froschschenkel in Kerbelsauce und dem Carpaccio von der Jakobsmuschel. Und als Hauptgericht?

– Gefülltes Stubenküken mit Iberico-Schinken, kann ich sehr empfehlen, mischte sich der Kellner ein.

– Küken? Na, ich weiß nicht, verzog der Kommissar das Gesicht. Ich mag kein Geflügel, auch wenn es gar nicht fliegt.

– Wolfsbarsch mit Austerntartar klingt interessant, meinte seine Frau. Du isst doch gerne Fisch.

– Aber Austerntartar? Austern muss man schlürfen.

– Vielleicht die Meeräsche mit Trüffel?, mischte sich nun wieder der Pinguin ein.

Meeräsche? Was soll das sein? Ich kenne nur den Baum. Trüffel mag ich auch nicht.

– Ich nehme den Rehrücken, hatte Groschen plötzlich Angst, aus diesem Nobellokal hungrig hinauszugehen.

Der Kellner bedankte sich, während ein zweiter kleine Teller mit Entenleber und Birnengelee zur Einstimmung brachte. *Gruß aus der Küche? Die könnten ruhig etwas großzügiger grüßen.* Sie bekamen eine Flasche Chablis, tranken und waren glücklich. Ja, man lebt nur einmal. Jeden Moment konnte einen eine Nachricht, die sich vielleicht nur als unangenehmer Geruch oder Nesselausschlag angekündigt hatte, aus der Bahn werfen. Jeden Augenblick konnte das so selbstverständlich betrachtete Leben aufhören und zu einer Qual werden. Was anderes konnte man tun, als seine Zeit dankbar zu genießen. Und wie sie so auf Wien und in den Wein blickten, bekamen sie eine Ahnung von dem, was dieses Leben alles zu bieten hatte.

Frau Groschen strahlte so sehr, dass er ihr die Laune nicht verderben wollte. Es war halb vier, und sie waren so ziemlich die einzigen Gäste. Nur an der Bar standen ein paar Geschäftsleute und tranken. Die Sonne verbarg sich hinter dünnen Wolkenschichten, durchstach manchmal die hinteren, erhellte ganze Flächen, ohne je ganz durchzubrechen. Die sich nahende Dämmerung war zu erahnen.

Seine Frau sprach wie aufgezogen. Gerade erzählte sie von einer Freundin, die Depressionen hatte und dick geworden war. Ihr Mann küsste sie im Beisein anderer immer öfter und ostentativer, was kein gutes Zeichen war. Man konnte die Katastrophe förmlich riechen. Bestimmt ging er fremd. Bald würde er sie verlassen. Leider war das so absehbar und unvermeidlich wie der Winter, der dem Herbst folgte. Seit sie ein Kind hatten, war alles nicht mehr so wie früher ... Solche Gedanken hast du doch nicht?

– Ich? Groschen kostete eine ihrer Schnecken, konnte aber nichts Besonderes dabei empfinden – schmeckte wie eine gewürzte Nuss, hatte die Konsistenz eines alten Kaugummis und sah auch so aus. Nachdem er eine Weile darauf herumgebissen hatte, meinte er:

– Ich? Wie kommst du darauf?

– Manche Männer brauchen das. Vor allem die, denen es an Selbstbewusstsein mangelt. Die suchen sich Bestätigung anderweitig. Liebst du mich noch?

– Aber natürlich liebe ich dich noch, beeilte sich Groschen zu sagen. Fast verschluckte er sich dabei.

– Na, das hat aber lange gedauert, rümpfte seine Frau die Nase. Tatsächlich war Groschen mit seinen Gedanken ganz woanders, bei den Leichen der Papouschek und Wobisch, bei den notariellen Briefen und bei Wally Fisch, der jemanden gesehen haben wollte, der nicht zum Tatverdächtigen passte. Da wurden die Hauptspeisen serviert, und Groschen bestellte eine Flasche Burgunder.

Auf den Tellern lagen Kunstwerke, die kaum nach Essen aussahen. Eine Weile war es modern gewesen, das fertige Gericht mit ein paar Spritzern eingedicktem Balsamico-Essig zu verzieren, was in den billigeren Restaurants noch immer gang und gäbe war, davon war man hier schon wieder abgekommen, dafür glich der gebratene Teig, der neben den dünnen Fleischschnitten lag, einer Murmelbahn für Kinder. Die Blutwurst seiner Frau war auf drei hauchdünne Scheiben reduziert, das Selleriepüree sah verloren aus, und von der Quitte waren gerade mal drei, vier kleine Würfel auf dem Teller.

So ist das also, dachte Groschen, man versucht uns einzureden, dass uns das zu schmecken hat. Genauso wie man uns einzureden versucht, diese verglaste Stahlbetonarchitektur sei schön. Schön ist ein Schloss oder ein Palais, eine Jugendstilvilla oder ein alter Bauernhof. Und schmecken tun ein Schweinsbraten mit Kruste, ein Bratlfettbrot mit Zwiebelringen, eine Käsekrainer und das Menü Nummer zehn beim Chinesen, aber doch nicht diese surrealen Gebilde.

– Jetzt red schon, sagte seine Frau. Was hast du auf dem Herzen. Und schau nicht so unschuldig, du willst doch was.

– Na ja, druckste er herum. Vielleicht … *Woher weiß sie das?*

– Was heißt vielleicht? Gib zu, diese Einladung verfolgt einen Zweck. Du willst etwas. Spuck es aus.

– Schön, murmelte der Kommissar, während er an seinem Rehrücken herumschnipselte. Ich möchte, dass du heute bei deiner Mutter schläfst.

– Was? Wieso? Das geht nicht. Sie nahm ihr Glas und trank. Meine Mutter ist aufs Land zu ihrer Cousine gefahren – und ich habe keinen Schlüssel.

– Dann musst du in ein Hotel gehen.

– Warum? Was hast du vor? Willst du mir untreu werden?

– Du kannst dich doch an diesen Tode Todic erinnern?

– Den Frauenmörder? Den Augausstecher?

– Der ist unschuldig.

– Und den willst du in unserer Wohnung unterbringen? Frau Groschen hatte seine Gedanken wieder mal erraten.

– Ich kann dir nicht erklären, warum, aber es muss sein.

– Gut, reagierte seine Frau erstaunlich gelassen, wenn es sein muss, muss es eben sein. Aber ich lasse mich aus meiner Wohnung nicht vertreiben. Ich werde also bleiben.

– Aber ich bin nicht da. Ich muss …

– Dann wirst du eben einen Inspektor abstellen.

– Ich weiß nicht, ob das geht. Ich kann zwar mit Gordon sprechen, aber …

– So machen wir das. Abgemacht.

Wir?

Eine Weile schwiegen sie, dann erzählte sie einen Witz, den sie von Drecksi-Trixi gehört hatte:

– Wenn dein Mann sagt, er repariert das … dann brauchst du ihn nicht alle sechs Monate daran zu erinnern.

Der Keller kam und fragte:

– Bei Ihnen alles in Ordnung?

– Danke. Ausgezeichnet. *Alles in Ordnung? Gar nichts ist in Ordnung. Verschone uns mit deinen auf Gastronomieschulen gelernten Pseudofragen, Pinguin. Und ich Vollhirn sage auch noch »Danke. Ausgezeichnet«. Warum sage ich ihm nicht, dass es in einem Beisl viel gemütlicher wäre, diese Kunstwerke aus der Küche lächerlich und die Preise unverschämt sind.*

Sie aßen ihre Teller leer und vernichteten den Wein. Seine Frau schien fast Gefallen daran zu finden, eine Nacht mit einem Mörder zu verbringen. Während sie einen kleinen Kaffee tranken, quetschte sie Groschen aus. Alles wollte sie von diesem Todic wissen, wie er seinen Mord begangen hatte, warum, weshalb er jetzt nicht in Frage kam. Was für ein Mensch das sei, wie seine Augen waren, seine Stimme und so weiter. Am Ende bekam sie doch kalte Füße, was man an der Art sah, wie sie sich versicherte, ob er auch wirklich nicht mehr rückfällig geworden sei. Schließlich war die Vorstellung, als augenlose Leiche zu enden, nicht gerade appetitlich.

Inzwischen hatte sich Gordon gemeldet, sie seien soeben

am Flughafen Wien Schwechat gelandet und würden nun ins Kommissariat fahren.

– Nicht in die Vorlaufstraße, sagte Groschen. Kommt zu mir nach Hause.

– Zu Ihnen, Chef? Aber warum? Machen Sie jetzt ein Gefängnis auf?

– Frag nicht so blöd und komm.

Der Kommissar bezahlte, überlegte, wie oft er um diesen Betrag zum Chinesen gehen könnte, kam auf eine zweistellige Zahl, und war froh, in keiner größeren Runde unterwegs zu sein, hatte doch seine Frau die Angewohnheit, bei jeder Tischgesellschaft, sobald es ans Bezahlen ging, laut hinauszuposaunen: »Wir laden ein« oder »Mein Mann bezahlt«. Groschen neigte zur Sparsamkeit, eine Eigenschaft, die mit dem Alter immer ausgeprägter wurde, während seine Frau keinen Bezug zu Geld hatte. Was soll's, sagte sie dann, man lebt nur einmal.

Er geleitete seine Frau nach Hause. Ganz hatte sich diese Essenseinladung nicht rentiert. Aber er wusste, wenn sich seine Frau etwas in den Kopf gesetzt hatte, war sie nicht mehr davon abzukriegen.

Sie waren kaum daheim, Frau Groschen überlegte, was sie ihrem Gast anbieten könne, als es auch schon klingelte. Gordon, eine Leberkäsesemmel in der Hand, machte seinen üblichen Gruß mit zwei Fingern an die Stirn, während Todic ein verächtliches Gesicht aufsetzte. *Na, da haben sich Freunde fürs Leben gefunden*. Man merkte, die beiden hatten während ihrer Reise keine fünf Sätze ausgetauscht, was vielleicht auch an Gordon Zwillings Esstag lag. Ständig stopfte er sich etwas in den Mund. Na, dachte Groschen, für jemanden, der nach dieser Kabarettistendiät lebte, wäre das Le Loft nichts.

Als Todic den Kommissar erblickte, schien er vor Wut förmlich zu platzen:

– So ist das also. So hintergeht man mich, während meine Mutter stirbt, werde ich heimtückisch verhaftet. Sie. Sie …

– Jetzt beruhigen wir uns erst einmal, griff ihm Groschen auf die Schulter und sah ihm in die Augen. Wenn ich nicht wäre, würdest du schon einsitzen. Nur meiner Hartnäckigkeit verdankst du deine Freiheit. Aber nicht, weil du mir sympathisch bist. Alles, was ich dafür will, ist, dass du heute Nacht hierbleibst. Morgen kannst du gehen, wohin du willst.

– Hier? Ist das Ihre Wohnung? Todic machte ein Gesicht, als ob er spürte, in eine Falle zu tappen, die er noch gar nicht sah.

– Inspektor Zwilling und meine Frau werden dir Gesellschaft leisten. Und wenn ich hören sollte, du benimmst dich nicht oder nimmst dir Frechheiten heraus, dann bist du tot. Verstehst du? Tot.

– Ich, äh. Todic stammelte. Auch Gordon wollte widersprechen, aber der Kommissar blickte nur streng in Todics pockennarbiges Gesicht und sagte:

– Na, ihr werdet es schon machen.

DIE ERSTEN MENSCHEN

Draußen dämmerte es bereits, und da Freitag war, kamen ihm jede Menge chassidischer Juden in ihren schwarzen Trachten entgegen, für die der Sabbat schon begonnen hatte. Bärtige Männer mit Gebetsschnüren an der Hose, wadenhohen weißen Strümpfen und Pelzkappen groß wie Schwimmreifen, sogenannten Schtreimeln. Die meisten sprachen russisch, einige hebräisch. Die alten Männer rauchten auf Teufel komm raus, während kurzgeschorene Knaben mit langen Stirnlocken auf Tretrollern neben ihnen her düsten.

Groschen mochte das, weil es ihn an New York erinnerte, an die Lower East Side und den Battery Park. Er wohnte seit geraumer Zeit im zweiten Wiener Gemeindebezirk, der Leopoldstadt, die schon immer das Judenviertel gewesen war. Nun ging er über die Salztorbrücke in den ersten Bezirk. Unter ihm der träge Donaukanal, über ihm grauschwarze Wolken, vor und neben ihm die Lichter des abendlichen Verkehrs. Eine Segway-Gruppe zischte vorbei, Radfahrer ohne Licht, Mütter mit geländetauglichen Kinderwägen. Der Kommissar war beschwingt und guter Dinge wie schon lange nicht, der Geruch in der Nase war verschwunden, ebenso das Ziehen in der Seite. Ein Hochgefühl durchflutete ihn wie eine Welle, spülte alles Negative weg. Plötzlich änderten sich die Gezeiten, wurde etwas Versunkenes freigelegt, fielen ihm die Drohbriefe ein. *Wir werden dir den Bauch aufschlitzen und dich mit deinen eigenen Gedärmen knebeln. Nein, denk doch nicht an diesen Blödsinn. Halte dich am Essen an, am Glücksgefühl, der bevorstehenden Verhaftung.* Aber da war etwas. Er spürte Bedrohliches, einen schweren Atem. *Nein, da ist nichts.* Doch! Ein Schatten, der ihn beinahe überholte. Vorsicht, Gefahr, schrie sein Gehirn. Blödsinn, sagte er, denk sowas nicht. Vielleicht sogar ein Mörder, beharrte sein Verstand, dein Mörder. Groschen, dem ein Schauer über den Rücken rann, beschleunigte den Schritt, lief schon fast, drehte sich um, sah ein riesiges Waffeleisen, das ihn toasten wollte, nein, es war nur ein Schnitzelklopfer, ein Metallaufsatz, aber lauter kleine Pyramiden, er fühlte eine ausholende Hand, merkte, hier war er das Fleisch, das geklopft werden sollte, er hob zum Schutz die Hand, wollte sagen, mich doch nicht, bin kein Schnitzelfleisch, da sauste der schwere Holzhammer schon hernieder, hieb mit Urgewalt auf ihn ein, bohrten sich 64 spitze Würfelecken in sein Fleisch. Er spürte einen jähen Stich in seiner Hand, ein dumpfes Schwingen in allen seinen Knochen, einen brennenden Schmerz, der aus ihm zu kommen schien, er hörte, wie das Küchenwerkzeug zu Boden fiel, da sprang ihn schon ein Körper an, gab es, wie man in Wien zu sagen pflegte, Brösel, wollte ihn etwas kratzen. Groschen, vom Alkohol noch leicht benebelt, taumelte mit vor Überraschung geöffnetem Mund, er hob das Knie, spürte einen Schlag in seinem Bauch, krümmte sich vor Schmerz, kurz war es so, als kämen die halbverdauten Kochkunstwerke wieder herauf, tausend Gedanken in seinem Gehirn waren auf Schnelldurchlauf, als der andere erneut zum Schlag ausholte, »nicht doch« und »na warte« formten sich in Groschens Mund, da kam der Kommissar zu Luft, sprang er in den Bauch des Kontrahenten, den Kopf als Rammbock, schlug dann selber zu, spürte eine weiche Masse, es war, als würde er in einen Teig greifen, er hörte etwas knacksen, sah Rotes, Klebriges an seiner Hand, Blut. Wie blind griff er zu, glitt ab. Noch einmal. *Bin kein Schnitzel. Nicht doch* und *na warte*. Da kam ein neuerlicher Schlag, traf seine Brust. Endlich kriegte er den anderen zu fassen, wendete ihn wie Fleisch im verrührten Ei, sah, es war eine Frage der Konstitution, der andere, jetzt kam er in die Brösel, war deutlich schwächer, mehlig, Groschen warf ihn zu Boden, kam auf ihm zu liegen, spürte etwas Knochiges, aus lauter Wut und Freude schlug er noch ein paarmal rein in diese unbestimmte Masse, *Gewalt ist keine Lösung*, spürte freudige Lust, ein seltenes Glücksgefühl, *man muss sich doch verteidigen*, zog den anderen dann hoch, hätte ihm am liebsten … *voll in die Fresse* … da sah er langes zerzaustes graues Haar, ein schmales, aber blutiges Gesicht, *Fresse,* mit einer großen Knubbelnase, aus der Blut tropfte, dünne aufgeplatzte Lippen, geschwollene Wangen. Am Boden eine Brille, zerbrochen. Keuchen.

Der Mann spuckte Blut, und in der Hand hielt er einen ausgeschlagenen Zahn. Er war gut, aber viel zu leicht bekleidet, grauer Anzug, weißes Hemd, vor allem aber eine kurze Hose, die seine weißen Beine zeigte, dünn wie Besenstiele. Der Mensch wirkte verwirrt, hielt den Zahn in die Höhe und lispelte etwas von Wiedereinsetzen. *Na, wer denkt jetzt noch an das Rausreißen von Gedärmen, an Pfählen und Hirn auslöffeln? Wer?* Nun erkannte Groschen, wer das war, *das glaubst du nicht,* der Kulturchef einer großen Illustrierten, *ja, stell dir vor,* einer, der sich einmischte, wenn es um die Besetzung der Burgtheaterdirektion oder die Salzburger Festspiele ging, einer, der dem Operndirektor ständig gute Ratschläge erteilte, einer, der allen Ernstes glaubte, mit den Glossen in seinem Käseblättchen Einfluss auf die Kulturpolitik zu nehmen. Er hieß Trotzki. Guido Trotzki. *Aber warum überfällt mich der?* Alles, was Groschen von ihm wusste, war sein snobistisches Auftreten, sein gestelztes oberlehrerhaftes Gehabe. Ein Wesen aus dem Elfenbeinturm, so eine Art Peter-Handke-Karikatur, einer, der sich von einem Löffel Aktenstaub ernährte.

– Was wollen Sie von mir? Warum schlagen Sie mich mit einem Schnitzelklopfer? Und die Drohbriefe? Die stammen auch von Ihnen? Warum?

Der andere, dieser Trotzki, sonst für seine wohlgedrechselten, fein ziselierten Sätze bekannt, spuckte Blut und stammelte zusammenhanglose Wörter. Wörter, aus denen der Kommissar auf einen zerrütteten Geisteszustand schloss. Allmählich erschloss sich aber doch ein Sinn: Anscheinend stand dieser Guido Trotzki kurz vor der Pensionierung, seine Frau hatte ihn mitsamt den Kindern verlassen, und auch sonst war er vom Schicksal durchgebeutelt worden. Nun wollte er, wenn Groschen ihn richtig verstand, Krimiautor werden und deshalb den Alltag der Polizisten studieren, aber all seine Anfragen und Bittschreiben waren unbeantwortet geblieben. Der Kommissar konnte sich zwar an nichts erinnern, wusste aber, dass man ihn oft mit derartigem Zeug belästigte. Meist fand er nicht die Zeit, das zu beantworten. Wer konnte solche Folgen ahnen? Der kleine grauhaarige Mann brabbelte etwas vom Schicksal, an dem er sich rächen wollte, vom Schicksal, das sich für ihn in Gestalt des Kommissars materialisiert hatte. Einem hochnäsigen Kommissar, der zwar aus der Arbeiterschaft stammte, es aber nicht einmal der Mühe wert fand, eine Anfrage zu beantworten.

– So weit ist es also gekommen, plärrte dieser Trotzki, die Polizei schlägt die Kultur. Aber so lasse ich nicht mit mir umspringen. So nicht. Den Zahn und die Brille werden Sie mir ersetzen! Er hielt beides in die Höhe. Außerdem verlange ich Schmerzensgeld.

Ein Irrer, war Groschen überzeugt, schnappte den renitenten Grauhaarigen und brachte ihn zur nächsten Polizeistation. *Da wird er hoffentlich zur Vernunft kommen, dieser verrückte Gnom.*

Als Groschen die Amtsstube wieder verließ, merkte er, wie still es war, wie unheimlich still. Zum ersten Mal in seinem Leben hatte er Freude empfunden, als er jemanden schlug. Und wenn er an die Visage von diesem Trotzki dachte, an die dünnen Lippen, die Knubbelnase und die hohe Stirn von diesem profundesten und profiliertesten Kulturkritiker des Landes, wie der sich selbst bezeichnete, empfand er keinerlei Reue. Ja, ganz im Gegenteil, ein aberwitziger Jubel stieg in ihm hoch.

Nun ging er weiter über den Schwedenplatz zum Hotel Minerva, das direkt auf den Donaukanal schaute. Ein einfacher Plattenbau mit roten Kacheln, schmucklosen Balkonen, großen Fenstern – Ostblockcharme. Gegen dieses Gebäude war selbst das Looshaus am Michaelerplatz, dessen nackte Fassade einst der Kaiser als persönliche Beleidigung empfunden hatte, ein verschnörkeltes Schmuckstück.

Der Kommissar kannte das Minerva. Die Polizei hatte hier

schon oft Aktionen durchgeführt. Er betrat es durch den Hintereingang, roch den scharfen Geruch eines Essigreinigers und ging über das Treppenhaus in die sogenannte Suite, die wie vereinbart offen stand. Der Schlüssel steckte. Das Zimmer war kaum größer als die anderen und unterschied sich durch nichts von den schmucklosen Kammern, in denen Handelsreisende oder Touristen abstiegen. Schlichte Möbel, kleiner Fernseher, ein desolater Schrank mit Schiebetür. Auf dem Schreibtisch lag ein Dossier von Martin. Groschen nahm es, warf es in den Papierkorb und ging zum Fenster. Auf der gegenüberliegenden Kanalseite war das Le Loft, dessen Decke nun wie ein Perserteppich auf LSD strahlte. Er bedauerte, nicht doch ein Maronieis mit Birnensorbet oder Citrusravioli mit Orangengelee gegessen zu haben. Auf dem Donaukanal kämpfte ein kleines Ausflugsschiff gegen die Strömung, und der Verkehr auf der Lände daneben kam nur stockend vorwärts.

Groschen warf sich auf das Bett und schaltete den Fernseher an. 999 Kanäle, aber nichts als Unsinn. Amerikanische Serien, Kochsendungen, Abnehmsendungen, Fußball, Golf, Billard, eine Natursendung über das Leben der Tiefseeschwämme, SpongeBob Schwammkopf, Tom und Jerry, Homer Simpson … Schließlich holte er sich doch den vierseitigen Bericht von Martin. Als er ihn überflog, spürte er eine Schwere in den Augen. Es war, als würde sein Bewusstsein in den Schlaf tauchen und sich davonmachen wollen. Er kämpfte dagegen an. Alle Fakten, die im Dossier standen, fügten sich zum Namen von Ernestine Papouscheks notariellem Schreiben – und zwar zu jenem, das ihm Döblinger gegeben hatte. Groschen fühlte, die Wahrheit war nahe. Er musste sich auf eine lange Nacht einstellen. Aber der Wein, die seltsamen Gerichte und die Schläge des geisteskranken Kulturjournalisten lagen ihm im Magen. Er schloss die Augen und versuchte sich zu konzentrieren. Aber sein Bewusstsein, nun schon ganz auf Tauchgang eingestimmt, flüsterte ihm zu: Der Verdächtige wird vor Mitternacht nicht aufkreuzen. Du kannst dich fallenlassen, dich deinen Träumen hingeben, darum komm, lass dich umarmen …

Kaum war der Vorhang in seinem Inneren zugezogen, sah er die Papouschek, die Wobisch, den Ellmander. Alle drei waren in der Großen Freiheit, zumindest stand davon in dem Dossier, das Martin … Aber was hieß das? Alle drei Mordopfer waren in dieser Kommune? Groschen sah Bilder von Erwachsenen mit Schnuller. Er sah eine Gruppe Kahlgeschorener, in deren Mitte der Bürgerschreck, Weltverbesserer und Sex-Champion Udo Schmalzl stand und verkündete:

– Polygamie ist ein natürliches Bedürfnis jedes Menschen. Liebe ist eine Krankheit, ein infantiles Bedürfnis, eine Hundekrankheit. Der Zweierbeziehung verdanken wir die Gartenzäune und die Grenzen, Kriege, Massaker, Mord. Nichts ist so schädlich wie die Mutter-Kind-Beziehung. Aber der kranke Mensch ist zu freier Sexualität nicht fähig. Darum sind wir die ersten Menschen.

Und er sah Mädchen, frisch wie eine Frühlingswiese, denen dieser alte Lustgreis hinterherhechelte, Mädchen, die froh waren, wenn dieser alte Mund sie küsste. Vierzehnjährige Knaben, die von den ranghöchsten Frauen besprungen wurden, die sich mit ihren buschigen Vaginen und großen Hängetitten auf diese jungen Körper pflanzten. Aber was bedeutete das alles? Barg diese Kommune ein Geheimnis? Etwas, das noch schrecklicher war als die Vergewaltigung Minderjähriger? Mussten die Wobisch, die Papouschek und der Ellmander sterben, weil sie etwas wussten, das … Schließlich war die Kommune jahrelang geduldet worden, Politiker hatten sie besucht, Künstler.

Plötzlich wurde es unruhig, hörte man ein Poltern, jemand

knallte gegen eine Wand, die Tür zu Groschens Suite wurde aufgerissen, und im Lichtschein des Flurs erschien eine mächtige Gestalt. Udo Schmalzl? Nein, denn der war tot. Der Kommissar zuckte zusammen. Seine Finger ballten sich zu Fäusten, und er versuchte, flach zu atmen.

Als die bedrohliche Gestalt näher kam, erkannte er einen Trenchcoat und dunkle Handschuhe. Sein Gang schwankte, und im ganzen Zimmer verbreitete sich eine Alkoholfahne.

– Ich muss es wissen, Todic. Ich muss wissen, wo es ist. Rück es heraus, grölte eine heisere Stimme mit gewaltigem Zungenschlag.

– Heraus damit. Ich muss, muss es wissen.

Der Kommissar machte Licht und brauchte ein paar Augenblicke, bis sich seine Pupillen an die Helligkeit gewöhnten. Dann erkannte er den Eindringling, der mit seinen schwarzen Lederhandschuhen und dem hellen Überzieher aussah wie der Mörder in einem Freitagabendkrimi – und heute war Freitagabend: der General. Das Gesicht des Eindringlings war purpurrot. Otto Öttinger sprach noch eine ganze Weile weiter, registrierte erst allmählich, dass er dem Kommissar gegenüberstand, der zu ihm hingetreten war und ihn mit eisiger Miene ansah.

– Todic? Sie sehen aus wie dieser Zolipist. Sie? Sie sind … der Kommissar! Was machen Sie schon wieder hier, grölte Öttinger. Überall, wo ich hinkomme, sind Sie bereits. Ist das ein Spiel? Wollen Sie wieder indisch essen?

– Ich erwarte einen Mörder.

– Uhu, Sie Mutiger. Die Zolipei, dein Freund und Helfer. Mir scheint, Ihre ganze Ermittlung ist, wie auf einer Glatze Locken drehen. Die Lakonie in seiner Stimme war unverkennbar.

– Was wollen Sie hier?

– Nun ja, der General konnte kaum einen Satz formulieren, aber das Wort »Mörder« schien ihn auszunüchtern. Er blickte den Kommissar mit glasigen Augen an, wankte etwas und sagte:

– Soll ich Ihnen sagen, was passiert ist? Soll ich? Er sprach bedächtig, betonte Silbe für Silbe. Sehen Sie, es ist nämlich so, die Puppi hat an einem zweiten Manuskript gearbeitet, Kennwort Katzi, wir haben gemeinsam daran geschrieben, ein Nachfolgewerk zur »Rübenkönigin«. Es gab schon Gespräche mit dem Verleger. Aber jetzt, seit die Puppi tot ist, ist auch das Manuskript verschwunden – außer den paar Blättern auf dem Schreibtisch. Weg. Und da dachte ich, wenn der Todic schon den Mörder kennt, weiß er auch, wo das Manuskript ist. Darum bin ich hier. Kennen Sie den Witz, wo ein Hund so schnarcht und man ihm ein Lorbeerblatt um den Schwanz bindet? Eine Frau glaubt, das funktioniert auch bei ihrem Mann, also …

– Schon recht. Sie gehen jetzt nach Hause.

– Aber Todic? Das Manuskript? Ich muss es haben, muss ich.

– Todic ist nicht hier, und Sie verschwinden auch, sonst lasse ich Sie in eine Ausnüchterungszelle stecken.

– Schon recht, torkelte der General davon, nahm eine Flasche Alpestre aus seiner Manteltasche und wollte davon trinken.

– Halt, eine Frage habe ich noch, rief ihm der Kommissar nach.

– Zu Befehl.

– Hat die Puppi, wie Sie sie nennen, gerne Spinat gegessen?

– Spinat? Komische Frage. Sie hasste Spinat.

Seltsam, dachte Groschen, dass sie als letzte Mahlzeit vor ihrem Tod ausgerechnet Spinat gegessen hat.

Er ärgerte sich über diesen General. Was, wenn er von dem, den Groschen erwartete, gesehen worden war? Was, wenn der jetzt die Falle durchschaut hatte? Groschen schloss die Tür, ohne sie zu versperren. Er legte sich wieder aufs Bett und hoffte, der Erwartete würde bald kommen.

Es war kurz nach Mitternacht. Draußen pulsierten die Gespräche von Nachtschwärmern. Der Kommissar schloss die Augen und dämmerte dahin wie ein Wachhund. Immer war er bereit, aufzuspringen und einen Mörder zu überwältigen. Doch sosehr er auch lauschte, es war nichts zu hören. Alle paar Minuten blickte er auf die Uhr, doch die Zeit war hartnäckig und wollte nicht und nicht und nicht und nicht vergehen. Um zwei hatte er einen kurzen Durchhänger und schlief fast ein. Um drei begann er an seinem Plan zu zweifeln. Um vier war er nahe daran, alles hinzuschmeißen. Da waren plötzlich Schritte, die sich näherten, ein leises Quietschen war zu vernehmen, hörte sich an wie ein störrischer Korken, den man aus einer Flasche zog. Jemand drückte die Türschnalle. Ein Blitz durchfuhr den Kommissar, sein Herz begann zu rasen, er hielt den Atem an, spürte, wie jede seiner Fasern zum Zerreißen gespannt war. Plötzlich hoffte er, es sei ein Polizeibeamter, der die Sache abblies. Er konnte nicht glauben, dass das Ganze seine Idee gewesen war. Die Tür ging auf, erst nur einen Spalt, dann ganz. Groschen wollte schreien, doch nichts kam aus ihm heraus. Er roch ein herbes Rasierwasser, sah, wie eine hagere Gestalt den Raum betrat und leise »Tode! Tode!« flüsterte. Kaum war die Person im Zimmer, vielleicht noch zwei Meter vom Bett entfernt, wollte der Polizeibeamte Licht machen. Doch seine Finger waren unendlich weit von ihm entfernt. Er wollte sie zum Lichtschalter bewegen, doch sie rührten sich nicht. Es war wie in einem Albtraum, in dem man weglaufen wollte, aber nicht von der Stelle kam. Ein Teil von ihm dachte, nun ist es aus, man würde ihn für Todic halten und ermorden. Ein anderer Teil brüllte verzweifelt in Richtung seiner Finger: Bewegt euch endlich, macht schon Licht. Doch die Hand war taub, rührte sich keinen Millimeter. Gleich würde ein Messer in ihm stecken oder sich ein Strick um seinen Hals legen. Bewegt euch endlich, schrie etwas in ihm. Zum Lichtschalter. Sofort. Der Schatten war nun schon ganz nahe, hatte die Bettkante erreicht. Gleich würde er nach ihm fassen, ihn über eine Grenze befördern, gleich … Da schnappte etwas ein, machte es einen Ruck, schnellte was zurück, und plötzlich war die Hand am Lichtschalter.

Der Eindringling erstarrte. Es war der, mit dem der Kommissar gerechnet hatte: Donatus Henkel von Germershausen, der, den die Ernestine Papouschek als Mörder angegeben hatte. Das Pimmelgesicht! Aber jetzt schien dieses Wort gar nicht mehr zu passen. Die Haut des Priors war leichenblass. In seinen weit aufgerissenen Augen hatte sich ein großer Schrecken abgebildet, sein Mund stand offen, die Hände zitterten, und seine Stimme klang schrill und aufgeregt.

– Sie? Was? Der Prior war fassungslos. Sein scharf geschnittenes Gesicht hatte nun nichts Strammes mehr, nichts von einem erigierten Penis, wie Mehlpampe sah es aus, eine hellgraue Masse.

– Sie dachten wohl, Sie könnten Ihre Mordserie ewig fortsetzen?

– Mord? Ich? Der leichenblasse Prior stammelte.

– Ja, Mord. Oder leugnen Sie, die Ernestine Papouschek umgebracht zu haben? Die Papouschek, den Ellmander und die Wobisch!

– Ich, murmelte Donatus. Er schloss die Augen, öffnete sie wieder, hoffte wohl, der Kommissar würde verschwunden sein, doch er war noch immer da. Ich habe niemanden ermordet. Mord ist Sünde. Mord ist …

– Dann haben Sie ermorden lassen. War es dieser Wally Fisch? Was haben Sie ihm gesagt?

– Ich … Germershausens kantiges Kinn zitterte, seine rotgeäderten Augen waren blutunterlaufen, die Pupillen rotierten.

Na, wo ist jetzt dein Heiligenschein, Donatus? Jetzt ist er wohl ein Donut, aber ein angebissener.

– Uns liegt ein notarielles Schreiben vor, in dem die Ernestine Papouschek Sie für ihren gewaltsamen Tod verantwortlich macht.

– Mich? Aber das ist … lächerlich, absurd. Er wich Groschens Blicken aus, sah verlegen zu Boden.

Oh, wie ich diese verlogene Scheinheiligkeit hasse.

– Es hat lange gedauert, sagte der Kommissar, bis ich verstanden habe, was der Schneider und die Schundschriftstellerin gemeinsam hatten. Erst dachte ich, es wäre die Kommune, die Große Freiheit, Schmalzl, aber nein … Durch die Wobisch, bei der Sie unvorsichtig geworden sind, ist mir klar geworden, hier geht es um etwas anderes. Warum mordet man? Aus Gewinnsucht, das schließe ich bei Ihnen aus. Auch Eifersucht ist kein Motiv. Bleibt nur die Angst, jemand könnte Ihr Leben zerstören. Genau darum ging es.

– Was? Ich verstehe nicht.

Ja, ja, stell dich nur dumm. Das wird dir auch nichts nützen.

– Für die Morde an Ellmander und der Papouschek hatten Sie genügend Zeit, nicht wahr. Aber wie dann die Wobisch angekündigt hat, von ihren Männern zu erzählen, ein fast fertiges Manuskript zu haben, konnten Sie keinen kühl ausgetüftelten Mordplan mehr entwickeln. Da mussten Sie schnell handeln.

– Unsinn. Nein. Ich … bin ein Mann Gottes. Er wusste natürlich, dass das ein völlig absurdes Argument war, aber besser etwas Absurdes als gar nichts.

– Wer hat den Schneider mit dem jungen Ägypter zusammengebracht? Und wer hat Tode Todic gedrängt, nach seiner

Entlassung in Ihre Kongregation zu ziehen? Sie haben sich mit seinem Fall eingehend beschäftigt, um ihm den Papouschek-Mord anhängen zu können.

– Warum hätte ich das tun sollen?

– Das habe ich mich auch lange Zeit gefragt, aber dann haben meine Inspektoren was herausgefunden.

– Nämlich?

– Sie haben gemordet, weil sonst etwas ans Licht gekommen wäre, das die Ernennung Ihres Aribert Ginzburg zum Kardinal verhindert hätte. Etwas, das Sie Ihre Position gekostet hätte.

– Das ist nicht wahr, nein …

– Ich kann diese Vergangenheit richtiggehend spüren, die Sie da jahrelang weggesperrt haben, sie wartet nur darauf, herauszudürfen. Es hat etwas gedauert, bis ich den Schlüssel gefunden habe, aber jetzt habe ich ihn. Groschen machte ein angewidertes Gesicht, bevor er fortfuhr:

– Aribert Ginzburg war in den sechziger Jahren Religionslehrer. Er hat damals einen Betkreis ins Leben gerufen und Jugendwallfahrten organisiert. Und bei diesen pseudoheiligen Veranstaltungen, Sie wissen es, weil Sie dabei gewesen sind, ist es zu Übergriffen gekommen, zu Berührungen, Küssen und noch mehr. Kindesmissbrauch! Ihr Aribert Ginzburg war ein Päderast. Elmar Ellmander war einer seiner Zöglinge. Eines seiner Opfer! Hat er wegen ihm die Schule abgebrochen und ist nach Paris geflohen? Hat er deshalb später in der Schmalzl-Kommune Zuflucht gesucht? Der Schneider hat jahrelang geschwiegen. Jahrzehntelang. Aber als er mitbekam, dass dieser Pater Aribert, der ihn als Jugendlichen missbraucht hatte, nun Kardinal werden sollte, wollte er das mit allen Mitteln verhindern. Es gibt Entwürfe für Leserbriefe, die wir bei ihm gefunden haben. Sie wollten ihn beschwichtigen.

– Wir haben ihm Geld angeboten. Der Prior sagte das mit

ruhiger Stimme und einer Portion Selbstgerechtigkeit, die Groschen geradezu körperlich ekelte. Am liebsten hätte er diesem scheinheiligen Menschen eine hineingehauen, aber er beherrschte sich und sagte:

– Geld, das der Schneider nicht genommen hat. Und deshalb musste er sterben?

– Pfff. Der Prior zuckte mit den Achseln. Davon weiß ich nichts.

Davon weiß er nichts?

– Und die Papouschek? Der gewährten Sie nach ihrer Flucht aus der Schmalzl-Kommune Unterkunft. Nur leider hat ihr Sohn, *das Jenseblümchen,* dem Bruder Aribert gefallen. Hat auch sie gedroht? In den zahlreichen Talkshows, in denen sie aufgetreten ist, hat sie Andeutungen gemacht.

– Aber. Wie kommen Sie darauf? Ich … Der Prior reckte sein Kinn und stand nun so ruhig da, als stünde er einem Fotografen Modell. Aber es war nur Beherrschung, nichts anderes. Seine Brust wogte auf und ab, sein Mund war, wenn er nicht in Aufbietung all seines Willens die Lippen fest aufeinanderpresste, ein fleischfarbenes Loch des Entsetzens.

– Sie ist Ihnen zu gefährlich geworden. Sie musste weg. Also haben Sie den Verdacht auf Todic gelenkt, ihn zum Zeitpunkt des Mordes zum Friedhof der Namenlosen geschickt.

– Was erzählen Sie denn da? Der Prior schüttelte den Kopf. Sie wollen mich verrückt machen? Ist es das? Sie wollen …

– Ihnen fiel es leicht, ein Glas mit seinen Fingerabdrücken zu besorgen und es neben das Bett der Papouschek zu stellen. Wahrscheinlich haben Sie sogar den Whisky mitgebracht. Sie wussten um Todics ersten Mord, der übrigens gar keiner war, wussten um das Augausstechen.

– Nein, das ist lächerlich.

So? Lächerlich? Ein Mord ist niemals lächerlich.

– Sie haben dafür gesorgt, dass Ihr zukünftiger Kardinal sauber bleibt.

– Blödsinn. Das ist nicht wahr.

– Mit der Wobisch wiederum hat es eine andere Bewandtnis, damals war sie noch minderjährig, und der Theologiestudent Aribert Ginzburg, der selbst aus bescheidenen Verhältnissen kam, war Untermieter ihrer Eltern. Man kann sich denken, was da vorgefallen ist.

– Ich … Allmählich verlor der stramme Prior seine Fassung. Selbst sein herbes Rasierwasser roch auf einmal faulig wie ein modriger Keller.

– Aber bei der Wobisch hatten Sie nicht mehr die Zeit, einen Verdächtigen zu finden. Groschen nahm sein Handy und schickte eine SMS an Martin: Zugriff.

– Ich …

– Sie gehören zu jenen Menschen, die glauben, alles renkt sich ein, wenn man nicht darüber spricht. Aber irgendwann haben Sie gemerkt, das funktioniert nicht, nicht, solange es welche gibt, die plaudern. Nur haben Sie nicht geahnt, wie viele das eigentlich sind. Und heute wären Sie gekommen, den Todic zu beseitigen. Wollten Sie ihn mit einem Kopfpolster ersticken? Oder haben Sie ein Messer in der Tasche?

– Nein. Das ist nicht wahr. Der Prior vergrub das Gesicht in seinen Händen. Genau genommen sah er kümmerlich aus mit seinem ungekämmten Haar, das nun gar nicht mehr streng über dem Schädel lag, sondern wirr herunterhing.

– Wollen Sie gestehen?

– Gestehen? Der Prior sprach nun leise und gedehnt:

– Jeder Mensch hat Schwächen, und mancher erliegt seinen Versuchungen. Auch Bruder Aribert ist in seinem Streben zu Gott nicht ohne Fehltritte geblieben. Aber deshalb mordet man doch nicht. Das, was Sie da erzählen, Herr Kommissar, ist völliger Unsinn.

– Unsinn? Sie gestehen also nicht?

– Mehr habe ich nicht zu sagen.

Groschen wusste, es gab bei überführten Tätern nur zwei Reaktionen, entweder ein umfangreiches Geständnis oder ein Beharren auf der Unschuld. Leider entschied sich dieser hier für Letzteres. Er würde seine Taten mit sich und seinem Gott ausmachen müssen.

– Aus meiner Erfahrung mit Mördern weiß ich, sagte der Kommissar mit sanfter Stimme, Töten verändert, es verändert das Bewusstsein. Es ist nicht die Schuld. Es ist die Möglichkeit, Schicksal zu spielen.

Donatus sah ihn an, als wollte er sagen, was erzählen Sie mir da. Seine Augen waren verschleiert.

– Also nicht? Groschen war zur Garderobe gegangen und hatte seine Jacke geholt. Seine Knie zitterten ein wenig. Es war vorbei, der Fall gelöst. Martin kam und nahm den Prior Donatus Henkel von Germershausen in Gewahrsam.

– Gehen wir, sagte der Inspektor, der ein Gähnen nur mit Mühe unterdrücken konnte. Der Prior folgte Martin, doch nach ein paar Schritten blieb er stehen, sah zu Groschen und sagte:

– Das werden Sie bereuen. Nur weil Sie die Kirche für scheinheilig halten, haben Sie kein Recht … Aber nicht die Kirche ist scheinheilig, sondern die Gesellschaft. Was ist denn mit dem päderastisch veranlagten Spitzenpoliker, über dessen Opfer niemand spricht? Jugendliche mit zerrissenem Dickdarm! Oder der Parteivorsitzende, dessen Geliebter Staatssekretär wird? Oder der Minister, der einer neunzehnjährigen Winzerkönigin ein Kind anhängt? Oder der Baumeister, der auf großem Fuß lebt, aber eigentlich pleite ist? Der mit einem Firmengeflecht arbeitet, das dann regelmäßig Konkurs anmeldet, was kleinere Unternehmen, die für ihn tätig sind, in den Ruin stürzt. Oder der Landeshauptmann, der jahrelang ein

Verhältnis hatte mit der … Das sind die wahrhaftig Scheinheiligen. Nicht die Kirche. Aber das wird nun alles öffentlich. Alles! Der Prior schrie, im Flur öffneten sich ein paar Türen, und Martin hatte Mühe, den Verhafteten zum Weitergehen zu bewegen.

Es war sechs Uhr morgens und noch dunkel. Vom Mond war nichts zu sehen, die Luft vor dem Hotel war eisig kalt, und der ausgestoßene Atem bildete Wölkchen. Groschen war von einem Glücksgefühl durchflutet. *Aus. Vorbei. Sieg!* Wieder einmal hatte er einen Fall gelöst, einen Mörder dingfest gemacht, die Gesellschaft vor weiteren Untaten bewahrt. *Bravo Faltl!* Er schlenderte beschwingt nach Hause, überquerte den Donaukanal, ging durch die leere Taborstraße, erreichte den Karmelitermarkt, wo im Schein von Neonlampen gerade die ersten Marktstände aufgebaut wurden. Menschen mit dicken Daunenjacken und Handschuhen luden Obststeigen aus Lieferwägen. Tische wurden aufgeklappt, Brotkörbe aufgestellt, elektrische Wurstschneidemaschinen angeschlossen. Überall standen Paletten mit Obst und Fleisch, Honig, selbstgemachte Marmelade. Trotz der Kälte und dem schneidenden Wind, der sich in jeden Quadratzentimeter unbedeckter Haut biss, pulsierte das Leben.

Neuerdings waren lauter junge, in der Kreativwirtschaft tätige Paare hierhergezogen. Architekten, Webdesigner, Herausgeber von Untergrundzeitungen, Organisatoren von Lyrikwettbewerben. Auch der immer rot gekleidete Schriftsteller, der sich als das Gewissen der Nation gebärdete, einer Nation, die er im Übrigen ablehnte, sich dabei aber von Banken und Glücksspielunternehmen finanzieren ließ, thronte in einem Lokal. Seit ihn Groschen beim Kauf eines Haarfärbemittels beobachtet hatte, ignorierte er den Kommissar. *Glaubt, er sei eine Größe, ein Nobelpreiskandidat, dabei ist er nur ein aufge-*

blasener, arroganter Wichtigtuer, einer, der seinen Ruhm vor allem den absurd elaborierten Lobeshymnen Guido Trotzkis zu verdanken hat.

Beim Käsestand gustierten junge Feinschmecker und zogen anerkennende Grimassen. Groschen kaufte einen Bergkäse und Büffel-Camembert, der schmeckte, als ob er eine Woche im Kuhstall gelegen wäre. Außerdem deckte er sich mit Hamburger-Speck, Fenchelbrot und Bio-Eiern ein. Zu Hause war seine Frau gerade dabei, Kaffeebohnen zu reiben. Die Espressomaschine war kaputt, also hatte sie die französische Kaffeepresse hervorgekramt.

– Hast du Gordon und Todic gesehen?

– Wieso? Sind die nicht hier?

– Sie haben eben das Haus verlassen, wollten nicht frühstücken. Ich glaube, der Bosnier will zurück zu seiner Mutter, und dein Inspektor hat gesagt, er muss zu einem türkischen Computerfreak, *Ülent Bülent*, außerdem isst er heute nichts.

– Kabarettistendiät, grinste der Kommissar, warf Speck in eine Pfanne, schlug fünf Eier auf und freute sich auf ein kräftigendes Frühstück.

Seine Frau wischte den Küchentisch ab und legte eine Serviette an seinen Platz.

– Findest du nicht, du übertreibst, Frau Keimfrei?

– Ich und der Michael Jackson träumen davon, dass alles hundertprozentig keimfrei ist. Und nur weil du ein Schweindl bist und überall deinen Dreck herumliegen lässt ... Weißt du, wie es hier aussähe, wenn ich nicht ständig hinter dir herräumen würde?

– Schon recht. Danke. Der Kommissar verbeugte sich und warf ihr eine Kusshand zu.

– Hast du heute frei?

– Mhm, grunzte der Kommissar zufrieden.

– Dann fahren wir aufs Land. Ich muss Pflanzen einwintern, die Blätter der Blutbuche sollen schon heruntergefallen sein. Normalerweise kommen die erst im Jänner, aber als du in Sarajevo warst, hatte es hier Minusgrade.

– Wunderbar.

Sie frühstückten und fuhren dann zu ihrem kleinen Wochenendhäuschen, in dem sie die Sommer verbrachten.

GROSCHENS GRAB

Außerhalb der Stadt war die Luft kälter. Frost lag auf den brachliegenden Feldern, vereinzelt kugelten noch ein paar Zwiebeln oder Kürbisse herum. Die Wiese ihres Gartens war mit gelben und braunen Blättern übersät, außerdem gab es zahlreiche gefrorene Maulwurfshügel. In den Spinnweben hing Wasser, die Regenrinnen waren verstopft, und unter dem Nussbaum fanden sich jede Menge aufgebrochener Schalen.

Die Groschens waren den ganzen Tag mit Gartenarbeit beschäftigt, und abends gingen sie in eines dieser einfachen Landgasthäuser, die gerade Wildwochen hatten. Sie aßen Hirschragout mit Knödel und tranken diesen billigen Landwein, der nicht nach Brombeere, Vulkanboden oder Eichenfass schmeckte, sondern nur nach Wein. Sie waren glücklich.

Frau Groschen erzählte von einem japanischen Restaurant am Nestroyplatz, das gerade hip war, weil es dort angeblich das beste japanische Essen der Stadt gab.

– Dabei waren die Besitzer noch nie in Japan, der eine ist der Sohn eines Leondinger Bäckers, der andere ein Tiroler. Und die angestellten Asiaten machen nur Hilfsdienste, tragen aber ein Stirnband und machen sich wichtig. Alle glauben, dort gibt es original japanisches Essen, aber … ein japanischer

Sushikoch muss sieben Jahre lang lernen. Das erste Jahr beschäftigt er sich nur damit, wie man Reis richtig zubereitet …

Da vibrierte Groschens Handy. Er drückte den Verbindungsknopf und hörte die Stimme Döblingers:

– Haben Sie Zeitung gelesen? Die Abendausgabe. Da haben Sie etwas Schönes angerichtet, mein lieber Groschen, sagte der Staatsanwalt mit zynischem Unterton. Ihr Täter hat ein Alibi, Donatus Henkel von Germershausen hat letzten Sonntag eine Abendmesse zelebriert. Wie stehe ich jetzt da?

– Das ist doch, schluckte der Kommissar. *Dieses Pimmelgesicht!* Dann hat er seinen Adlatus beauftragt, diesen Wally Fisch. Der hat zugegeben, in der Wurlitzergasse gewesen zu sein.

– Das ist bereits überprüft worden, sagte Döblinger. Der war bei einer illegalen Prostituierten namens Fräulein Else. Sagt Ihnen das etwas, Groschen? Schnitzler! Sicher nicht, Sie sind ja ein Banause … Ihr richtiger Name ist Swintha Arvidsjaur, aber das spielt für Sie jetzt keine Rolle mehr. Wie ich höre, sind Sie nämlich vom Dienst suspendiert.

– Was? Ich? Suspendiert? Das Wort schlug durch Groschens Hirn wie eine Flipperkugel, wo immer es hinkam, verursachte es einen kleinen Knall und brachte Zahlen in Bewegung. Frühpension, Arbeitslosengeld, Sozialhilfe, Notstand.

– Dem Polizeidirektor bleibt nichts anderes übrig, mein Lieber. Ich würde Ihnen ja noch gerne eine Chance geben, aber das geht wirklich nicht. Die »Tagespresse« … Der Prior hat sich über die Behandlung beschwert. Die haben einen Artikel geschrieben. Aber lesen Sie selbst … Schönen Abend noch.

Groschen schoss das Blut ins Gesicht, sein Mund verzog sich zu einem ironischen Lächeln, und auch der Geruch in der Nase war nun plötzlich wieder da und feixte:

– Hier bin ich wieder, Faltl. Hast wohl geglaubt, du wärst

mich los? Da hast du dich zu früh gefreut. Diesmal bleibe ich für immer. Aber auch das wird nicht lange sein. Weißt du, warum? Soll ich es dir sagen? Nein, du willst das gar nicht hören. Doch? Na schön, pass auf. Unser kleines Beisammensein wird deshalb nicht recht lange währen, weil ein unangenehmer Geruch in der Nase immer das erste Anzeichen einer schlimmen Krankheit ist, aus der es kein Entrinnen gibt. Hast du gehört? Da ist doch schon ein Ziehen im Bauch? Der unruhige Darm? Also stell dich darauf ein, bald ist es vorbei …

Der Kommissar war wie erschlagen. Tilt. Er steckte das Handy ein und bestellte eine Flasche Wein. Seine Frau wusste sofort, was los war, aber sosehr sie sich auch bemühte, dieser Situation positive Aspekte abzugewinnen, umso missmutiger wurde er. Falt Groschen saß nur da, starrte an die Decke, trank und dachte an das, was der Prior bei seiner Verhaftung gesagt hatte. Natürlich kannte auch er die Geschichten von den unehelichen Kindern irgendwelcher Politiker. Ein Polizist der Spezialeinheit Cobra hatte ihm erzählt, dass sie am Heiligen Abend letzten Jahres beim Minister gewesen waren, weil es zu einem handfesten Streit zwischen ihm und seiner Gattin gekommen war. Eine neunzehnjährige Winzerkönigin hatte angerufen und der Frau des Politikers mitgeteilt, dass ihr Mann Vater geworden sei. Angeblich soll es daraufhin zu einem wilden Ehekrach gekommen sein, der damit endete, dass die Frau den Minister in den Keller sperrte und drohte, ihn erfrieren zu lassen. In seiner Verzweiflung rief der Politiker die Cobra an. Die Medien durften darüber nicht schreiben – zumindest die nicht, die den großen Banken, den Systemträgern, gehörten, also praktisch alle. Gerüchte wurden im Keim erstickt, unliebsame Internetberichte gelöscht. Es hieß, der Minister müsse dafür auf eine Kandidatur bei der Präsidentenwahl verzichten.

Groschen wusste, es war besser, manche Dinge nicht öffentlich zu sagen, sie wie in einem Grab in sich zu verscharren. Er wusste, auch der Staatsanwalt machte bei diesem Spiel mit, vielleicht hatte er sogar dafür sein Ehrenzeichen bekommen? Aber einen Mörder zu verschonen, weil er zu viel wusste? Weil er damit drohte, gewisse Dinge öffentlich zu machen? Nein, das gab es nicht einmal in Österreich. Oder doch? Anscheinend war der Prior tatsächlich unschuldig. Aber was stand in der Zeitung? Hatte sich das Pimmelgesicht gerächt?

Groschen wollte seiner Frau den Abend nicht verderben, aber das Lächeln, das er sich abrang, war pure Verzweiflung. Vom Kellner ließ er sich eine Packung Zigaretten bringen und machte das, was er seit einem Jahr nicht mehr getan hatte, er rauchte. Seine Frau protestierte, doch das nützte nichts. Er sog den Rauch ein und spürte, wie sich seine Hirnzellen verengten. Obwohl ihn ein leichter Schwindel befiel, rauchte und trank er unvermindert weiter, zündet sich die jeweils nächste an der alten Zigarette an, schüttete den Wein in sich hinein, bis sich ein schwerer, dunkler Vorhang um seine Sinne schloss, ihm alle Welt nichtig, sinnlos und weit entfernt erschien.

– Es schaut schlecht aus, lallte er. Wohin man schaut, nur Enttäuschungen. Diese ganzen Politiker. Verlogenes Gesindel. Wir werden von lauter Vollhorsteln regiert, sogar der Obama ist eine Niederlage.

– Das ist nicht wahr, widersprach seine Frau. Nicht der Obama. Was soll denn so ein amerikanischer Präsident machen, wenn die Waffenlobby überall Leute sitzen hat und ständig für neue Kriege sorgt? Das sind Milliardäre, die viel Geld investieren, damit sie noch mehr verdienen. Was in Amerika die Waffenlobby, ist bei uns die Gastronomie, sie sah verächtlich auf die Zigaretten. Die Gastronomie bestimmt hier alles, wo geraucht werden darf und wo nicht, dazu die Frächterlobby, die nur daran interessiert ist …

Und die großen Banken, wollte Groschen sagen, doch nur

ein Schluckauf kam aus ihm heraus. Er spürte eine Art Wellenrauschen in sich drinnen. Wellen, die den festen Boden seines Bewusstseins ausspülten, abwechselnd Obama, Wally Fisch, den Prior, die Winzerkönigin, SpongeBob Schwammkopf oder sonst wen an Land warfen. Das Gespräch mit dem Cobra-Polizisten kam ihm wieder in den Sinn. Der hatte erzählt, dass die Frau des Ministers am späten Heiligen Abend des Vorjahres scheinbar mit ihm Frieden geschlossen hatte, dann aber, als der Politiker in den Keller ging, um zur Besiegelung der Versöhnung eine Flasche Wein zu holen, die Tür hinter ihm verschloss. Zuerst soll der Minister gefasst reagiert und die Flasche Wein getrunken haben. *Täte ich auch.* Dann eine zweite. *Täte ich auch.* Als er aber nach der dritten im ungeheizten Keller fror, in Panik geriet und ihr die flehende Hand durch die Katzenklappe entgegenstreckte, soll sie, seine Frau, ihm heißen Bratensaft darüber geleert haben, woraufhin der Politiker gleich die Kellertreppe runterfiel. Sie hat ihm die gebratene Gans, ein paar Knödel und Orangenscheiben mit Preiselbeermarmelade hinterhergeschmissen und »O du fröhliche« gebrüllt. Außerdem soll sie Dutzende Whiskyflaschen gegen die Kellertür gepfeffert und damit gedroht haben, alles anzuzünden. Als schließlich die alarmierte Cobra eintraf, saß sie nackt, nur mit Strapsen bekleidet, vor dem brennenden Weihnachtsbaum, kicherte hysterisch vor sich hin und sang »Morgen, Kinder, wird's was geben«. Der Öffentlichkeit hat man dann später etwas von einem Skiunfall erzählt, und die am Einsatz beteiligten Polizisten wurden unter Schweigepflicht gestellt. Aber ein paar plauderten halt doch … Das war zwar skurril, aber uneheliche Kinder kamen in den besten Häusern vor. Und hätte es nicht auch etwas Männliches, wenn der Minister sagen würde, er hatte einen leidenschaftlichen Moment, und da sei ihm das Kondom geplatzt? Doch nein, in der scheinheiligen, vom Katholizismus durchtränkten österreichischen Gesellschaft musste alles totgeschwiegen werden.

– Hicks, machte Groschen.

Seine Frau schleppte ihn nach Hause und bestand darauf, in getrennten Betten zu schlafen. Die Aussicht auf das Schnarchen eines Sägewerksbesitzers war ihr ebenso unerträglich wie die zu erwartende Ausdünstung.

Als er wieder erwachte, klebten dicke Nebelschwaden an den Dächern. Es war Sonntag, der 18. November, eisig kalt, und man konnte schon den Winter riechen. Groschen brachte kaum die Augen auf, seine Zunge schmeckte wie ein alter Putzlappen, all seine Geschmacksknospen waren zugekleistert, dafür fehlte, o welch Überraschung, in der Nase der unangenehme Geruch, der war ausgeräuchert, totgesoffen.

– Na, wieder unter den Lebenden? Seine Frau machte das strenge Gesicht einer Lehrerin, die einen Schüler mit so etwas wie Na-das-hast-du-jetzt-davon bestrafen wollte.

Der Kommissar war missmutig, vor allem aber hatte er das Gefühl, noch nie so weit von der Lösung eines Falls entfernt gewesen zu sein wie diesmal. Die Wahrheit lag in Bruchstücken vor ihm, aber er hatte nicht die geringste Idee, wie er sie zusammensetzen konnte. Da gab es Todic und den Nachbarn, den Prior, Wally Fisch und einen schrulligen General, den Verleger, den Sohn und einen wunderlichen Hautarzt. Er wälzte diese Verdächtigen in seinem Kopf, aber je länger er sie drehte und wendete, desto mehr kam er sich vor wie eine Biene, die in einem Fernzug gelandet war und nie wieder in den heimatlichen Stock der Wahrheit gelangen konnte. Dazu kam die Suspendierung, die Meinung der Öffentlichkeit. Alles hatte sich gegen ihn verschworen. Sogar seine Frau weigerte sich, mit ihm zurück nach Wien zu fahren.

– Kommt gar nicht in Frage, beharrte sie. Ich muss hier viel erledigen, die Scheune zusammenräumen, die Pflanzen einwintern, und im Gartencenter gibt es billige Blumenerde …

Groschen ließ sich auf keine Diskussion ein und nahm den Bus in Richtung Wien. Er hatte eine vage Spur, der er nachgehen wollte. Sobald er im Bus saß, lichteten sich die Nebelschwaden, stachen Sonnenstrahlen durch und bildeten Muster auf den kahlen Feldern und blattlosen Bäumen. Traktoren und Lastwägen donnerten über die Landstraße und hinterließen dicke erdige Spuren auf dem Asphalt. In Wien stieg der Kommissar in die U-Bahn, wo ihm zwei Mädchen gegenübersaßen, die Dunkin' Donuts mampften und sich dabei über Apps fürs Handy unterhielten, die ihre Menstruationszyklen anzeigten. *Kinder! Völlig ungeniert. Unglaublich.*

Beim Schottentor wechselte Groschen in die Straßenbahn Nummer 43. Am Gürtel sah er das Lokal, in dem er sich vor ein paar Tagen einen Rausch oder, wie er sagte, eine Krachen geholt hatte. Eine schwarze Tafel lehnte davor, auf der in ungelenker Schrift »Heute Rinderbraten vom Schwein« stand. Und wie er noch an den feisten Wirt und seine Schnäpse dachte, hörte er den bestimmten Ruf »Fahrscheinkontrolle!« Es fuhr ihm durch Mark und Bein, als ob man »Alle an die Wand« geschrien hätte. Groschen griff nach seiner Geldbörse, um die Monatskarte herauszunehmen, merkte aber sofort, sie war einer Umräumaktion zum Opfer gefallen und befand sich nun in einer Schreibtischlade in der Vorlaufstraße – dort, wo auch die Papiere der toten Papouschek lagen. Auch das noch.

– Und? Brauch ma a Extraeinladung? Der Kontrolleur mit stumpfem und zugleich angespanntem Gesicht erkannte instinktiv den Schwarzfahrer.

– Ich, einen Augenblick, vielleicht …, stammelte der Kommissar.

– Quälen Sie sich nicht, sagte der Fahrkartenprüfer, ein sogenannter Schwarzkappler, dessen Gesicht nur aus zwei ungeheuren Backen zu bestehen schien. Aber zwei Backen sind noch kein Gesicht.

– Ich habe eine Monatskarte, sagte Groschen, ich bin Kriminalkommissar.

– Ich weiß, wer Sie sind, sagte der Großbackige. Jawohl. Sie sind der, der den Mörder laufenlassen hat, der einen unschuldigen Gottesmann verhaftet hat, Sie sind eine Fehlbesetzung, Herr Groschen. Der Name wurde so laut und so verächtlich ausgesprochen, dass sich nun auch andere Fahrgäste einmengten.

– Scheiß Kieberer! Die Bullerei verprügelt Radfahrer und erschießt jugendliche Einbrecher, schrie ein junger Mann mit Rastazöpfen. Mit unserem Steuergeld.

– Und Demonstranten gegen den Burschenschaftsball werden eingesperrt, ergänzte eine Studentin mit Kopftuch.

– Asylbewerber werden umgebracht, und korrupte Expolitiker laufen noch immer frei herum, keifte ein Pensionist.

– Diese ganze Polizei ist korrupt und verdorben, verfault bis ins Mark, sagte ein anderer.

War das die Meinung der Bevölkerung? Der Respekt gegenüber den Behörden? Groschen wagte nicht zu widersprechen, gab dem Kontrolleur, dessen Gesicht zwischen den Backen nun mehr und mehr zum Vorschein kam, sich wie eine Schnecke aus ihrem Haus herauswagte, hundert Euro, das Bußgeld, stieg aus und ging den restlichen Weg zur Wurlitzergasse zu Fuß. Seine Frau hatte recht gehabt, er hätte auf dem Land bleiben sollen, die Stimmung, nein, ganz Wien war gegen ihn.

Ein eisiger Nordwind pfiff durch die Straßen. Überall schroffe Kanten, Sprünge, rissige Mauern. Die Stadt zeigte ihr hässlichstes Gesicht. Er vergrub seine blaugefrorenen Hände in den Taschen und ging diesmal nicht in den Gemeindebau, in dem man die Tote gefunden hatte, sondern umrundete den

Häuserblock, betrachtete die Namensschilder der Gegensprechanlagen, ließ sich von einer keifenden Alten nicht aus der Ruhe bringen, fand endlich, wonach er gesucht hatte, klingelte bei Fräulein Else.

– Was denn, antwortete eine verrauchte Stimme, die so gar nicht nach Arthur Schnitzler klang.

– Hier ist Groschen, Kriminalpolizei, gab er zur Antwort.

– Na endlich, wurde auch Zeit, war die raue Stimme keineswegs überrascht. Das Haustor wurde aufgemacht, und der Kommissar betrat ein typisches Wiener Mietshaus. Der Geruch nach gedünstetem Kohl schnürte ihm die Kehle zu. Er ging in den dritten Stock und klopfte an eine angelehnte Tür.

– Ist da jemand?

Eine kleine Rothaarige mit vielen Sommersprossen und verwischtem Kajal im Gesicht, grünen Strapsen und einem schwarzen Tüllkleidchen trat in das Vorzimmer. Es war jene Dame, die er vorgestern am Balkon gesehen hatte. Oder war es vorvorgestern? Sie war hinreißend hässlich wie die junge Lotte Lenya, hatte eine Zigarette im Mundwinkel und sagte mit heiserer Stimme:

– Das hat aber gedauert. Ich war mir sicher, Sie würden mich schneller finden, Schatzi.

Schatzi? Groschen machte ein verdutztes Gesicht.

– Was schauens denn so? Wollens ein Foto?

Er betrat die überheizte Wohnung und sah jede Menge Teppiche, Pölster und Stoffpuppen. Am Boden standen rote Pantöffelchen mit großen Pompons. Über der Couch hing ein Poster mit der beleuchteten Skyline von New York. Auf asiatischen Intarsientischen lagen Räucherstäbchen, Kerzen und Feuerzeuge. Nichts deutete darauf hin, dass es sich hier um das Refugium einer illegalen Prostituierten handelte.

– Ich komme wegen …

– Weiß ich eh, dämpfte die Dame, sie mochte gegen vierzig

sein, war aber noch recht gut erhalten, ihre Zigarette aus, um sich sofort eine neue anzuzünden. Aber ich habe Ihnen schon alles gesagt. Mehr habe ich nicht gesehen, Schatzi.

– Ich fürchte, ich verstehe nicht. Groschen war nicht nur wegen dem milchweißen Fleisch irritiert, das aus dem Tüllkleidchen schaute, auch die kleinen Brüste und die Strapse machten ihm zu schaffen. Er sah ihre Zehen und hatte einen Moment lang Lust, daran zu saugen.

– Dann kommen Sie nicht wegen der Entführung? Dann haben wir ein Problem.

– Welche Entführung?

– Na, ich habe Sie angerufen.

Angerufen?

Das schlug wie der Blitz ein. Nun dämmerte es dem Kommissar, dass er jener verrauchten Stimme gegenüberstand, die ihn zu Wochenbeginn angerufen hatte, um ihm eine Entführung zu melden.

– Ich bin wegen Wally Fisch hier.

– Wegen Wally? Hat er etwas ausgefressen? Mit der Entführung hat der nichts zu tun. Das weiß ich bestimmt, Schatzi, weil er letzten Sonntag hier war, unmittelbar nach der Entführung. Ich hatte in der Klagbaumgasse einen Termin, sie drehte kurz die Augen zur Seite, als wollte sie sagen, Sie wissen schon, welchen, und dann, nachdem ich die Entführung gesehen habe, bin ich zurückgefahren, weil um sieben Uhr abends kam der Wally, ich habe das bereits Ihren Kollegen mitgeteilt. Die wollten davon gar nichts wissen, aber einem herzensguten Menschen wie dem Wally am Zeug flicken. Nur weil er eine Haut wie eine Orange, ein Unterbiss und eine Boxernase hat … Das ist wieder einmal typisch. Aber bitte, nehmen Sie Platz. Wollen Sie ein Saftl? Biertscherl?

Groschen nickte und trank das gereichte Bier in einem Zug fast aus. Entführung? Klagbaumgasse? Die beiden notariellen Schreiben fielen ihm ein, und mit einem Mal war es, als würde die Wahrheit einen Zipfel zeigen. Er konnte sie noch nicht erkennen, musste aber nur danach greifen und sie aus ihrer Höhle ziehen. Die Dame saß da, stellte keine Fragen und zog stumm an ihrer Zigarette.

– Wie heißen Sie mit bürgerlichem Namen?

– Swintha Arvidsjaur. Mein Vater war Schwede. Sie wollen mir doch nicht …?

– Swintha? Sie haben einen Otto Öttinger als Kunden?

– Den General, die Rothaarige zuckte mit den Achseln. Diabetiker, ein Scherzbold, kommt nur zum Reden. Kann ja nicht mehr. Sympathisch, aber anstrengend, dauernd Kalauer. Hier hinkts nach Stund, Zaubendrucker, imitierte sie den Alten.

Groschen dachte an seine bisherigen Ermittlungen, ging die Protokolle durch und ergänzte sie mit dieser Entführung, die er völlig vernachlässigt hatte. Plötzlich fügte sich etwas, fühlte er, die Wahrheit war zum Greifen nahe. Es war, als hätten sich Unmengen an Beweisen und Indizien in einem Staubecken gesammelt, dessen Schleusen nun geöffnet wurden. Und nun kam alles heraus. Noch war es ungeordnet, aber wenn man die richtigen Ventile öffnete und alles in die dafür vorgesehenen Kanäle brachte … dann würde er nicht mehr bei der Votivkirche landen, sondern endlich ins Zentrum stoßen, zum Stephansdom, dann würde er den wahren Mörder fassen.

Er musste wie ein Vollidiot ausgesehen haben, wie einer, der den Verstand verloren hatte. Swintha, die merkte, etwas war passiert, schnippte mit den Fingern und bot ihm eine Zigarette an. Groschen griff danach, zündete sie an. Es war eine jener Bio-Zigaretten, die sich nur in Österreich durchgesetzt hatten.

– Das ist eine Sauerei, finden Sie nicht auch, Schatzi, zeigte Swintha auf das Bild der Raucherlunge, das die Packung zierte.

Wenn schon, dann müssen die auch Bilder von Schlachthöfen aufs Fleisch geben und Bilder von Dickdarmkrebs auf Burgerschachteln … und auf Handys müssen sie dann schreiben: Vorsicht! Hirntumor!

Groschen ging darauf nicht ein, kramte in seiner Tasche, fand zuerst die Monatskarte für die öffentlichen Linien, dann einen Zeitungsartikel über einen Heiratsschwindler, einen Nigerianer, der mit vierzehn Frauen ein Verhältnis hatte, und schließlich das gesuchte Kärtchen. Er rief die darauf angegebene Nummer an und befahl dem dazugehörigen Menschen, ihn hier abzuholen.

BUSSIKATZI

Vier Zigaretten später saß der Kommissar neben Prometheus Tinti, der sich in den letzten Tagen erschreckend verändert hatte, sein rosiges Gesicht war welk und grau geworden. Dunkle Ringe unter den Augen und hängende Mundwinkel zeigten an, er war am Ende. Selten hatte Groschen so einen zerknirschten und gequälten Menschen gesehen. Man merkte, er hatte kaum geschlafen, kaum gegessen.

– Wurde auch Zeit, stammelte der Hautarzt, dass Sie sich um Muriel kümmern. Ich habe Ihnen ja gesagt, da stimmt was nicht.

– Wir werden sehen, meinte der Kommissar, der eine gewisse Aufregung nicht verbergen konnte. Wie lange brauchen wir nach … wie heißt dieses Kaff im Piestingtal?

– Gutenstein! In einer Stunde sind wir da. Und dann wird alles gut. Ich kenne die Strecke auswendig. Bin immer wieder hingefahren, habe observiert … Wissen Sie, Herr Kommissar, ich habe gleich gewusst, auf Sie kann ich mich verlassen. Tintifax, habe ich mir selbst gesagt, halte dich an den Kommissar, der ist seriös. Obwohl, können Sie sich erinnern, wie wir uns das erste Mal gesehen haben, am Flughafen, sie stanken damals wie ein Puff im Orient. Der Hautarzt grinste. Ich dachte …

– Ein schwuler Perversling? Dabei habe ich nur Parfums probiert. Brrr, schüttelte Groschen seinen Kopf.

– Ein Bier hatten Sie auch getrunken. Am Vormittag! Aber bitte, das ist Ihre Sache.

Das meine ich auch.

In Tintis luxuriösem Auto, einem SUV, war die Fahrt recht komfortabel – das war etwas anderes als Groschens alter grauer Daihatsu. Zwar war der Fond des Wagens mit Kleidung, leeren Pizzaschachteln und Petflaschen übersät, auch roch es abgestanden, dafür war der Sitz bequem und noch dazu beheizt. Während sie über die Südosttangente Richtung Wiener Neustadt bretterten und bei Wöllersdorf in das Piestingtal einbogen, erzählte der Dermatologe nur von Muriel. Sie war so eine wunderbare, humorvolle Frau voller Witz und Esprit, etwas älter als er selbst, aber entzückend, ein Prachtweib. Er hatte fiebrig glänzende Augen, und es klang, als spräche er vom verlorengegangenen Paradies.

Von der Papouschek und der Wobisch wollte der Hautarzt noch immer nie etwas gehört haben, dafür verriet er, dass auch Muriel beim Schmalzl gewesen war.

Nein! Die auch? Lauter Kommunarden?

– Wir sprechen von einer Zeit, die vierzig Jahre zurückliegt, aber trotzdem haben diese Geschehnisse Muriel nie losgelassen. Die Große Freiheit, das war ein gesellschaftliches Experiment, das vor allem labile Menschen angezogen hat. Nach außen hin war alles wunderbar, man hat Politiker und Künstler eingeladen, ihnen eine heile Kommunenwelt gezeigt. Aber innen … die Struktur, bloßgestellte Kinder, sexuelle Übergriffe, Demütigungen … Wenn einer nicht spurte, warf man Leberkäse in die Toilette und zwang ihn, den herauszuholen und zu essen … lauter solche Sachen. Nicht zu glauben, was die den Kindern angetan haben.

– Dagegen ist sogar der Minister mit seiner Winzerköngin ein Lamperl, brummte Groschen.

– Der Minister? Zufällig weiß ich, dass den die Cobra befreien musste, sagte Tinti, ohne den Blick zu heben. Der war im Keller angekettet, in einem Ganzkörper-Latexanzug … Sadomaso-Spiele, Elektroschocker, Klistier und so Sachen.

– Was? Woher wissen Sie denn das?

– Hat mir ein Wirt erzählt, dessen Schwager bei der Cobra ist.

Schau einer an, so entstehen Gerüchte. Der Kommissar stellte sich den Minister im Ganzkörper-Latexanzug vor und musste schmunzeln, bevor er sagte:

– Ich habe die Geschichte anders gehört, mit einer schwangeren Winzerkönigin, die zu Weihnachten …

– Ja, das weiß ich auch. Der Freund der Winzerkönigin ist dann zum Minister und hat ihn verprügelt.

– Mag sein. Aber davon abgesehen, geht das Privatleben von Politikern niemanden etwas an.

– Finde ich auch.

Im Piestingtal, das man aus touristischen Gründen auch Biedermeiertal nannte, setzte leichter Schneefall ein. Sie glitten durch menschenleere Gegenden, durch Siedlungen ehemaliger Fabrikarbeiter, die nun, seit dem Industriesterben, verwaist waren. Die Schriftzüge auf den Häusern verrieten, hier waren einmal Gasthöfe, Fleischereien und Bäcker. Nun stand alles leer, die Vorgärten waren verwildert, von den Fassaden bröckelte Putz. Auf der Windschutzscheibe platzten dicke Schneeflocken, und die von Föhrenwäldern beherrschte

Landschaft wurde immer märchenhafter. Je tiefer sie in dieses Tal gelangten, desto unwirklicher wurde alles.

Als sie Gutenstein erreichten, war es tief verschneit. Eine dicke Schneedecke lag auf allem. Sie bogen in einen Waldweg und hielten wenig später bei einer dreistöckigen Villa, die an einen prächtigen, aber heruntergekommenen Gutshof erinnerte – mit einem Sockel aus großen Basaltsteinen. Aber was für ein wirres Stilgemisch! Die unterteilten Holzfenster waren im Art-déco-Stil, das Haustor hatte Jugendstilformen. Der erste Stock war wie in Vorarlberg mit Holzschindeln getäfelt, während im Obergeschoß die Mauer mit lackierten Brettern verkleidet war. Das steile Dach erinnerte mit seinen Vorsprüngen und Giebeln an Salzburger oder Tiroler Bürgerhäuser des 16. Jahrhunderts.

Als sie dieses Gebäude bewunderten, und Groschen spürte, wie der zentimeterhohe Schnee seine Segelschuhe enterte, erklang ein lauter Knall. Ein Schuss? Oder war etwas eingestürzt? Aufgescheuchte Hühner staksten durch die verschneite Landschaft und sahen die Ankömmlinge an, als ob sie Außerirdische wären. Groschen klopfte an die Tür. Nichts rührte sich.

– Hallo. Ist da jemand?

Als er heftiger klopfte, kam aus dem Garten ein Mann mit abgehetztem Gesicht und irrem Blick gelaufen, der die beiden Ankömmlinge nicht beachtete, einfach auf die Straße und dort weiterrannte.

– Halt! Bleiben Sie stehen, brüllte der Kommissar, aber der junge, nur mit einem Anzug bekleidete Mensch lief einfach weiter. Zu schnell, um ihm zu folgen – zumal in Segelschuhen und mit nassen Socken.

– Kennen Sie den? War das Muriels Freund?

– Nein, den habe ich noch nie gesehen, sagte Tinti, der am ganzen Körper zitterte. Der Hautarzt hatte Angst, das war nicht zu übersehen. Warum? Quälten ihn Ahnungen? Spürte er, dass ihn hier etwas Schreckliches erwartete? Etwas, das sein Leben von Grund auf änderte?

Groschen drückte die Türschnalle, doch es war abgeschlossen.

– Muriel ist bestimmt da. Sie muss da sein. Kommen Sie, wir gehen durch den Hintereingang, zog Tinti den Kommissar rund um das Haus, an dessen Rückseite sich das verwitterte Fresko einer Madonna befand. Etwas abseits stand ein eingeschneiter Ford Mustang, der Groschen bekannt vorkam. Neben der Tür, die sperrangelweit offen stand, waren ein verschneiter Tisch, ein Hackstock samt Axt sowie ein paar verrostete Fahrräder. Die frischen Spuren im Schnee stammten bestimmt von dem Davongelaufenen.

Groschen und Tinti gingen in das Haus, eine kleine Steintreppe hinauf, und schon standen sie in einem prächtigen Vorzimmer mit Kacheln, die an Propeller oder Swastika erinnerten. Sie sahen schwere Hochzeitstruhen, alte, wurmstichige Tische und ein rotes Servierwägelchen, auf dem eine weiße, mit Nieten besetzte Ledertasche stand. Dem Kommissar fiel die Wobisch ein, die mit so einem Ungetüm bei ihm im Kommissariat gewesen war. War das ihre Tasche? Er öffnete sie und sah ein heilloses Durcheinander: Kleenex-Tücher, Zigaretten, eine Sonnenbrille, Münzen, Feuerzeuge, Schminksachen, Schlüssel. *So eine Damenhandtasche ist wie das Bermudadreieck*. Einen Führerschein, Bibliotheksausweis, Sozialversicherungskarte – alles ausgestellt auf Irmgard Wobisch.

An den Wänden waren verblasste Jugendstilbilder, sich rankende Rosenstiele, Blumengeflechte. Außerdem roch es nach Katzenkot. Groschen öffnete eine der Türen und stand in einer Küche. In einem alten gekachelten Herd loderte Feuer. Daneben ein Kohlenkübel, feuchte Schuhe. In der Holzschale auf dem Esstisch lagen Nüsse und Mandarinen, über den Stühlen hing Kleidung, aus der Wasser tropfte. Der Kommissar sah eine Ausgabe der »Tagespresse«, auf der Titelseite stand: »Groschen suspendiert.« Am liebsten hätte er sie gepackt und in den Ofen gesteckt, aber dafür war jetzt keine Zeit.

Sie gingen weiter, kamen in eine Waschküche, in eine Toilette und einen Vorratsraum. Plötzlich war ein leises Wimmern und Schluchzen zu hören. Tinti schrie:

– Muriel, Muriel, ich bin es, Prometheus, dein Tintifax, aber niemand reagierte.

Sie standen nun in einem Zimmer mit bunten Glasfenstern, einem Marienfresko und Sprüchen in Frakturschrift an der Decke: »Der Mensch plant, und das Schicksal lacht darüber.« Oder: »Du sollst essen, was gar ist, reden, was wahr ist, und trinken, was klar ist.«

Das Schluchzen wurde stärker. Zweifellos kam es von oben. Sie gingen also eine breite Treppe hinauf, über die ein abgetretener Sisalteppich gespannt war, betraten ein Zimmer und wurden von einer großen grünen Teufelsfratze angestarrt. Groschen sträubten sich die Nackenhaare, und Tinti zuckte zusammen, dabei war es nur ein glasierter Drache am Kachelofen. Sein Maul umfasste das Ofentürchen, während sich der Körper um den schlanken Ofen wand. Daneben standen ein alter Schrank, ein Doppelbett und ein an die Wand gelehntes Bild. Der Kommissar sah eine Tapetentür, öffnete sie und landete in einem schmalen finsteren Gang. Obwohl er keinen Lichtschalter fand, ging er die Wand entlang, immer dem Schluchzen nach, kam in weitere Zimmer, sah noch eine Toilette, einen Balkon und endlich, hinter einer weiteren Türe, die Quelle des Wimmerns. Ein helles Zimmer mit Geweihen an den Wänden. *Aber von denen kommt das Wimmern nicht, da muss schon etwas anderes …* Dann fiel sein Blick auf zwei hingestreckte Körper. Mitten im Zimmer lag auf einem alten Perserteppich ein Mann mit dem Gesicht nach unten.

Daneben eine Schirmkappe, San Francisco 49ers. Blut triefte aus dem Kopf, der in einer roten Lache lag. Hier also war der Schuss abgegeben worden. Der Mann, es war Jens Kowalek, das Jenseblümchen, zuckte noch, und Groschen, der wusste, jede Hilfe kam zu spät, zögerte nicht, die Rettung anzurufen.

Auf dem Bett daneben lag ein wimmernder Frauenkörper, der leicht vibrierte. Tinti stürzte darauf zu, umarmte die in eine Pelzjacke gehüllte Person und sagte:

– Muriel, Muriel, alles wird gut. Hörst du mich, jetzt wird alles gut. Jetzt, wo dein junger Liebhaber tot ist.

Da drehte sich eine ältliche Dame mit maskenhaft weißem Gesicht um, und Tinti erschrak, wich zurück. Entsetzt blickte er in dieses faltige, honigmelonenweiße Fleisch. Verwischter Lippenstift, von Tränen verwaschene Wimperntusche. Tinti erstarrte. Es war, als blicke er in einen schauderhaften Abgrund, in dem eine verschimmelte, von Würmern zerfressene, halbzerfallene Leiche lag, aus der ein schrecklicher, nach Fäulnis und Verwesung stinkender Geruch kam.

– Sie. Sie sind nicht Muriel! Sie. Wer sind Sie?

– Lassen Sie mich. Gehen Sie weg, sagte die Person und schluchzte. Oder war es Lachen? Ein unangenehmes, hohles Lachen. Unter ihrer Jacke trug sie einen weißen Strickpullover und wenig schmeichelhafte Leggins. Dicke Ringe zierten ihre Finger.

Tinti trat einen Schritt zurück, fiel in sich zusammen. Er machte ein Gesicht wie eine Flugbegleiterin, die plötzlich erkannte, ihr Vogel stürzte ab. Groschen, die Hände am Rücken verschränkt, stand unbewegt im Zimmer, der Parkettboden unter seinen Füßen knirschte. Er blickte in das von zerflossener Schminke entstellte Gesicht der Alten und sagte mit ruhiger, tiefer Stimme:

– Wollen Sie nun Ihr Gewissen erleichtern, Frau Papouschek.

Papouschek? Tinti sah den Kommissar erstaunt an und fiel auf einen Stuhl:

– Dann haben Sie die ganze Zeit gewusst, dass Muriel gar nicht Muriel ist, sondern, wie sagten Sie, Papouschek …

– Gewusst habe ich es nicht, kratzte Groschen sich am Unterlippenbärtchen, aber geahnt.

– Und wer ist diese Papouschek? Wer ist diese Person, die sich als Muriel ausgibt? Die Erregung hatte den Hautarzt so plötzlich übermannt, dass er sich wie im Delirium anhörte. Wenn er nicht schon völlig weißhaarig gewesen wäre, so wäre er nun schlagartig ergraut.

– Warum gibt sich die als meine Freundin aus? Wo ist Muriel?

Groschen sah, Tinti war völlig aufgelöst. Allerlei Gedanken krochen an ihm hoch, sprangen in sein Ohr, seine Nase, sausten durch das Hirn. Wie teilte man jemandem mit, dass sein liebster Mensch gestorben war? Was sagte man da? Sprich von der Schönheit des Lebens, riefen Stimmen in ihm drin. Sag etwas von der Vergänglichkeit, von der Zeit, die allen wie eine Pistole angesetzt ist. Sprich vom Leben nach dem Tod, vom Glauben, der Hoffnung und der Unsterblichkeit der Seele.

– Ihre Muriel, erklärte der Kommissar schließlich, wurde ermordet. Der Mörder liegt hier. Es ist der Sohn dieser Dame da. Ich weiß nur noch nicht, warum er sie ermordet hat. Muriel Stulpnagel, Mignon Wobisch und ein schwuler Schneider namens Elmar Ellmander gehen auf sein Konto. Die Gründe kenne ich nicht, obwohl ich ahne, es hängt mit dieser Kommune zusammen. Über die Rolle des Mannes, der vorhin an uns vorbeigerannt ist, bin ich mir noch nicht im Klaren. Ich vermute, es war der Bankbeamte Mauser.

– Dieses Schwein, fauchte die Alte, Alfonso Mauser wollte uns erpressen. Irgendwie hat er herausgefunden, dass ich dieses Haus gekauft und wir uns hier zurückgezogen haben. Und jetzt gehen Sie. Gehen Sie weg. Die Papouschek, jawohl, sie war es wirklich, hatte plötzlich einen Revolver in der Hand, mit dem sie abwechselnd auf Tinti und den Kommissar zielte. Aber weder der Hautarzt, den die Nachricht vom Tod seiner Geliebten völlig aus der Bahn geworfen hatte, noch der Kommissar, der ein stoisches Naturell besaß, waren davon sonderlich beeindruckt.

– Gehen Sie, oder ich schieße, sagte sie. Das ist mein Ernst.

– Mir ist alles egal, stöhnte Tinti. Groschen stand bewegungslos neben der Leiche von Jens Kowalek, sah die Löckchen in seinem Nacken und einen seltsam zufriedenen Gesichtsausdruck, so als hätte er gerade das Patent für eine seiner Erfindungen verkauft. Sollte die Alte ihren Sohn erschossen haben? War der Bankbeamte deshalb davongerannt? Hatten die beiden dem erpresserischen Bankbeamten eine Falle gestellt, oder war es zu einer Verwechslung gekommen? Noch konnte Groschen die Ereignisse nicht richtig auf die Reihe bringen. Fest stand nur, nicht die Papouschek war ermordet worden, sondern Muriel Stulpnagel, die ihr ähnlich sah, obwohl sie bestimmt um zehn Jahre jünger gewesen war.

– Ich sage es jetzt zum letzten Mal, krächzte die Alte, gehen Sie, sonst schieße ich. Sie hatte den Revolver auf den Kommissar gerichtet, der sich noch immer nicht rührte. Ihre Stimme war barsch und zänkisch, trotzdem besaß sie auch etwas Verführerisches, konnte man eine manipulative Kraft erahnen.

– Bitte, sagte Tinti.

Da zielte die Totgeglaubte auf den Hautarzt. Ein Schuss fiel. Groschen stürzte sich auf die Alte. Tinti stöhnte. Der Kommissar schwamm im weichen Fleisch, roch eine Mischung aus Lavendel, Veilchen, Magensäure, Inkontinenz und Kaulquappentümpel. Szenen aus der »Rübenkönigin« fielen ihm ein. War das die Sexbesessene? Die unter dem Kennwort Katzi

Freier anlockte? Oder war das alles nur erfunden? Er spürte ihre weichen Hände im Gesicht, wollte sich nicht vorstellen, wo die schon überall hingelangt hatten, machte es doch, verlor sich in Gedanken, besann sich … Endlich entwand er ihr die Waffe. Sie, viel stärker, als er gedacht hatte, wehrte sich weiter, keuchte, schrie und … resignierte. Endlich hatte Groschen den Revolver und die Alte unter sich. Er sah zu Tinti, der unbewegt dasaß und ins Nichts starrte. Das Projektil hatte ihn nur knapp verfehlt.

– Und jetzt Schluss mit den Faxen. Es ist vorbei. Sie werden wegen Mordes angeklagt, Frau Papouschek. Er ließ sie los.

– Gut, sagte die Alte, nahm ihre dunkle Perücke ab und lachte. Ein schrecklich hohles Lachen. Dann verkündete sie mit ruhiger Stimme:

– Die Muriel hat es verdient, die Schlange hat einen fürchterlichen Verriss geschrieben.

– Sie, schnappte Tinti nach Luft. Wegen einem Verriss?

– Nein, meinte der Kommissar, das wahre Motiv liegt weiter zurück.

– Wir waren, richtete sich die Alte auf, damals alle in der Schmalzl-Kommune, ich, die Muriel, der Ellmander, die Wobisch. Sie sprach vorsichtig und durchdacht, aber ihre Stimme klang erleichtert, so als sei sie froh, dass nun alles vorüber war: Sie müssen wissen, ich bin am Land aufgewachsen, in einer Atmosphäre unglaublicher Verklemmung. Vater ist vom Krieg völlig verstört zurückgekommen, und Mutter war eine herrische Frau, die ihr Leben der Religion widmete und mich geschlagen hat, um mir die Sünden aus dem Leib zu prügeln. Sie müssen wissen, mein ganzes Leben war von Zwängen bestimmt. Ständig hieß es, Ernsti, mach das nicht, Ernsti, was fällt dir ein, wie kannst du. Auf dich wird man warten, was nimmst du dir heraus? Tanzen war verpönt, Musik war Teufelswerk, Drogen der Untergang. Und als einzige Nahrung Schläge. Immer wieder Schläge. Mit einem breiten Gürtel schlug sie mich auf den Hintern, auf die Brust, den Rücken, ins Gesicht. Wenn das nichts nützte, wurde mir der Mund mit Seife ausgewaschen. Was auf den Tisch kam, musste gegessen werden. Und wenn ich nicht mehr konnte, mir das Essen wieder hochkam, zwang sie mich, auch das Erbrochene aufzuessen … Da war die Schmalzl-Kommune eine Befreiung. Sexualität, Kunst. Eine völlig andere Welt für die Ernsti. Plötzlich gab es Männer, die mit mir schliefen. Plötzlich war ich wer. Leider haben sich auch in der Kommune bald Strukturen und Hierarchien gebildet, war es vorbei mit der großen Freiheit. Auf einmal gab es welche, die das Kommando hatten, und andere, die gehorchten. Sie schüttelte den Kopf, als könne sie noch immer nicht verstehen, was damals vorgegangen war.

– Frauen, die Kinder bekamen, kannten die Väter nicht. Die ersten Kinder wurden noch vor der ganzen Gemeinschaft auf die Welt gebracht. Die Geburten wurden gefilmt. Als ich schwanger wurde, war eine Niederkunft nichts Besonderes mehr, die Gebärende zog sich mit der Hebamme in einen Raum zurück, um mit ihrem Geschrei nicht alle von der Arbeit abzuhalten – irgendwann hatten die Kommunarden nämlich begonnen, Geld zu verdienen. Sie verkauften Versicherungen oder Wertpapiere. Ich war also gleichzeitig mit der Muriel Stulpnagel so weit. Zur Geburt teilten wir uns einen Raum und eine Hebamme.

– Die Wobisch?

– Die Wobisch, die damals noch Irmgard hieß und nicht Mignon.

– Und da ging etwas schief?

– Die Geburten fanden parallel statt, die Wobisch war völlig überfordert. Mein Kind steckte im Gebärmutterkanal, ich wäre fast krepiert, und als das Baby endlich draußen war, sah man gleich, die schwere Geburt hatte Spuren hinterlassen, das

Kind war behindert. Ich fürchtete um meinen sozialen Rang in der Kommune. Sie müssen wissen, der Schmalzl war in diesen Dingen recht brutal, ich wäre für immer als die Mutter des Kretins abgestempelt worden, als Deppen-Erzeugerin. Also flehte ich die Wobisch an, das Kind zu erlösen, es wieder wegzumachen.

– Und die hat das getan?

– Begeistert war sie nicht. Sie hatte Schuldgefühle …

– Aber Sie wussten, dass die Wobisch eine abartige Veranlagung hatte, geschlagen werden wollte.

– Das wussten alle.

– Und Muriel?

– Bei ihr ist alles glattgegangen. Sie wollte ohnehin weg von der Kommune, studieren. Das Kind wäre ihr nur eine Last gewesen, also bot sie mir ihr Kind an. Wissen Sie, damals in der Kommune hatten wir eine andere Einstellung, nichts war so verpönt wie die Kleinfamilie, Muttergefühle galten als etwas Unanständiges … Die Gefühle waren da, aber man durfte sie nicht zulassen … So bin ich zum Wobischkind gekommen, zu Jens, den ich geliebt habe wie mein eigen Fleisch und Blut. Er war zwar völlig unfähig, sein Leben in den Griff zu kriegen. Aber ich habe ihn geliebt, wie nur eine Mutter lieben kann. Alles ist gutgegangen, bis ich mit dieser »Rübenkönigin« Erfolg hatte. Plötzlich wussten alle, die hat Geld, die kann man anzapfen.

– Und dann begannen die Erpressungen?

– Muriel war nie zufrieden. Sie wollte immer mehr und noch mehr haben.

Der Kommissar blickte zu Tinti, der an die Wand starrte. Sein Gesicht drückte keinerlei Empfindung aus, nur Stumpfheit.

– Und Ellmander?

– Elmar war auch in der Kommune. Damals schlief er noch

mit Frauen. Er hielt sich für Jens' Vater, sah ihm ja auch ähnlich, wahrscheinlich war er es sogar, er hat nie einen Vaterschaftstest gemacht, jedenfalls mochte er Jens, hat ihn unterstützt, ihm Geld geborgt, ohne ihm je zu sagen, warum. Der Bub brauchte ständig was. Immer hatte er Projekte. Schnecken-Guillotine, Tormannkleidung, Chilieis, neue Reifen, lauter Schnapsideen.

– Und deshalb hat er ihn umgebracht?

– Elmar ist selber schuld. Er hat Jens gedroht, gesagt, er will sein Geld zurück, sonst zeigt er ihn an. Das war so seine Art, sich Zuneigung zu erkaufen. Aber bei Jens hat er damit das Gegenteil bewirkt, der geriet in Panik und …

– Und nachdem er ihn umgebracht hat, hat er sich Ihnen anvertraut, womit Sie ihn in der Hand hatten, die lästige Muriel loszuwerden.

– Jens hatte unwahrscheinliches Glück, dass es den Ägypter gab … Vielleicht hat er das ausspioniert. Er war bei Elmar, um einen Aufschub zu erbitten, hat ihm von seinen neuesten Ideen und Projekten erzählt, aber davon wollte der Schneider nichts mehr wissen, zu oft schon hatten sich diese genialen Einfälle als Geldgräber erwiesen. Sie sind in Streit geraten, und da hat Jens, nachdem er sich eine ganze Nacht lang Mut angetrunken hatte, in den frühen Morgenstunden … Ach, der Bub, der arme Bub … Ich glaube, er wollte noch einmal eine Aussprache, aber Elmar war verliebt, überhäufte seinen Lover *Hursi* mit Geschenken. Trotzdem öffnete er Jens die Tür. Das hätte er nicht tun dürfen, der Bub war jähzornig, ach, der Bub, der arme Bub …

– Er hat dem Schneider das Herz herausgeschnitten. Dem Pudel hat er den Bauch aufgeschlitzt.

– Warum er das getan hat, weiß ich nicht. Irgendetwas muss ihn in unbändige Wut versetzt haben. Vielleicht hat der Elmar ihm gesagt, dass er sein Vater ist … Die Alte starrte ins

Leere wie eine Kriegstraumatisierte. Dann fing sie sich und fuhr fort: Da der Ägypter in Verdacht geriet, konnte Jens nicht viel geschehen. Plötzlich dachten wir, der perfekte Mord sei möglich.

– Also haben Sie den Tod der Muriel Stulpnagel inszeniert. Sie dachten, der Todic wäre ein perfekter Täter.

– Die Muriel hat sich das selbst zuzuschreiben. Sie wollte immer noch höhere Summen, hat damit gedroht, Jens zu sagen, wer seine Mutter ist … und wer sein Vater. Ich habe ihr Geld gegeben, aber sie wollte immer mehr. Gierig war sie, jawohl. Und neidisch. Sie wollte mein Leben zerstören, mir mein Kind wegnehmen.

– Da haben Sie sie entführt und in Ihrer Wohnung in der Wurlitzergasse umgebracht. Aber was haben Sie Ihrem Jens gesagt, wie haben Sie ihn dazu angestiftet?

– Ich musste ihn nicht großartig überzeugen, die Wörter »Erpressung« und »Bedrohung« reichten völlig aus. Er liebte mich.

– Um den Verdacht auf Todic zu lenken, haben Sie der Leiche die Augäpfel herausgenommen … Und das Kreuz im Rücken?

– Das war Jens.

– Alle sollten denken, Sie wären die Tote. Alles bestens ausgedacht, sogar die offene Wohnungstür, damit die Leiche rasch gefunden wird.

– Vom Nachbarn und seinem verrückten Hund. Haben Sie gehört, was der für gackernde Geräusche von sich gibt? Die Alte imitierte es und lachte, aber es war ein trauriges Lachen.

– Woher wussten Sie, dass sich die Gerichtsmedizin mit der Identifizierung der Leiche durch den vermeintlichen Sohn zufriedengibt?

– Das wusste ich nicht, Herr Kommissar. So weit hatte ich gar nicht gedacht. Sie müssen wissen, der ganze Mord war eine lang geplante Sache – und dann doch ziemlich spontan … Als ich mit dem General beim Japaner war, diesem neuen Lokal am Nestroyplatz, in dem man kaum einen Platz bekommt …

– Kenne ich, brummte Groschen und dachte an die falschen Japaner aus Leonding und Tirol.

– Zufällig saß der Todic am Nebentisch. Ich erkannte ihn, weil ich ein gutes Gedächtnis für Gesichter habe. Nachdem er gegangen war, ließ ich sein Glas in meine Tasche wandern, wegen der Fingerabdrücke, alles andere hat sich wie von selbst ergeben. Jens hat ihm meine goldene Uhr geschickt. Uns erschien das perfekt.

– Und als Sie mitbekamen, dass wir Todic laufenlassen, wollten Sie den Verdacht auf jemand anderen lenken.

– Der Jens, dieser Trottel, hat die Nerven weggeschmissen, das notarielle Schreiben, das den Prior belastet, gefälscht. Er wollte sich rächen für die Übergriffe, die damals stattgefunden haben. Ach, der Bub, der dumme Bub … Das andere Schreiben, das den da belastet …, sie sah zu Tinti, der immer noch regungslos dasaß, hatte ich früher geschrieben, lange, bevor ich das Glas des Todic in die Hände bekam.

– Da wussten Sie schon, wie Sie Muriel beseitigen wollten.

– Zuerst dachte ich an Eisenhutsamen, die sollen besonders wirksam sein und im Krankenhaus nicht erkannt werden, aber Muriel hatte Verdacht geschöpft, wollte sich nicht mit mir treffen. Jens meinte, das beste Mordinstrument sei das Auto. Aber wie kann man jemanden überfahren, der das Land hasst, nur selten aus der Wohnung geht?

– Da haben Sie sie entführt. Der angebliche Streit zwischen Ihnen und Jens war nur vorgetäuscht. Groschen schritt im Zimmer auf und ab und blickte dabei zum Fenster raus, der Schneefall hatte aufgehört, aber vom Notarzt und der Polizei war nichts zu sehen. Und was war mit der Wobisch? Fürchteten Sie ihre Autobiographie? Dachten Sie im Ernst, Ihr Sohn würde sowas lesen?

– Die Irmgard hat nicht, wie sie mir versprochen hatte, der Natur nachgeholfen, sie hat das Kind, mein Kind, nicht erlöst, sondern es in einem Kloster abgegeben, bei den Söhnen der christlichen Liebe, weil sie den Pater Aribert kannte, der war Untermieter ihrer Eltern gewesen, hatte sie als Kind missbraucht, trotzdem fiel ihr niemand anderer ein. Jedenfalls hat sie mein Kind dort abgegeben, und die haben es großgezogen. Ich wusste davon nichts, aber nach dem Erfolg der »Rübenkönigin« stand sie plötzlich da, die Irmgard, die sich jetzt Mignon nannte, zeigte mir ein Foto von dem Kind, das sie gerettet hatte, sah aus wie der Glöckner von Notre-Dame und hörte auf den Namen Wally Fisch. Ich kannte ihn sogar, weil ich nach meiner Flucht aus der Kommune selbst dort Zuflucht gefunden hatte – auf Empfehlung der Wobisch. Die Alte lachte kurz auf, fing sich aber wieder. Jedenfalls drohte auch sie damit, alles öffentlich zu machen.

– Haben Sie ihr Geld gegeben?

– Die Irmgard wollte nicht so viel, war viel bescheidener.

– Warum haben Sie sie dann umgebracht? Warum so überstürzt?

– Weil sie bei der Polizei war, bei Ihnen. Ich geriet in Panik, dachte, jetzt kommt alles heraus.

– Wieder haben Sie Ihren Sohn geschickt. Was haben Sie ihm dieses Mal erzählt? Wieder von einer Bedrohung?

– Ach, der Bub, der Bub war ja so naiv. Ach, der Bub, der arme Bub – das war ihr Mantra, von dem sie sich Erlösung erhoffte. Ach, der Bub, der arme Bub. Und jetzt lag er in einer Blutlache, die sich langsam ausbreitete. Sein grauer Anzug war zerknittert, die Schirmkappe der San Francisco 49ers lag traurig daneben.

– Als der Bankbeamte Mauser, der etwas ahnte, kam und

Jens von den Summen erfuhr, die sie Muriel gezahlt hatten, kam ihm ein Verdacht. Haben Sie ihm selbst gesagt, wer seine Eltern waren? Muriel Stulpnagel und Elmar Ellmander, die er beide umgebracht hat.

– Ach, der Bub, der arme Bub.

– Hat er sich deswegen erschossen?

Die Alte blickte stumm zu Boden. Ihre Augen waren leer.

– Sie haben alle getäuscht und hintergangen, Ihren Sohn, den General. Getäuscht, um sich nicht länger erpressen zu lassen, um Ihren Sohn zu behalten, um hier mit ihm ein neues Leben anzufangen und das zu leben, was Sie nie gehabt haben, nicht in Ihrem Elternhaus, nicht in der Großen Freiheit und auch nicht im Kloster: Familie. Für Ihre kleine Familie haben Sie das alles inszeniert. Nur einer hat sich nicht täuschen lassen, der da. Groschen sah zu Tinti, der noch immer traurig dasaß, mit einem Blick, der fragte, wann das alles hier vorbei war, er aus diesem bösen Traum endlich erwachte.

– Seine Liebe zu Muriel war stärker als Ihre Manöver. Sie sind für vier Morde verantwortlich, Frau Papouschek, vier Morde, die Ihr Sohn ausgeführt hat. Wahrscheinlich kommen Sie dafür nicht einmal ins Gefängnis, Sie … Sie Katzi.

Und während er das sagte, erschien ein fetter grauer Kater. Der Kachelmann. Groschen hatte gute Lust, ihm einen Tritt zu verpassen.

Etwas später kamen Rettung und Polizei. Ein Notarzt kümmerte sich um den toten Jens und schüttelte den Kopf. Nichts mehr zu machen. Junge Beamte der Exekutive packten die Papouschek. Den Kater schien das nicht zu interessieren. Auch um den traurigen Tinti, der aufgestanden war, kümmerte sich niemand.

– Und wer sorgt jetzt für den Kachelmann? Die Papouschek sah den Kommissar flehend an. Der zuckte mit den Achseln. *Was geht mich dieser Kater an? Er wird ins Tierheim kommen.*

– Ich, sagte Tinti mit einem Fünkchen Hoffnung in der Stimme. Ich könnte … ich meine, ich habe jetzt Zeit, und so ein Kater ist vielleicht ganz reizvoll. Er sprach, als wälze er ein Stück Semmel in seinem Mund herum – so wie Marlon Brando in »Godfather«.

– Danke, flüsterte die Alte. Und noch etwas, sagen Sie der Carina nichts. Das ist meine Enkeltochter. Studiert in Berlin. Sie soll weiter glauben, dass ich ihre Oma bin. Ich hab sonst niemanden, der einmal mein Grab pflegt.

Draußen schneite es wieder. Fette Schneeflocken fielen vom Himmel, und Groschen hatte ein angenehmes Gefühl in der Kehle. Vielleicht sollte man dieser Carina wirklich nicht alles sagen. Manchmal war es besser, die Wahrheit zu verschweigen, sie irgendwo in sich zu vergraben. Er steckte seine Hände in die Hosentaschen und fühlte jede Menge Münzen. Gut, dass morgen Klingeltag war. Wie immer, wenn er einen Fall abgeschlossen hatte, würde er sein gesammeltes Kleingeld unter den Bettlern der Stadt verteilen. Außerdem freute er sich auf den Wochenbeginn, da sperrte der Chinese wieder auf, konnte er endlich wieder sein geliebtes Menü Nummer zehn speisen.

Danksagung: Ich bedanke mich bei meiner Schwiegermutter für ihre Lektüreerlebnisse, bei Karl Steinkogler für viele wertvolle Anregungen und bei dem Ex-Kommunarden S. für mehrere intensive Gespräche. Außerdem verneige ich mich vor Sarajevo und danke meiner Frau für ihre Liebe und ihr Verständnis.

FRANZOBEL

WIENER WUNDER

Kriminalroman

224 Seiten. Zsolnay 2014

Anonyme E-Mails bringen Falt Groschen, 45, Kommissar im Morddezernat der Wiener Polizei, üblicherweise nicht mehr aus der Ruhe. Erst als er erfährt, dass der Sportler und 400-Meter-Rekordhalter Edgar Wenninger wirklich in den Tod gestürzt ist, beginnt er zu ermitteln. Noch am Tatort erscheint der zwielichtige Doping-Fahnder Hanns Hallux. Groschen scheucht korrupte Sportartikelvertreter auf und den windigen Journalisten Walter Maria Schmierer; Wenningers Frau Marion übt mit dessen ehemaligem Trainer nicht nur für den Triathlon, und Wenningers Manager taucht unter. Als auch er tot aufgefunden wird, nimmt der Fall eine verblüffende Wendung.

»Jetzt schon ein Klassiker.« Andreas Ammer, *Bayerischer Rundfunk*

»Ein schönes Buch zum schnellen Durchlesen. Ein Krimi für Mimis Bestenliste.« Helmut Schödel, *Süddeutsche Zeitung*

»›Wiener Wunder‹ lebt von der Randbeobachtung, vom Schmäh – ein milder Pulp im Abendwind.« Elmar Krekeler, *Die Welt*

»Er ist schon ein besonderer Autor, dieser Franzobel. Einer der besten Österreichs: lustig, pointiert, sarkastisch, auch in seinem ersten Krimi.«
Stephan Bartels, *Brigitte*